미타라이
기요시의
인사

**MITARAIKIYOSHI NO AISATSU**

# 미타라이
# 기요시의
# 인사

**시마다 소지**

한희선 옮김

숫자 자물쇠\
\질주하는
사자\
\시덴카이
연구 보존회\
그리스 개

검은숲

차례

숫자
자물쇠

# I

미타라이 기요시와 나의 오랜 교제를 생각하면, 항상 머리에 떠오르는 것은 그의 특이한 성격이다.

이상한 사건이나 일을 접했을 때 그의 두뇌가 보여주는 놀라운 분석력이나 치밀한 정리 능력은 그것대로 존경할 가치가 있지만, 그런 능력은 많은 선배의 전례가 있었다고 생각한다. 내가 계속되는 그의 무례하고 버릇없는 태도를 견디며 끈기 있게 교제를 계속해온 까닭은 오로지 그의 이런 특이한 성격은 무엇 때문일까, 하는 호기심이었다.

나처럼, 어떤 의미로는 기묘하다고도 할 수 있는 내 친구의 존재에 흥미가 있는 독자 분들이라면 그 심정이 나와 같을 거라고 짐작되기에, 여기서 추억담 하나를 털어놓을까 한다.

그것은 '점성술 살인사건'을 해결하고 얼마 되지 않은, 그러니까 1979년 연말이었다. 12월이 되고 크리스마스도 다가와서 연말 거리는 어수선했다.

당시 내 첫 책인 《점성술 살인사건》의 출판이 순조롭게 결정되었고 초판 인세가 들어오기도 해서, 우리는 한창 쓰나시마에서 요코하마 바샤미치로 이사 갈 준비를 하고 있었다. 우리 역시 들뜬 기분이었다. 그때 다케고시 후미히코 형사가 갑작스레 우리를 찾아왔다.

지금 떠올려보면 그 사건도 다른 사건과 마찬가지로 미타라이의 분석력이 분명한 형태로 드러나 함께 일했던 내게 깊은 감명을 주기는 했다. 하지만 내가 이제껏 알아온 많은 이상한 사건들에 비해 특별한 것은 아니었다. 그럼에도 불구하고 그 사건은 다른 것을 압도할 정도로 잊기 힘들다. 미타라이 기요시라는 남자의 특이하고 도전적인 성격이 그런 형태로 나타날 거라고는 예상도 못했다. 그리고 솔직히 고백하자면 깊은 감동을 받았다.

요즘 나는 미지의 독자들로부터 많은 편지를 받는다. 미타라이의 근황을 알려달라든지, 얼른 다른 사건 이야기를 해달라는 내용이나. 전혀 예상 밖의 일이었다. 이렇게 결점이 많은 남자가 이만큼 세상에 호의적으로 받아들여지리라고는 꿈에도 생각하지 못했다.

다른 일로 바빠서 지금까지 내 친구를 소개하는 일을 게을리했는데 이 점 이 자리를 빌어서 깊이 사과드리며, 오랜만에 미타라이 기요시를 독자 앞에 소개하는 첫 사건으로 1979년 크리스마스에 일어난 '숫자 자물쇠' 사건을 고르고 싶다. 만일 독자 여러분이 나와 마찬가지로 미타라이 기요시의 성격에 이끌려 그 원인을 추리하고 싶다면, 이 사건이야말로 가장 적합하다고 생각하기 때문이다.

다케고시 형사는 미타라이의 점성학 교실에 들어와 "격조했습니다. 또 10월에는 무척 실례했습니다."라며 정중하게 머리를 숙이고는 변변찮은 손님용 소파에 걸터앉았다. 그는 뭔가 무척 미안해하는 것 같았다. 방 여기저기에 꾸려놓은 이삿짐을 보면서 형사는 잠시 말이 없었다.

"이사를 하려고요."

미타라이는 짐을 꾸리던 일을 멈추고 나머지를 서랍에 넣은 다음 다케고시 형사 앞 의자로 다가오면서 말했다.

"오, 어디로 가십니까?"

형사는 물었다.

"요코하마의 바샤미치입니다. 좋은 매물이 있어서 급히 짐을 싸던 중입니다. 방이 어수선해서 죄송합니다."

"괜찮습니다!"

미타라이는 의자에 앉았다.

"무슨 볼일이 있으십니까?"

"실은 좀 어려운 사건을 맡아서……."

형사는 그렇게 말하고는 뜸을 들였다. 그리고 말하기 곤란하다는 듯이 말을 이었다.

"이런 식으로 찾아뵐 면목은 없지만, 올봄에 우메자와 가 사건으로 큰 신세를 지고 선생님의 대단한 수완을 알게 되어 이번에도 좀 상담할 수 있을까 해서……."

형사는 그렇게 말하고 미타라이의 안색을 살폈다. 그는 미타라이를 **선생님**이라고 불렀다. 내 친구는 점잔을 빼는 일굴로 턱 근처를 마구 문지르고 있었다. 이야기를 들을까, 어떻게 할까 고민하는 듯 보였다. 그리고 결심을 했는지 이렇게 말했다.

"그 사건은 어려운 사건입니까?"

그러자 다케고시 형사는 무척 황송해했다.

"예…… 간단한 사건이라면 괜찮겠지만, 바쁘신 중에 정말 죄송하지만, 좀 복잡한……."

"아, 그건 상관없습니다!"

미타라이는 밝은 얼굴이 되었다.

"말씀해주시겠습니까? 이시오카, 나는 커피."

"네에……."

형사는 그렇게 말했고, 나는 어쩔 수 없이 일어났다.

그래도 미타라이는 내가 커피를 들고 돌아올 때까지 이야기를 시작하지 않고 기다려준 것 같았다. 내가 커피 잔을 형사 앞에 내밀자 기다렸다는 듯이 그는 이야기를 시작했다.

"어려운 사건입니다. 그러나 요전처럼 경찰서 사람들 모두가 손을 드는 바람에 미궁에 빠지기 직전인 건 아닙니다."

그러자 미타라이가 표가 날 정도로 실망했다. '그럼 모두 손을 들고 난 뒤에 다시 와주시죠.', 나는 자의식이 강한 그가 그렇게 말하고 싶어서 입이 근질근질한 것을 알 수 있었다.

"사실 범인은 짐작하고 있습니다. 아직 한 사람으로 좁혀지지 않았지만요. 다만 이 수상한 녀석들이 범행을 하기가 물리적으로 어려운 상황입니다."

"호오."

미타라이는 별로 관심이 없다는 듯이 의자의 등받이에 몸을 기댔다. 경찰관들이 아직 손을 든 것도 아니고, 게다가 범인까지 짐작하고 있다니, 의욕을 잃은 것이다.

"요쓰야 역 부근, 정확히는 신주쿠 구 요쓰야 1-6의 ×에 후키타 전식(電飾)이라는 작은 간판집이 있습니다. 사장을 포함해 종업원이 겨우 여섯 명인 작은 회사인데 사장 후키타 히사오가 살해당했습니다. 향년 오십일 세였습니다. 범행 일시는 벌써 닷새 전인데, 12월 12일 아침 8시부터 9시 사이. 흉기는 회사에서 아크릴이나 염화비닐을 깎는 데 쓰던 대형 등산용 칼입니다. 이 회사는 간판을 제작하는 회사입니다. 간판 주문을 받고 만들어서 설치하는 일입니다. 간판은 함석 같은 금속 종류도 많지만 아크릴, 염화비닐 등 플라스틱도 많습니다. 이런 것을 절단할 때는 당연히 전기톱을 사용하지만, 세세한 부분 세공에는 등산용 칼도 쓴다고 합니다. 이런 칼이 회사 작업장에는 몇 개나 굴러다니고 있었습니다. 조사에 따르면 여덟 개 있었습니다. 흉기는 그중 하나로 후키타 사장의 심장을 찌른 겁니다. 그는 위를 보고 누운 채로 죽었습니다."

다케고시 형사는 검은 가죽 수첩이 아니라 초록색 표지의 메모장을 펼쳐 읽으면서 설명했다.

"정면에서 찔렀습니까? 다툰 흔적은?"

"없습니다. 후키타 사장은 작업장 구석 소파에서 잠깐 자고 있었던 것 같습니다. 범인은 잠들어 있을 때 비겁하게 찌른 거죠."

"그렇군요."

"8시부터 9시라면 무척 이른 시간대입니다. 피해자는 그렇게 이른 시간에 출근한 건 아니고, 일 때문에 밤샘을 한 겁니다. 그래서 잠깐 수면을 취하고 있었던 것 같습니다."

"흠."

"원래 후키타 전식이라는 회사는 기술을 지닌 후키타 사장이 혼자 시작한 회사입니다. 사장의 솜씨가 뛰어났죠. 다른 젊은 사원은 말하자면 사장의 조수나 다름없는데, 사장을 대신해 간판을 쓸 수 있는 사람은 기타가와 유키오라는 사원 정도입니다. 그런 상황이니 간판을 쓰는 것은 당시 사장만 할 수 있었습니다. 사건이 있던 날, 전날부터 급한 일이 들어와서 12일까지 간판을 완성해야 했던 거지요. 그래서 11일부터 12일에 걸쳐 후키타 사장은 혼자 철야로 간판을 쓰고 있었습니다. 잔업을 많이 시키면 인건비가 오르고 또 잔업을 시켜도 간판을 쓸 솜씨가 없는 사람이 대부분이니 별 의미가 없죠. 그래서 자기가 밤새도록 간판을 쓰고 출근한 사원들에게 아침 일찍 간판을 설치하게 하려고 한 겁니다. 간판을 설치하는 것은 젊은 사원들에게도 맡길 수 있었습니다. 그러나 출근한 사원들은 사장의 시체를 발견했지요. 철야로 일을 할 때 잠시 잠을 자거나 일하는 도중에 휴식할 수 있는 소파가 작업장 구석에 있는데, 그 위에서 후키타 히사오가 죽어 있었던 겁니다."

"발견자는 누굽니까?"

"트럭으로 출근한 사원 네 사람입니다. 이 회사는 사장과 아까 말한 기타가와 유키오를 제외하고, 젊은 사원 네 명이 오기쿠보의 독신자 기숙사에서 트럭으로 통근을 합니다. 사장의 집은 회사에서 도보로 십 분 거리에 있습니다. 기타가와 유키오도 회사에서 걸어서 십 분 정도 위치의 맨션에 세 들어 살고 있지요. 이 두 사람은 아내가 있습니다. 나머지 사원 네 명은 젊고 아직 독신이라 독신자 기숙사에서 통근합니다. 오기쿠보에 후키타 히사오의 형 부부가 경영하는 아파트(일본에서 아파트는 3층 이하의 경량 철골 구조물을 가리킨다. 우리가 생각하는 일반적인 의미의 아파트는 맨션과 비슷하다.- 옮긴이)가 있거 든요. 이 아파트의 방 네 개를 후키타 전식의 사원 기숙사로 삼았습니다. 아파트 앞에는 넓은 공터가 있어서 회사 트럭을 주차할 수 있습니다. 물론 형에게 동생이 주차비를 내고 있습니다. 한편 요쓰야에 있는 회사는 주차 문제가 심각해서 주차장이 없습니다. 하지만 그렇게 크지 않은 임대 빌딩이기는 해도 회사가 1층 전부를 쓰고 있어서, 일이 많지 않을 때는 작업실 구석에 트럭 한 대 정도는 들어갑니다. 그래서 후키타 사장은 오기쿠보 통근 팀 네 사람은 트럭으로 통근하도록 한 겁니다. 트럭은 일할 때는 작업장 구석에 세워두고, 그게 어려울 때는 길에 세워뒀다고 합니다. 이 트럭을 타고 네 사람이 출근해서 사장의 시체를 발견한 것이 오전 9시 45분입니다. 위급한 사태를 듣고 감식반이 신속하게 달려가서 범행 시각을 8시에서 9시 사이로 좁힐 수 있었습니다. 그런데 후키타 사장에게 범행 동기가 있는 사람이 두 명쯤 있습니다. 동기가 무척 명쾌해서 이들 중 어느 한 쪽이라는 것은 거의 틀림없는데, 그게 누군지 몰라서 난처한 겁니다. 뿐만 아니라 이 둘이 범행을 저지르는 것이 물리적으로 어렵습니다. 한 사람은 이시하라 슈조, 마흔한 살입니다. 다른 하나는 바바 가즈오, 이쪽은 서른아홉 살입니다. 이시하라 슈조는 건달로 나카노사카우에의 오우메가도 근처에 스낵 주점 두 곳을 경영하고 있습니다. 집은 지하에 스낵 주점이 위치한 맨션 4층에 있죠. 다른 한 명 바바 가즈오는 성실한 샐러리맨으로, 야에스의 M이라는 무역회사에 근무하고 있습니다. 자택은 역시 요쓰야에 있는 맨션입니다. 다만 현장인 후키타 전식과는 상당히 떨어져 있는데, 요쓰야 역을 끼고 반대 방향이죠. 그의 집에서 요쓰야 역까지는 걸어서 십 분인데 후키타 전식까지 가려면 서둘러도 최소 십오 분은 걸립니다. 물론 이것은 걸어서 갈 경우이지만요. 세 사람은 모두 규슈의 고쿠라 출신입니다. 도쿄에 살면서 알게 된 모양인데 고향이 같아서 그랬는지 셋이서 투기 그룹을 만들었던 겁니다. 아니, 투기라는 것은 정확하지 않을지도 모릅니다. 투기라는 말은 보통 움직일 수 있는 돈이 억 단위인 프로들에게나 어울리지요. 동원 자금이 겨우 2, 3천만인 이 그룹은 투자자라고 하기에도 좀 애매합니다. 요즘 신규 공개주 붐이 좀 있었습니다. 아실지 모르지만, 그중에서 최대 인기 종목이 G정밀기계 제작소였습니다. 인베이더 게임으로 대박을 쳐서 한때는 생산을 해도 해도 수요를 따르지 못할 지경이었습니다. 텔레비전 게임, 실내 체력 측정기로 연달아 히트를 쳤는데, 이번 9월에 기다리던 공개 상장이 되면 한 주에 액면가 50엔의 오십 배인 2,500엔은 될 거라고 가부토초(도쿄 증권 거래소가 있는 곳-옮긴이)에서 소문이 났습니다. 그런데 후키타 히사오는 일 관계로 G정밀기계를 알게 됐는데, 앞날을 예측할 수 없었던 시절에 반쯤 의리로 7만 주 정도의 주식을 갖게 된 것 같습니다. G정밀기계는 재작년쯤부터 급격히 성장을 하기 시작했죠. 그래서 동료인 이시하라와 바바가 이 주식을 갖고 싶어 한 것 같습니다. 그래서 후키타는 일 년 전, 회사 자금을 마련할 필요도 있어서 두 사람에게 2만 주씩 넘긴 것 같습니다. 한 주에 1,100엔 정도에 넘겨받았다고 하는데, 액면가 스무 배 이상이었습니다. 후키타가 처음에 매수든 떠맡든 했을 때 가격은 액면가의 고작 너덧 배였죠. 어쨌든 그러다 회사 사정으로 미루어지던 기업공개 및 상장이 이번 10월말로 정해진 겁니다. 그런데 여기서 넘긴 주식이 아까워진 후키타가 G정밀기계에 분식결산의 소문이 돈다고 두 사람을 속인 것 같습니다. 분식결산이 뭔지 미타라이 선생님은 아십니까?"

"전혀 모릅니다."

선생님은 그렇게 대답했다. 형사는 약간 당황한 것 같았다.

"분식결산이라는 것은 요컨대 이익이 과대평가됐다는 걸 뜻합니다. 후키타는 재무성이 결산 내용을 점검하는 것 같다. 그걸 유력한 정보통으로부터 들었다, G정밀기계의 중역들도 아직 모른다. 뭐 이렇게 두 사람에 말한 것 같습니다. G정밀기계처럼 단기간 내에 누워서 떡먹기 식으로 큰 이익을 취한 회사에 실제로 일어날 만한 일이었던 겁니다. 만일 그게 사실이고 재무성에 분식결산이 드러나 공개와 상장이 무기한 연기되기라도 하면 두 사람이 각자 갖고 있는 2만 주는 종잇조각이나 마찬가지가 됩니다. 후키타는 지금이라면 사정을 모르는 모 졸부에게 떠넘길 수 있다, 자기는 그럴 생각인데 당신들은 어떻게 할 거냐, 라고 했답니다."

"다케고시 씨, 아무래도 그런 이야기는 지루하네요. 저는 주식에 대해서는 전혀 몰라서. 요컨대 이시하라와 바바가 주식으로 후키타에게 손해를 봤단 말이죠? 얼마나 손해를 봤습니까?"

"제로입니다. 후키타는 두 사람으로부터 팔았을 때의 가격으로 되샀으니까, 숫자상으로는 손해는 없습니다. 그러나 1,100엔에 2만 주라면 2,200만 엔이나 됩니다. 2,200만 엔이나 되는 돈을 일 년 사이에 1엔도 불리지 못하고 그냥 놀려두었으니까 투자자에게는 손실이나 마찬가지입니다. 간단히 말하면 은행에 맡겨도 이자를 연 0.6퍼센트로 계산하면 132만 엔의 이자가 붙게 되니까요."

"그렇군요. 그러면 132만 엔 손실이네요."

"그뿐만이 아닙니다. 후키타가 한 짓은 완전히 사기였던 겁니다. G정밀기계에 분식결산 따위는 없었고, 재무성이 움직인 사실도 없었습니다. 게다가 후키타는 되산 주식과 그의 주식을 합친 7만 주를 모 졸부에게 떠넘기지도 않았습니다. 약삭빠르게 손에 넣은 거죠. 그리고 지지난달 상장에서 예상대로 G정밀기계는 한 주 당 2,500엔이 되어 후키타는 7만 주로 175,000,000엔, 대충 1억 5천만 정도를 벌게 됐죠."

"오호."

미타라이는 끄덕였다.

"이것은 어엿한 동기가 됩니다. 두 사람이 각각 2만 주씩 들고 있으면 5천만 엔, 샀을 때 2,200만 엔이니까 차감하면 2,800만 엔을 벌 수 있었습니다. 그뿐만이 아닙니다. 속았다는 원한은 더 컸죠. 주식에 푹 빠진 돈에 미친 사람들이니까요. 실제로 두 사람은 술집에서 취해서 후키타 자식 죽여버리겠다고 아우성을 쳤고 그걸 몇 명이 들었다고 합니다. 절대로 그냥 봐주지 않겠다고 했다더군요. 하지만 후키타가 이런 악착같은 수법을 쓴 것도 나름의 이유가 있었는데, 후키타 전식의 경영 상태가 아무래도 별로 좋지 않았던 것 같습니다. 후키타 자신도 회사를 접고 큰 회사에 취직할까 진지하게 생각했던 것 같습니다. 사원들이 그걸 열심히 말리던 상태였죠. 어찌 됐든 후키타 전식이 없어지면, 앞에서 말한 기타가와는 기술이 있으니까 어떻게든 되겠지만 남은 네 사람은 바로 길거리에 나앉는 겁니다. 아르바이트 정보지라도 사와서 일자리를 찾지 않으면 안 됩니다. 후키타 전식은 요 몇 년간 계속 경영 상태가 불안했던 모양입니다. 간판만으로는 좀처럼 돈을 벌 수 없었던 것 같습니다. 네온관 공장이나 장인이라도 데리고 있으면 괜찮지만, 그것도 없고요. 네온 일은 언제나 외주를 주게 되니 얼마 벌지 못합니다. 후키타 사장은 이 점을 언제나 고민했다고 합니다. 그래서 그는 G정밀기계의 주식을 팔고 되사서, 그런 식으로 변통하고 어떻게든 회사를 이끌어온 겁니다. 이번에는 대박이 나서 겨우 한숨을 돌릴 수 있게 된 것 같았습니다. 회사도 안정을 찾은 참이고 사원들도 정말 기뻐하며 사장과 함께 술도 마시러 다닌 것 같은데, 마침 이런 때 사장이 살해당해서 다들 기막혀하고 있습니다. 뭐 그런 연유로 후키타 사장의 이런 사기 비슷한 수법도 탓할 수만은 없지만, 이시하라와 바바는 참을 수 없었을 겁니다."

"잘 알았습니다. 그러면 남은 것은 수갑을 채우는 것뿐이잖습니까."

미타라이는 시시하다는 듯이 말했다. 이런 사건의 어디가 어렵느냐고 말하고 싶은 것 같았다.

"그런데 그렇게는 안 됩니다."

다케고시 형사는 강하게 단언했다.

"왜 그렇죠?"

"**숫자 자물쇠**라는 자물쇠가 우리 앞을 가로막고 있습니다. 선생님도 익숙하실 겁니다. 작은 장난감 같은 가방 모양 자물쇠에 숫자가 적힌 고리가 삼단으로 있고, 세 개의 고리를 돌려 표시가 된 곳에서 비밀번호를 나란히 맞추면 자물쇠가 열리는 것 말이죠."

"압니다, 그 자물쇠는. 그런데 그게 왜 가로막는 겁니까? 후키타 히사오의 시체가 금고에라도 들어가 숫자 자물쇠를 걸어놓은 것도 아니잖습니까?"

미타라이는 형사를 앞에 두고 약간 조심성 없는 농담을 했다. 그러자 형사는 일순 어안이 벙벙한 듯한 표정을 지었다.

"그게 정말 그대로입니다. 후키타 사장이 소파에 누워서 죽어 있던 후키타 전식의 안팎은 엄중하게 자물쇠가 걸려 있었는데, 출입문 바깥쪽에 숫자 자물쇠가 걸려 있었습니다. 그러니까 현장은 얼마 전의 우메자와 가 사건과 마찬가지로 밀실이었습니다. 그래서 선생님 취향이실 것 같아서 이렇게 찾아뵙게 된 것입니다."

미타라이는 약간 흥미가 있는 것 같았다. 그제야 몸을 앞으로 내밀었다.

"밀실이라고요? 자물쇠가 걸려 있었답니까? 뭐 때문에 밀실을 만든 겁니까? 범인은 현장을 왜 밀실로 할 필요가 있었던 겁니까?"

"그걸 모르겠습니다."

"출입구는 몇 개 있습니까?"

"두 개입니다. 여기에 그림도 준비해왔습니다. 하나는 이

셔터입니다. 도로 쪽 출입구는 전체가 셔터로 되어 있습니다. 이것은 안쪽에서 잠글 수 있습니다. 셔터를 닫고 셔터 제일 밑에 달린 슬라이드 바를 좌우로 밀어서 잠그는 방식입니다."

"그러면 셔터는 안쪽에서만 열 수 있습니까? 그러니까 실내로 들어가지 않으면 셔터 잠금은 풀 수 없습니까?"

"아니, 그렇지는 않습니다. 안쪽에서는 물론 지금 같은 방식으로 간단히 잠그고 열 수 있고, 바깥쪽에서도 열쇠를 사용해서 똑같이 열고 잠글 수 있습니다. 셔터의 바깥쪽에 열쇠 구멍이 있습니다. 그리고 이 열쇠는 트럭 통근 팀의 최고 연장자인 아키타 다쓰오라는 사원이 항상 지니고 있습니다. 12일 아침에도 아키타라는 사원이 이 열쇠로 셔터를 열고 안으로 들어가 피해자를 발견했습니다. 이 열쇠는 두 개 있는데

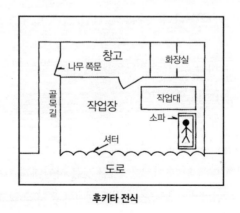

**후키타 전식**

사원 중에는 아키타만 갖고 있었습니다. 남은 하나는 사장이 갖고 있었죠. 기타가와 유키오도 열쇠를 가지고 있지 않습니다."

"과연. 그러면 남은 건 숫자 자물쇠가 채워진 옆쪽 출입구인가."

"그렇습니다. 나무 쪽문이라는 표현이 딱 어울리는 판자문이 옆쪽 골목길 출입구로 나 있는데, 여기에 싸구려 숫자 자물쇠가 채워져 있었습니다. 바깥 골목 쪽입니다. 이런 것은 펜치로 어떻게든 비틀어 끊으면 되고, 판자문이니까 발로 차서 부수려고 마음만 먹으면 어떻게든 할 수 있지만, 그런 부서진 흔적은 없었습니다."

"그런데 아무리 싸구려 자물쇠라도 세 자리 숫자를 맞추지 않으면 열리지 않는 것은 확실하지요?"

"그야 그렇습니다. 그리고 열린 흔적이 없어요, 하지만……."

"번호를 알고 있는 것은 누구누굽니까?"

"그게, 아무도 모릅니다."

"아무도 모른다?"

"그렇습니다. 알고 있던 사람은 사장뿐입니다. 후키타 사장이 직접 사와서 단 거여서요. 이런 것은 사원에게 가르쳐주면 반드시 어딘가에서 외부로 샌다, 그래서 혼자만 알고 있으면

된다고 사장이 말했다고 합니다. 사장은 아내에게도 가르쳐
주지 않았습니다. 그러나 전혀 상관없었습니다. 나무 쪽문은
전혀 사용하지 않은 모양이니까요. 바깥쪽 셔터를 열고 닫으
면 충분하니까."

"그렇군요. 숫자 자물쇠 비밀번호는 사원들도 모른다. 당연
히 이시하라나 바바는 알 리도 없다는 거군요?"

"그렇습니다. 그래서 저희들도 난처한 거지요."

"그렇군요."

미타라이는 기쁜 듯한 소리를 내며 양손을 합장하는 식으
로 맞댔다.

"그러면 남은 것은 셔터밖에 없지 않습니까?"

"그렇기는 하지만 아닌 것 같습니다. 이시하라나 바바는 셔
터 열쇠를 갖고 있지도 않고."

"후키타와 만났을 때 몰래 열쇠를 훔쳐서 여벌 열쇠를 만
들어두지 않았을까요? 아니면 다섯 명 사원들과 만났을 때
라도. 함께 술을 마시는 동안 틈을 봐서 삼십 분 정도 슬쩍해
서."

"이시하라, 바바는 후키타 전식 사원들과는 면식이 없습니
다. 따라서 교제도 전혀 없습니다. 남은 것은 사장인데 주식
사건 이후로 경계를 해서 두 사람과는 일체 만나지 않았고,
그전에도 후키타는 두 사람을 신용하지 않았던 것 같아서, 글

쎄, 그런 빈틈을 보였을까요."

"하지만 숫자 자물쇠가 걸린 나무 쪽문이 불가능하다면, 남은 것은 셔터밖에 없잖습니까?"

"그렇기는 하지만 셔터는 열고 닫으려면 커다란 소리가 납니다. 후키타 전식이 입주한 임대 빌딩 2층에 살고 있는 부부가 있습니다. 이 부부가 11일 저녁 6시 반경 셔터가 닫히고 12일의 아침 10시 전에 셔터가 열리기까지(이건 출근한 오기쿠보 통근 팀 네 사람이 연 소리인데) 그동안 한 번도 셔터가 열리는 소리가 나지 않았다고 했습니다. 셔터는 아주 커다란 소리가 나서 2층에 사는 사람은 바로 알게 된답니다."

"그러면 시간을 들여서 살살 열었다는 건 어떻습니까? 그렇게 하면 2층 사람에게도 들키지 않고 소파에서 자는 후키타 사장도 깨지 않았을 겁니다."

"아침 8시부터 9시 사이에 말입니까? 도로에 다니는 사람도 많습니다. 게다가 언제 사원이 출근할지 알 수 없습니다."

"셔터 열쇠는 두 개라고 했는데, 또 하나는 어디 있었습니까?"

"살해당한 사장의 주머니 속입니다. 바지 오른쪽 주머니에 들어 있었습니다."

"하하, 그러면 미리 이 열쇠를 훔쳐놓고 한밤중에 셔터를 살살 열어서 작업장에 들어가 후키타와 이야기하다가 그가 잠든 다음 찔러 죽인 후에 다시 살살 셔터를 닫고 자물쇠를 잠그고 나서 열쇠를 사장 주머니에 돌려놓는 건 불가능하겠군. 그렇지, 이시오카?"

"불가능하지."

"어쨌든 셔터를 닫는 시점이 8시에서 9시라는 출근 시간대에 걸쳐 있으니. 다케고시 씨, 그 길은 사람이 많이 다닙니까?"

"엄청나게 많습니다. 출근하는 회사원들이 많이 다닙니다."

"목격자는 없습니까?"

"아직은 없습니다."

"나라도 길가의 셔터는 피하겠지. 그런 목적에 들어맞는 것은 뭐니 해도 나무 쪽문이야. 이쪽은 좁은 골목 안이었지요?"

"그렇습니다. 게다가 당시에 문은 자재가 들어 있던 골판지 상자를 쌓아올린 바로 뒤에 있어서 쪼그려 앉으면 길에서는 전혀 안 보입니다."

"앉아서 숫자 자물쇠를 여는 작업에 몰두할 수 있는 거군요. 이쪽에서 지문은 나왔습니까?"

"후키타 사장 지문만 나왔습니다. 범인이 만일 여기를 부쉈다고 하면 장갑을 꼈겠지요. 칼도 마찬가지입니다."

"흐음."

미타라이는 생각에 잠겼다.

"그런데 바바와 이시하라 말인데요, 만일 그들이 바깥쪽 셔터나 나무 쪽문으로 들어갔다고 가정하면 범행은 가능합니까? 범행 시간대의 알리바이는 어떻습니까?"

"시간적으로는 가능하다고 할 수 있습니다. 그들 두 사람에 관해서도 조금 자세하게 말씀드리면, 우선 바바 가즈오입니다. 서른아홉으로 무역회사에 근무하는 성실한 남자인데, 그는 12월 12일 평소대로 8시 20분경 요쓰야 맨션을 나와 회사로 향했습니다. 이것은 부인의 증언이 있고, 맨션을 나갈 때 관리인과 얼굴을 마주쳐서 관리인의 증언도 있습니다. 요쓰야 역까지는 바바의 맨션에서 도보로 약 십 분입니다. 도중에 현장은 지나지 않습니다. 역을 끼고 반대쪽이어서요. 그렇게 그는 9시 5분 전에 야에스에 있는 회사에 출근해 타임레코더를 찍었습니다. 8시 55분이라는 기록이 확실히 카드에 남았습니다. 또 출근했을 때 카드뿐 아니라 회사 내에서 동료와 얼굴을 마주치기도 했습니다. 따라서 9시 5분 전에 당사자가 출근했다는 점을 의심할 수는 없습니다. 이 상황에서 보통 생각하면, 12월 12일 아침 바바 가즈오가 출근한 시각밖에 없기 때문에 그가 자동차를 타고 서둘러 후키타 전식에 들르면 불가능하다고만 단정할 수는 없습니다. 하지만 그는 일단 운전면허가 없습니다. 그러면 나머지, 불성실한 이시하라 슈조인데 역시 알리바이가 있지만 없는 것과 마찬가지입니다. 원래 아침 8시에서 9시라는 시간은 알리바이 증명이 무척 곤란한 시간대입니다. 성실한 근무자는 출근하는 시간이고 건달은 푹 자고 있겠죠. 이시하라 슈조도 예외는 아니어서, 수사해보니 아니나 다를까 침대 속이었습니다."

메모를 보면서 설명하는 다케고시 형사의 말투는 점점 수사 회의가 돼갔다. 이런 말투가 몸에 밴 것이다.

"침대 속이었지만 상황이 좋지 않게도 자택이 아니라 센다가야의 애인 집이어서 약간 일이 번거롭게 되었습니다. 일어난 시각은 낮 12시라고 합니다. 여자는 그때까지 계속 자기 옆에서 이시하라가 자고 있었다고 증언했지만, 신뢰할 수 있을지는 무척 의문입니다. 이시하라는 운전면허가 있고 차도 있습니다. 다만 그의 차는 11, 12일에 나카노사카우에의 월정액 주차장에서 전혀 움직이지 않았습니다. 이 사항은 부인을 비롯해 주차장 부근의 사람으로부터 증언 받았습니다. 따라서 범행 시에 그의 차가 움직이지 않은 것은 확실한데, 뭐큰 상관은 없는 것 같습니다. 센다가야와 요쓰야는 엎드리면 코 닿을 데입니다. 지하철역 두 개이니까요."

"그렇군요. 본인들은 사건에 관해서 뭐라고 하던가요?"

"관계없다고 합니다. 후키타에게 원한은 있지만 죽여서 남는 게 없다고 했습니다."

"그렇군요. 그러면 하시는 김에 사원들에 관해서도 설명을 해주시겠습니까?"

"기타가와 유키오에 관해서는 말씀드렸지요? 이 남자는 서른네 살, 기술이 있어서 후키타 사장의 오른팔 같은 존재입니다. 다만 부인이 있어서 요쓰야의 회사에서 도보로 십오 분 정도 되는 곳에 맨션을 빌려 살고 있습니다. 오기쿠보에서 트럭으로 통근하는 사람들 중에서 제일 연장자가 아키타 다쓰오, 그가 셔터의 열쇠를 맡고 있습니다. 스물여섯 살입니다. 그리고 오쿠보 슈이치 스물네 살, 쓰치야 준타로 스물한 살, 미야타 마코토 열일곱 살, 이렇습니다. 가장 어린 미야타를 빼고 모두 운전면허가 있습니다. 다만 기타가와를 빼고 혼자서 간판의 글자를 쓸 수 있는 기술을 가진 사람은 하나도 없습니다. 기껏해야 간판을 쓰는 기타가와 사장을 도울 뿐입니다. 그들의 일은 그러니까 주로 간판 운반과 설치입니다. 높은 비계에 올라가서 간판을 다는 건 제법 숙련을 요하는 어려운 작업이라서."

"기숙사는 어디에 있습니까?"

"주소 말입니까? 스기나미 구 아마누마 2-41의 ×입니다."

"후키타 전식은?"

"신주쿠 구 요쓰야 1-6의 ×입니다."

"아, 그렇군요."

미타라이는 묻긴 했지만 딱히 메모하지는 않았다.

"어떻습니까, 이상으로 대강 설명은 끝났는데, 뭔가 선생님이 생각이 떠오르신다면 꼭 들려주셨으면 좋겠습니다."

"이시하라, 바바 두 사람 이외에 용의자로 짐작되는 사람은 없습니까?"

"전혀 없습니다."

"이것만으로는 추측하기 힘듭니다."

"추측하기 힘들다?"

"가능성은 아직 많이 있지 않을까요. 예를 들어 단순한 도둑이 아니라고 확실히 부정할 수 있습니까? 도둑이 훔치러 들어갔는데 예상 외로 사장이 자고 있어서 일어날 것 같아서 죽였다."

"그런 일은 있을 수 없다고 생각합니다. 우선 무엇보다도 후키타 사장은 근처의 작업대 위에 윗옷을 벗어두고 담요를 덮은 채 자고 있었는데, 윗옷 안주머니에 47만 엔이 든 지갑이 있었습니다. 살인자는 이 현금은 전혀 손대지 않았습니다."

"호오, 그렇습니까!"

그러자 미타라이는 더더욱 기쁜 듯이 손바닥을 비볐다. 이 순간부터 그가 무척 들뜨기 시작한 것 같았다.

"회사이니까 당연히 전화는 있겠지요?"

"물론 있습니다."

"그리고 바바와 이시하라는 후키타와 셋이서 투기 그룹을 만들었을 정도니까, 당연히 가까웠겠죠?"

"뭐, 그렇습니다."

"그러면 이 이상한 사건을 가능하게 하는 방법도 전혀 없는 것은 아니겠군요."

"그렇습니까?"

"두 사람이 공범이라면 어떻게든 못 할 것도 없습니다. 어느 한 쪽이 전화로 후키타를 밖으로 불러낸다. 11일 아직 술집이 열려 있을 시간에 말입니다. 함께 마시며 후키타를 취하게 해서 셔터의 열쇠를 훔쳐낸 후 대기하던 다른 사람에게 건넨다. 대기하던 사람은 그 열쇠로 셔터를 열어두고 술집에 돌아와서 공범에게 돌려준다. 술자리에 있는 사람은 열쇠를 몰래 후키타에게 되돌려놓는다. 그런 다음 셔터를 연 사람은 후키타 전식으로 돌아가 실내에 잠입해 창고 같은 곳에 숨어서 후키타를 기다린다. 셔터는 안쪽에서 잠글 수 있다."

"하지만 이건 어떨까요?"

다케고시 형사는 곧바로 반론했다.

"셔터는 11일 밤부터 12일 아침에 걸쳐 한 번도 열리지 않았습니다."

"2층 주민의 증언이겠죠? 하지만 천장까지 다 열었을 때 그런 거 아닙니까? 셔터 문이 천장에 닿으면 분명 커다란 소리가 나죠. 하지만 사람 하나가 몸을 숙이고 바깥으로 나갈 정도로 열면 높이도 낮고 조심조심 한다면 소리도 작지 않을까요?"

"그러나 지금 말씀하신 방법으로는 결국 셔터 열쇠는 역시 실내에 남게 됩니다. 이시하라나 바바가 안에 남아서 순조롭게 후키타를 죽였다고 해도 그가 일을 끝내고 바깥에 나가, 셔터를 원래대로 잠글 수 없습니다."

"그러면 후키타에게서 열쇠를 몰래 훔쳤을 때 재빨리 여벌 열쇠를 만들었다고 하는 건 어떻습니까?"

다케고시 형사는 고개를 갸웃했다. 약간 어이없어하는 것 같았다.

"그 시간에 열쇠집이 영업을 할까요?"

"게다가 그런 사기 같은 주식 매매를 한 지 얼마 되지도 않았는데 후키타 사장이 두 사람이 불러낸다고 해서 그렇게 쉽게 응할 리도 없잖아."

옆에서 보다 못한 나도 말했다.

"게다가 선생님, 이시하라 슈조는 11일 심야 알리바이가 확실합니다. 새벽 3시쯤까지 자기가 경영하는 가게에 있었습니다. 종업원과 손님 몇 명도 증언했습니다. 바바도 11시를 넘어서 긴자에서 술을 마시고 있었습니다. 이것도 가게에서 확인했습니다. 그 후 12시 지나서 귀가한 뒤에는 가족의 증언이 있습니다."

"그런가, 아깝군! 그러면 이건 결국 안 되겠네."

미타라이는 그렇게 말하고 기운차게 일어났다. 그러나 말과는 정반대로 그의 표정에는 기쁨이 넘치는 것 같아 보였다. 나는 미타라이의 진의를 알 수가 없었다.

"선생님, 이것도 물어보고 싶은데, 숫자 자물쇠의 조합은 몇 가지쯤 있을까요?"

다케고시 형사는 방을 마구 돌아다니는 미타라이를 향해 말했다.

그런데 그 소리가 들렸는지 안 들렸는지, 미타라이는 고개를 숙이고 말이 없었다. 바닥을 바라본 채 등 뒤에서 깍지를 끼고 방안을 성급하게 돌았다. 그러다 때때로 멈춰 서서는 중얼중얼 뭔가를 말했다.

"어이, 미타라이."

보다 못한 내가 말했다. 그러나 그는 전혀 움직일 낌새가 없었다. 뭔가에 마음을 빼앗겨 정신이 나간 것이다.

어쩔 수 없이 우리는 가만히 기다렸다. 미타라이는 꾸려놓은 짐에 걸려 넘어질 뻔하더니 그제야 겨우 정신이 돌아온 것 같았다.

"이시오카 너, 집에서 짐은 다 쌌어?"

"아니, 아직 남았는데."

나는 대답했다. 우리는 각자 집의 짐을 정리해서 방을 비우고 요코하마 바샤미치의 넓은 집에 함께 옮겨 살 계획이었다.

"지금 바로 네 아파트에 가자. 그리고 같이 짐을 싸자고."

"미타라이, 그런 것은 나중에 해도 되잖아!"

"아니, 지금 바로 해야 해. 그러는 편이 나아."

"어이, 미타라이, 잠깐 기다려봐."

나는 바로 나갈 채비를 하는 미타라이를 향해 말했다.

"숫자 자물쇠는 어쩌고? 조합이 몇 가지 있는데?"

"뭐라고?"

미타라이는 손을 멈추고 말했다.

"숫자 자물쇠? 아, 그렇지! 숫자 자물쇠 말이지. 그 숫자 자물쇠의 숫자는 1에서 9까지였습니까? 아니면 0도 있습니까?"

"0도 있었습니다."

"그러면 숫자는 10개다. 이시오카, 아홉 명의 야구팀 타순은 몇 가지 있는지 알아?"

"몰라."

"9의 계승만큼 있지. 9×8×7×6×5×4×3×2×1, 그러니까 362,880가지. 이 경우에서는 열 명의 야구팀이니까 10×9×8×7×6×5×4×3×2×1, 즉 3,628,800가지가 있겠네."

"숫자 자물쇠의 비밀번호 조합이 그렇게나 많다는 거야?"

"그럼. 111부터 시작해서, 112, 113, 이렇게 순서대로 시험해보면 각각 2초씩 걸리려나. 그렇다면 전부 7,257,600초가 필요한데."

"그건 어느 정도지?"

"7,257,600초를 60으로 나누면, 120,960분이야. 이것을 60으로 또 나누면 2,060, 즉 이천육십 시간이라고. 이것을 하루 스물네 시간으로 나누면 84, 즉 이것을 전부 다 시험해보려면 84일이 필요합니다. 두 달 반 이상."

놀랍게도 이 계산을 미타라이는 머릿속으로 해냈다.

"84일, 그럼 도저히 무리군."

다케고시 형사가 그렇게 중얼거리는 것이 들렸다.

# 2

주오 선을 타고 우리는 샌드위치는 무슨 샌드위치가 제일 맛있는가라는 주제에 열중했다. 문이 열리고 미타라이가 슥 내려서 나도 아무런 의문도 품지 않고 내렸다. 그리고 이곳이 목적지인 니시오시쿠보의 직전 역이라는 걸 알아차린 것은 이미 지하철의 문이 닫히고 나서였다.

"미타라이, 여기는 오기쿠보야."

"어라 그랬군. 하지만 이것도 인연이니까. 여기서 내려서 걸어가지 않을래?"

"뭐 하려고?"

"후키타 전식의 독신자 기숙사에 가보자고."

스기나미 구 아마누마 2-41의 ×라는 주소를 미타라이는 신통하게도 기억하고 있었다. 그는 어떻게 된 일인지 사람 이름은 전혀 기억 못하는데 숫자는 무척 잘 기억했다. 여담이지만 그는 3.14라는 원주율을 소수점 이하 삼백 자리까지 완전히 암기하고 있었다. 그런 것을 외워봐야 아무런 이득도 없다고 생각하는데, 미타라이는 하나도 힘들이지 않고 쉽게 외울 수 있다고 했다.

미타라이가 한번 흥미로운 이야기를 한 적이 있다. 숫자는 각각 강렬한 개성을 갖고 있다는 것이다. 1과 2는 성격이 완전히 다르나, 1이 미국 대통령처럼 화려한 존재라면, 2는 소극적인 허약아라고 주장했다. 이 개성의 차이는 사람 얼굴 이상으로 특징적이어서 식별이 쉽고 이것을 알면 숫자는 간단히 머리에 들어온다고 했다.

어쨌든 우리가 오기쿠보의 후키타 아파트에 도착한 것은 12월 17일 해 질 녘이었다. 살해당한 후키타 히사오의 형 부부, 즉 주인집은 바로 알 수 있었다. 요란한 현관 장식이 있었고 후키타의 형 집만 독특한 구조였기 때문이다.

현관 앞에 후키타 전식이라고 쓰인 트럭이 있었다. 꽤 큰 대형 트럭으로 짐칸에는 지붕도 포장도 없었다. 아무래도 젊은 사원 네 사람은 방에 있는 것 같았다. 사장이 살해당해 회사는 휴일인 것이다.

현관 옆 초인종을 누르니, "네." 하고 안쪽에서 여자가 대답하는 소리가 들리고 금속 장식이 달린 화장합판문이 바로 열렸다.

나는 놀라서 눈이 휘둥그레졌다. 스무 살 정도의 엄청난 미인이 서 있었기 때문이다. 피부가 희고 약간 작은 체격이었지만 눈이 크고 콧날이 오뚝한 아름다운 여성이었다.

"실은 수사 1과의 다케고시 형사에게 협력을 요청받아서 후키타 전식 사원 분들을 만나 이야기를 듣고 싶어서 이렇게 찾아뵙게 되었습니다만."

"네에……, 성함은?"

"미타라이라고 합니다."

"잠깐 기다려주세요. 아버지께 전해드릴게요."

그녀는 약간 당황한 것 같았다. 무리도 아니다. 이런 엉성한 자기소개로는 우리의 정체를 알 수가 없기 때문이다.

머지않아 안에서 쿵쿵하는 발소리가 들리고 현관에 체격 좋은 커다란 남자가 불쑥 나타났다. 오십 대 중반 정도로 보였다.

"후키타입니다."

커다란 남자는 말했다.

"무슨 용건입니까?"

미타라이는 다시 엉성한 자기소개를 되풀이했다.

"명함을 좀 봅시다."

후키타는 퉁명스러운 말투로 말했다. 옆에 있던 나는 당황했다. 명함 따위 있을 리가 없으니까. 적어도 이런 때 건네기에 적합한 명함을 미타라이가 갖고 있을 리 없다.

그런데 미타라이는 차분하게 코트 안주머니에서 하얀 종잇조각을 한 장 뽑아서 상대에게 내밀었다. 나는 놀랐다. 큰 남자는 노안인지 눈을 가늘게 뜨고 눈꺼풀 근처에 한껏 주름을 잡으며 명함을 읽고는 "사설탐정님?"이라고 말했다.

"그렇습니다."

미타라이는 태연하게 대답했다.

"허어, 정말로 있을 줄 몰랐습니다. 그쪽 분은?"

"조수입니다. 오늘 막 입사한 터라 아직 명함은 없습니다."

"그러면, 일단 올라오십시오. 어이 야스코! 차 좀 내와."

"감사합니다."

미타라이는 그렇게 말하고 구두를 벗기 시작했다.

우리는 현관 옆 응접실로 들어갔다.

"희한한 이름이구면요."

후키타 히사오의 형은 살찐 몸을 힘들게 의자에 맡기며 그렇게 물었다.

"그런가요."

"오테아라이 씨?"(御手洗는 오테아라이 즉, 화장실이라는 뜻으로도 읽힌다.-옮긴이)

"미타라이입니다."

상대의 말을 자르듯이 미타라이는 서둘러 말했다.

처음 만나는 사람과 그는 언제나 이런 대화를 할 운명이었다. 뜻밖에도 나는 옆에서 이런 대화를 바라보는 것이 만족스러웠다.

"요코하마의 바샤미치에 사무소가 있다고?"

"그렇습니다."

미타라이는 벌써 바샤미치의 주소로 명함을 판 것 같다.

"그런데 일본 전국에 당신 같은 사설탐정이 많을까요?"

"많습니다, 요코하마만 해도 몇 군데나 있으니까요. 대부분 불륜 조사가 전문이기는 하지만."

"그럼 불륜 조사는 안 하십니까?"

"제 경우는 경찰이 손을 놓은 사건만 취급합니다. 그런데 돌아가신 후키타 히사오 씨의 형님이시지요? 성함은 어떻게 되십니까?"

"요시후미입니다."

"후키타 요시후미 씨, 댁의 아파트를 후키타 전식의 기숙사로 제공하셨지요?"

"그렇습니다."

"그러면 후키타 씨의 직업은 아파트 임대업이 되는군요?"

"아니, 그렇지는 않습니다. 저는 신주쿠의 P슈퍼라는 슈퍼마켓에 근무하고 있습니다. 오늘은 우연히 이렇게 일찍 귀가했지만. 매장 주임이죠."

"후키타 전식의 사원 네 명은 매일 아침 여기서 트럭으로 통근하셨습니까?"

"그런 것 같습니다."

"길이 막히겠네요."

"엄청 막힐 겁니다. 아무래도 여기에서 요쓰야까지 가려면 오우메가도에서 신주쿠도리로 통하는 직선 도로로 쭉 나갈 수밖에 없으니까요. 최단거리죠. 오기쿠보도 요쓰야도 그 길가에 있습니다. 오우메가도를 살짝 신주쿠 반대 방향으로 돌아서 시멘도에서 간파치로 들어가, 다카이도에서 수도 고속도로에 진입하는 방법도 있지만 멀리 돌아가니까 이것도 별차이 없는 듯합니다. 고속도로도 아침 정체는 지독하니까요. 그러면 오히려 고속도로 통행료를 절약하는 편이 낫다고 생각했겠죠. 항상 오우메가도에서 직선 도로를 선택했다고 합니다."

"어느 정도 걸린 것 같습니까?"

"글쎄, 두 시간은 걸리지 않겠습니까? 항상 8시에 여기 나가서 도착하는 것은 빨라야 9시 반이라고 하니까요. 그러니까 동생도 이곳을 8시에 출발하면 된다고 한 것 같습니다. 9시 반에 도착하든 10시에 도착하든 말이죠, 도로 사정이니까."

"8시에 이곳을 출발했다는 건 어떻게 증명할 수 있습니까?"

"딸인 야스코가 확인할 수 있습니다. 딸과 아내가 아파트 남자들 시중을 들고 있어서."

"그렇군요. 잠깐 네 사람과 만나보고 싶은데요. 특히 회사의 열쇠를 갖고 있던 아키타 다쓰오 씨와 이야기를 하고 싶습니다."

"그러면 딸에게 안내하도록 하겠습니다. 네 사람은 그 아이가 더 잘 압니다. 그런데 차가 늦는군. 불러오겠습니다, 잠깐 실례."

후키타 요시후미는 귀찮은 듯이 일어나 복도로 나갔다. 나는 미타라이에게 작은 소리로 말을 걸었다.

"너 언제부터 사설탐정이 된 거야?"

"오늘부터. 명함이 오늘 나왔거든. 아는 사람 중에 명함집을 하는 사람이 있어서 명함을 만들라고 전부터 성화였어. 너도 만들래?"

"그렇다고 해도 사설탐정이라고 하다니 어이가 없군."

그러자 미타라이는 생각에 잠겼다.

"형사라고 찍을 걸 그랬나……."

"점성술사는 그만뒀어?"

"그만둔 건 아니야. 지금까지는 범죄 연구가 취미인 점성술사였지만, 오늘부터는 별점이 취미인 범죄 연구가라는 거지."

"그전에는 점성술이 취미인 음악가라고 하지 않았나? 엄청 바쁜 남자군."

"난처하게도 요전 우메자와 가 사건이 재미있어서."

"네가 다음에 뭘 할지…….."

그때 후키타 야스코가 응접실에 들어왔다. 홍차 찻잔을 셋 올린 쟁반을 들고 있었다.

"후키타 전식 분들은 지금 방에 계십니까?"

미타라이는 후키타 야스코에게 물었다.

"네, 있는 것 같은데, 확실히는 모르겠습니다."

"뭐, 그럼, 앉으시죠."

미타라이가 말하자 후키타 야스코는 내 앞에 앉았다. 부친 인 요시후미도 들어와 이미 자리에 앉아 있었다.

나는 가만히 그녀의 얼굴을 보고 있었다. 엄청난 미인이었 다. 미타라이도 제법 붙임성이 있는 걸 보니 그녀의 매력이 내 친구에게도 감명을 준 것 같았다.

"아키타 씨는 어떤 분입니까?"

"아키타 군은 제일 연상이기도 하고 착실한 사람입니다. 몸 도 크고 목소리도 또랑또랑하게 크고…….."

"그렇군요. 나이순으로 말하면 다음은…….."

"오쿠보 군입니다."

"오쿠보 씨는 어떤 사람입니까?"

"그 사람은 재미있어요. 약간 덜렁대기는 해도, 미워할 수 없는 사람입니다."

"다음은 쓰치야 씨였습니까?"

"그 사람도 착실합니다. 약간 약삭빠른 면도 있지만. 일은 확실하게 하고 숙부도 제법 신뢰한 것 같아요."

"또 한 사람이 있지요?"

"미야타 군이죠, 아직 어려서 다른 분들을 거들고 있어요. 얌전하고 성실하죠."

"다들 어떤 계기로 취직하신 겁니까?"

"지인의 소개라든지, 또 신문 광고입니다."

"그렇군요. 또, 기타가와 씨라는 분이 있었지요."

"기타가와 씨에 관해서는 저는 잘 몰라요. 하지만 뛰어난 분이라는 말은 들었습니다."

"돌아가신 후키타 사장은 어떤 분이었습니까?"

"아니, 정말 훌륭한 사람이었습니다. 형 입장에서 말하기도 좀 그렇지만 리더 체질이라 부하를 잘 돌봐주는 정말 정이 많은 남자였습니다."

요시후미가 말했다.

"야스코 씨, 어떻습니까?"

"저도 그렇게 생각해요. 성격이 밝아서 우리 집에 사는 네 분도 사장님, 사장님 하면서 무척 따랐습니다. 그렇게 될 거라고는 꿈에도 생각 못 했어요. 좋은 삼촌이었는데."

"그렇군요. 그러면 직업상의 적 같은 건."

"그야 있겠지요. 동생은 일단 그래 봬도 한 회사의 주인이니까 적은 당연히 있었겠죠. 뭡니까, 이시하라인가 바바인가라는 사람이 동생에게 속았다고 했던가요. 말도 안 됩니다! 그런 건 속은 쪽이 나쁜 겁니다. 승부의 세계니까요. 입장이 반대라면 그놈들도 당연히 그렇게 했을 겁니다."

"그러면 짐칸에 네 분에게 안내해주시지 않겠습니까?"

미타라이가 말했다.

후키타 야스코의 안내로 셋이서 복도를 걸을 때 창문으로 후키타 전식의 트럭이 보였다. 겨울 해가 떨어지기 전 약간 남은 빛이 썰렁하게 비치고 있었다.

"저 트럭, 네 명이 탈 수 있습니까? 좌석에는 세 명밖에 못 앉겠는데요."

미타라이가 앞서 걷는 야스코에게 물었다.

"그래서 항상 제일 어린 미야타 군이 담요를 걸치고 짐칸에 탔어요."

"불쌍하네요. 추울 텐데."

"겨울에는 무척 춥겠죠."

방에 가보니 사원들은 모두 나갔고, 미야타 군 혼자 방에 있을 뿐이었다.

후키타 야스코가 노크하고 미야타 마코토의 방에 들어갔다. 우리도 뒤를 따르니 그는 앉은뱅이책상에 고개를 숙이고 있었던 모양인지, 놀란 듯 얼굴을 들었다. 책상 위에서 자동

차 조립모형을 조립하고 있었다.

"다른 사람은요?"

야스코가 물었다.

"기치조지에 술 마시러 간다고 했습니다."

미야타 마코토는 작은 목소리로 대답했다.

"어머, 식사 전까지는 돌아오려나."

"호오! 제법 많이 만드셨군요."

벽의 장식 선반 앞에 서 있던 미타라이가 탄성과 같은 소리를 냈다. 방에 들어가자마자 서슴없이 돌아다니던 그는 가장 흥미를 끄는 곳에 멈춰 서 있었다.

"제법 잘됐네요. 색깔도 잘 칠했고 공을 많이 들였군. 조립모형 만드는 재능이 있습니다. 옛날에는 나도 많이 만들었는데……."

미타라이는 벽을 바라보며 황홀해하는 어조로 말하기 시작했다.

"조립모형도 만들었지만, 내 마음을 사로잡은 것은 모형 전기기관차였죠. HO 게이지의 전기기관차를 자주 만들었습니다. 백화점 전기기관차 매장의 유리 케이스는 마치 우주 같았습니다. 그 앞에 쪼그리고 앉아서 하루 종일 봐도 질리지 않았습니다. 어떻게 이런 아름다운 것이 세상에 존재할까 하고 생각했어요. 그래서 그 무렵에는 어른이 되어 돈이 생기면 산이나 집이나 강을 꾸며서 레이아웃을 만들 거라고 굳게 결심했습니다. 기관차 모형은 그렇게 훌륭한데 모형집이나 나무들이 조잡해서 별로 감동적이지 않았기 때문입니다. 그래서 저는 어른이 되면 이것보다 백배 훌륭한 것을 만들 거라고 디짐했습니다. 어른이 되어서 모형을 좋아하는 마음이 다소 없어질 거라고는 꿈에도 생각하지 못했으니까요. 대체 어떻게 된 꼴인지! 키가 자라고 시시한 세상의 분별 같은 것에 때가 묻으면서 길을 잘못 든 겁니다. 어느새 순수한 마음을 완전히 잊어버렸습니다. 어른의 세계로 파고들어가 더 즐거운 것을 찾았기 때문일까요? 아니, 그런 게 아니야."

미타라이는 팔짱을 끼고 선 채로 생각에 잠겼다.

방주인은 무척 놀란 것 같았다. 갑자기 어디의 누군지도 모르는 남자가 둘이나 멋대로 방에 들어오더니, 한 사람은 한차례 이상한 연설을 하고는 갑자기 입을 다물어버린 것이다. 무척 당혹스러울 거라고 나는 동정하는 마음이 들었다. 내성적으로 보이는 소년은 이 이상한 남자가 어디의 누구인지 물어볼 엄두는 못 냈을 것이다.

"이분들, 탐정님이야. 후키타 사장님 사건을 조사하신대. 아키타 군을 만나러 왔는데 하필이면……."

"아니, 그런 것은 이제 아무래도 상관없습니다."

휙 돌아보고 미타라이가 말했다.

"범인이고 뭐고 다 알았습니다. 그보다 당신은 몇 월 며칠 생입니까?"

"1월 8일생인데요……."

미야타 마코토는 작은 목소리로 대답했다.

"염소자리이군요. 1월 8일이라면 음악을 좋아하죠?"

"그렇게 좋아하지는 않습니다."

"그렇지 않아. 당신은 좋아합니다."

어이없게도 미타라이는 그렇게 말했다. 사람 성격 같은 것은 자기 자신이 가장 잘 알지 않겠는가. 쓸데없는 참견이다.

"태어난 시간은 아침 7시쯤이죠? 모른다고요? 그거 안타깝네요!"

그때부터 미타라이는 환영받지 못한다는 것을 모르는지 삼십 분 정도 버티고 있다가, 다른 세 사람이 돌아올 기색이 없자, 일어섰다.

"아까 미야타 군, 음악을 좋아하지 않는다고 했는데, 사실은 제법 좋아하는 것 같아요. 전에 야마구치 모모에의 레코드를 사서 듣고 싶다고 응접실로 가져와 들었던 적이 있거든요. 그래도 바로 질렸는지 그대로 거기에 놓아뒀더라고요."

복도에 나오자 후키타 야스코가 말했다.

"그러면 요즘 취미는 조립모형 만들기군요?"

"그 정도겠죠……. 아니, 그러고 보니 전에 긴자에서 식사를 하고 싶다고 했는데."

"긴자에서 식사?"

"네, 지금 조금씩 모으는 저금이 많아지면 한 번이라도 좋으니까 긴자에서 제일 좋은 프랑스 레스토랑에서 식사해보고 싶대요. 그게 어릴 때부터 꿈이라면서. 그 아이, 시골에서 자랐고 집이 유복하지 않았으니까요. 그래서 같이 가주지 않겠느냐고 제 어머니에게 부탁한 것 같아요."

"오호, 그렇습니까."

"그런 걸 취미라고 할 수 있을지 없을지는 모르겠지만요. 그런 말을 했다고 어머니가 전에 그랬어요. 어머니한테는 뭐든 상담하는 것 같아요. 아직 어머니에게 어리광 부리고픈 나이잖아요? 그래서."

"어머니는 지금?"

"장보러 가셨어요."

"어떤 가정에서 자랐습니까?"

"별로 물어보지도 못했습니다. 불쌍해서. 어쨌든 복잡한 것 같았어요. 어머니가 쓰가루에서 물장사를 하고 있어서 손님인 남자에게 갔대요. 마코토 군을 데리고. 그런데 그 남자가 폭력이 심했고 마코토 군과 사이가 나빴대요. 게다가 그 남자와 어머니 사이에 아이가 생겨서 더 이상 참을 수가 없었던 것 같아요. 중학교 졸업한 날에 가출해서 혼자서 도쿄로 나왔대요."

"호오, 도쿄에? 아는 사람이 있습니까?"

"없었던 것 같아요."

"그런데 왜 도쿄에?"

"역시 동경이란 게 아닐까요?"

"아버지에게 가도 되지 않습니까."

"아버지도 재혼했다고 해서."

"아, 그렇구나! 도쿄로 나와 친척도 없는데 어떻게 된 겁니까?"

"우에노에서 신문에 실린 구인 광고를 보고 그길로 숙부의 회사에 왔대요."

"그렇군요. 그러면 후키타 씨가 구해준 게 되겠네요."

"네."

"그러면 후키타 씨에게는 빚이 있겠네요. 사장은 미야타 군의 부모 같은 존재였겠고."

"네. 그래도 그 애를 가장 귀여워한 사람은 기타가와 씨 같아요."

"그렇습니까?"

"그런데 여자에게도 인기가 있어요. 얼굴이 그렇게 귀엽잖아요? 어머니도 무척 귀여워하셔요."

"당신도 그렇습니까?"

"저는 연하는 싫어요."

후키타 야스코는 우리가 마음에 든 것 같았다. 허물없는 소리를 하며 현관까지 배웅해주었다. 게다가 헤어지기 섭섭한 듯 샌들을 신고 길까지 나와서 이렇게 말했다.

"괜찮으시면 또 들러주세요. 탐정님은 처음이니까 친구가 되고 싶어요."

미인이 그렇게 말하니 미타라이도 그리 싫지만은 않았는지, "그거 영광이군요. 꼭 다시 들르겠습니다."라고 말했다. 실제로 이 말은 거짓이 아니었다. 그 후 나한테는 비밀로 하고 그녀의 아파트에 이따금 들르곤 했다. 미타라이도 후키타 야스코가 마음에 들었던 것이다.


"대단한 미인이잖아."

역으로 돌아가는 도중 완전히 해가 떨어진 거리에서 나는 미타라이에게 말했다.

"그러네."

그도 순순히 동의했다.

"하지만 사원 대부분은 만나지 못해서 안타깝네."

"뭐, 괜찮아. 덕분에 아파트에 다시 갈 구실이 생겼으니까."

미타라이가 그렇게 말해서 나는 귀를 의심했다. 그가 그렇

게 그녀를 마음에 들어 했는지 몰랐다. 미타라이는 들뜬 것
같았다.

"너 그 아파트에 뭐 하러 간 거야?"

나는 무심코 그렇게 물었다. 이 사건에 진지하게 관여할 마
음이 있다면, 오기쿠보의 후키타 아파트보다 요쓰야나 나카
노사카우에에 가서 바바나 이시하라를 만나는 게 훨씬 낫다.

그러나 미타라이는 사건에 진지하게 관여할 마음은 전혀
없는 것 같았다.

"그곳에 들른 이유는 딱 하나."

그는 기쁜 듯이 코트 주머니에서 명함 다발을 꺼냈다.

"이 명함을 써보고 싶었어. 너도 두세 장 줄게."

"한 장이면 돼."

나는 받아들고 가로등의 불빛에 비춰서 읽었다.

"수상한 명함이군. 사설탐정 미타라이 기요시라."

이날은 12월 17일이었다고 기억되는데 생각해보면 기념할
만한 날이었다. 사설탐정 미타라이 기요시가 탄생한 날이라
고도 할 수 있기 때문이다.

"어쩔 수 없어. 일본인이란 명함을 보고 안심하는 버릇이
있거든. 일시적인 안심이나 **주문** 같은 건데, 이런 것이라도 없
으면 다른 사람과 만날 때마다 거짓말을 해야 해. 그러면 또
한 정거장만 가면 되네. 이 건너편에 C켄이라는 오래된 양식

레스토랑이 있는데 거기서 저녁을 먹고 오늘 밤은 헤어지도 록 할까."

우리는 그의 제안대로 식사를 하고 역에서 헤어지기는 했 다. 그런데 미타라이는 내 이삿짐을 꾸리는 것을 도와주러 온 것이 아니었나, 라는 생각이 들었다. 그러나 이미 늦었다.

# 3

그로부터 일주일 가까이 미타라이는 이사 따위는 제쳐놓고 오기쿠보의 후키타 아파트에 드나드는 것 같았다. 이것은 나중에 알게 된 사실이었다. 그때는 대체 어디로 사라졌나 궁금해하곤 했었다.

이사는 올해 안에만 하면 된다고 계약해두어서 아무래도 상관없었지만, 때때로 미타라이가 쇼트케이크가 든 종이 상자를 들고 신이 나서 오기쿠보로 나가는 것을 보고 있자니 나는 약간 으스스한 기분이 들었다. 여태까지 그는 어떤 미인을 앞에 두어도 조금도 마음이 움직인 적이 없었기 때문이다.

그녀 쪽에서도 때때로 전화가 걸려오게 되었다. 둘 사이는 제법 진전하는 것 같았다.

미타라이 기요시라는 남자는 보기에 따라서는 제법 괜찮은 남자일지도 모른다. 내가 보기에는 개성이 너무 강해서 핸섬하다고는 도저히 생각할 수 없지만, 키가 큰 것은 분명하다. 여성 역시 여러 가지 유형이 있을 테니까 가끔은 기적이 일어나서 그가 여자에게 인기가 있어도 이상하지는 않을 것이다.

12월 24일, 크리스마스이브의 일이었다. 길거리에는 시끄러울 정도로 징글벨 멜로디가 넘쳐흐르고 있었다. 우리는 점심 식사를 마치고 집에 돌아와서 바깥의 크리스마스 분위기와는 상관없이 미타라이의 방대한 장서와 격투를 시작하려는 참이었다. 원래 게으른 미타라이가 이사 같은 큰일을 결심한 것은 책 때문에 바닥이 기울었다고 집주인에게 트집을 잡혔기 때문이다. 책을 바닥에 쌓고 미타라이가 그 위에 걸터앉으면 내가 재빨리 끈을 묶는 요령으로 작업을 계속하고 있는데 누군가 방해를 했다. 문 두드리는 소리가 들린 것이다.

미타라이가 대답을 해서 나는 짜증이 났다. 일이 모처럼 순조롭게 시작된 참이기 때문이었다. 미타라이라는 남자는 한번 집중력이 흐트러지면, 좀처럼 이런 지루한 작업을 하려 하지 않는다.

그러나 손님은 나에게 도움이 되지 않는 사람은 아니었다. 미타라이가 문을 열자 거기에 미야타 마코토가 서 있었다. 밖이 추웠는지 콧등이 빨갛고 입술도 묘하게 붉어 마치 여자아이처럼 보였다.

"이야, 잘 오셨습니다."

미타라이는 기쁜 듯한 목소리를 냈다.

"어차피 저는 한가하니까 이사라도 도울까 해서."

목도리를 풀면서 소년은 밝은 목소리로 말했다. 목도리에 그의 긴 머리가 흩어져 더 여자아이처럼 보였다.

그는 정말 일을 잘했다. 게으른 미타라이도 손님이 있으니 놀 수만은 없어서 의외로 성실하게 일하는 바람에 침실을 거의 다 차지하던 산더미 같은 책도 4시쯤이 되자 대부분 정리되었다.

"미안해."

미타라이가 말했다.

"보답으로 저녁이라도 살게. 그 전에 이 아저씨가 커피를 가져다줄 거야."

"아저씨는 누가 아저씨야?"

나는 기분이 상해서 말했다. 그러나 미타라이는 나를 무시하고 소년에게 물었다.

"커피 좋아해요?"

"예, 도쿄에 와서 무척 좋아하게 되었습니다. 도쿄에는 카페가 많으니까요."

"깜짝 놀랐나?"

"예. 회사에서 일할 때 휴식 시간에 커피를 마시러 가는 게 좋아서."

그렇게 말하고 그는 표정이 어두워졌다.

"이 아저씨가 탄 커피는 카페 정도는 아니지만 그런대로 괜찮아."

미타라이는 아직도 그렇게 말하고 있었다. 뭔가 적당하게 받아칠 말이 없을까 생각하고 있는데 문에서 다시 노크 소리가 났다.

미타라이가 말없이 문으로 다가가 여니 거기에 또 의외의 인물이 서 있었다. 다케고시 후미히코 형사였다. 그는 미타라이에게 눈인사를 하고 내게 살짝 고개를 숙이며 방으로 들어왔다.

"잠깐 이쪽에 올 일이 있어서."

그러고는 미야타 마코토를 보고는 깜짝 놀랐다.

"어라, 자네는?"

"이사를 도우러 왔습니다."

미타라이가 말했다.

"그러면 저는 이만."

미야타 마코토가 말했다.

"그래?"

"예, 볼일도 있어서요."

그는 그렇게 말하고 형사 옆을 지나 뒤쪽 문을 향했다.

"그러면 식사는 내일 하지. 내일 무슨 일 있어?"

미타라이가 물었다.

"별다른 건 없어요."

소년은 그렇게 대답하고는 우리에게 고개를 살짝 숙이고

복도로 나가 조용히 문을 닫았다.

"전부터 아는 사이였습니까?"

형사가 말했다.

"아니, 이번 일로 친해졌습니다."

미타라이가 대답하고, 손으로 소파를 가리켰다. 우리는 어질러진 바닥을 지그재그로 걸어 응접세트로 이동했다.

"실은 이시하라 슈조 말입니다, 그 남자를 체포하려고 합니다."

소파에 앉으면서 다케고시가 말했다. 그러자 미타라이가 순간 날카로운 표정을 지었다.

"나카노사카우에의 건달 말입니까? 하지만 이시하라도 바바도 결정적인 증거가 없지 않았습니까?"

"아니, 바바는 무리입니다. 그쪽은 성실해서 알리바이도 믿을 만합니다."

"이시하라는 분명 알리바이가 완전하지 않았지만 숫자 자물쇠라는 벽이 있었죠. 이걸 열지 못하면 이시하라도 그 밀실에는 못 들어갑니다."

"그게 난관입니다. 그 점은 잘 알고 있습니다. 그래서 지금까지 녀석에게 손을 못 대고 있었습니다. 선생님을 찾아뵙고 숫자 자물쇠에 대해 여쭙지 않으면 벌써 그 녀석을 잡아왔을 겁니다. 하지만 언제까지나 이렇게 우물쭈물 하고 있을 수 없습니다. 그놈 말고 범인을 떠올릴 수 없는 사건입니다. 다른 가능성이 있으면 아무런 불만이 없지만 전혀 없으니까요."

"하지만 어떻게 이시하라를 체포한다는 말입니까? 증거가 없잖아요."

"다른 건으로 연행할 겁니다."

그러자 미타라이는 경멸스럽다는 듯이 코웃음을 치며 옆을 보았다.

"다른 건이라!"

훌륭하신 생각이군, 그의 표정이 그렇게 말하고 있었다.

"다른 건의 증거는 부족하지 않습니다. 그놈이 하는 짓에는 뒤가 구린 점이 얼마든지 있습니다. 녀석이 경영하는 스낵 주점 두 곳도 상당히 수상한 짓을 하고 있고."

"창피를 당하고 싶으면 그것도 괜찮겠네요."

미타라이는 결국 그런 식으로 말했다.

"하지만 선생님, 제 입장이 되어 보십시오."

다케고시 형사의 목소리는 필사적이었다.

"가만히 있어도 우리가 창피를 당하는 것은 변함없습니다. 선생님이 뭔가 아신다면 부디 가르쳐주시지 않겠습니까?"

그러자 미타라이는 벌떡 일어났다. 언젠가와 마찬가지로 다시 뒷짐을 하고 방을 왔다 갔다 하기 시작했다.

"왜 저한테 오신 겁니까, 다케고시 씨. 이미 그렇게 하기로 결정했으면 그냥 그렇게 하시면 됩니다. 왜 저한테 오신 겁니까?"

그 말에는 평소의 미타라이답지 않은 고뇌의 울림이 느껴졌다.

"그건……."

다케고시 형사가 살짝 입술을 깨무는 것이 보였다.

"그러니까 지시를 받으러 왔습니다. 저는 이런 사람이라 예의도 잘 모릅니다. 하지만 우메자와 가 사건에서 본 당신의 두뇌를 존경합니다. 그래서 저는 이전의 잘못을 깨끗하게 인정하고, 의견을 여쭈어보려고 했습니다. 저는 그것이 남자라고 생각합니다."

멈칫하던 미타라이는 다시 조급하게 걸어 다니기 시작했다. 그리고 천천히 두세 번 고개를 좌우로 흔들었다.

"다케고시 씨, 이런 시시한 소리를 하고 싶지 않지만, 저도 나름대로 다케고시 씨를 위해 생각했습니다. 사람들은 어떻게 볼지 모르지만 이래 봬도 제멋대로 행동하는 인간은 아닙니다."

그리고 잠시 또 말없이 어슬렁거렸다.

"하지만 지금 하신 말씀은 무척 잔혹합니다. 다케고시 씨는 모를 겁니다."

"모릅니다. 저는 선생님만큼 머리가 좋지 않습니다. 어쨌든 뭐라고 하셔도 확실히 제 생각이 틀렸다고 말씀해주시지 않는 한, 지금 서로 돌아가 그길로 이시하라를 연행할 겁니다."

미타라이가 살짝 입술을 깨물고 그가 눈치채지 못하게 심호흡을 했다.

"그러니까 저를 의지한다는 말씀입니까?"

"정말, 말씀하신 그대로입니다."

다케고시 형사는 딱 잘라 그렇게 말했다.

"그런가요!"

미타라이는 바로 그렇게 말했다.

"다케고시 씨가 어디까지 알고 계실지는 모르겠지만 당신의 명예는 스스로 의식하는 것보다 열 배 이상 제게 달려 있습니다. 알겠습니까! 앞으로 몇 시간만 기다려주십시오. 몇 시간 후에 진상을 전부 밝혀 보이겠습니다. 자, 이시오카, 그럼 나갈까. 그런 커피 따위 필요 없어. 얼른 코트를 입어, 바깥은 추우니까."

# 4

미타라이는 도요코 선 문 옆에 서서 몸을 맡기고 있었다. 내가 재촉해도 전혀 앉으려고 하지 않았다.

시부야와 신주쿠에서 전철을 갈아타 주오 선에 올랐다.

"어디에 가는 거야?"

"오기쿠보."

그는 무뚝뚝하게 대답했다. 나는 깜짝 놀랐다.

"설마, 오기쿠보의 후키타 아파트 네 사람 중에 범인이 있다는 건 아니겠지."

그러자 미타라이는 나를 바보 취급하는 듯한 시선으로 힐 끗 보았다.

"명함까지 가진 어엿한 사설탐정에게 이런 말을 하고 싶지 않지만, 우선 그 네 명은 후키타 사장과 후키타 전식이 필요한 사람이야. 회사가 망하면 그날로 길거리를 떠돌아야 하는 사람들이라고. 실제로 지금 거리를 떠돌고 있잖아. 그런 사람들이 사장을 죽일 리가 없어. 동기도 품을 리 없고. 그렇지 않아?"

내가 말하자, 미타라이는 반쯤 자는 듯한 얼굴로 끄덕였다.

"방금 말한 것도 그렇고, 또 뭐니 해도 물리적으로 네 사람은 범행이 불가능해. 오우메가도 출근길 위 트럭 안에 있었으니까. 12월 12일 정체 중인 오우메가도 출근길을 8시부터 한시긴 사십오 분 걸려서 요쓰야의 회사로 가는 도중이었잖아. 게다가 샛길이나 지름길 같은 것도 없고. 수도 고속도로 위도 오우메가도에 지지 않을 만큼 빽빽하게 정체돼 있었어. 이런 상황에서 사장을 죽이다니 새가 되어 하늘이라도 날지 않는한 무리야. 그러나 이건 물론 네 사람이 공범일 때 이야기고. 네 사람이 공모하지 않으면 무리잖아. 너는 젊은 사원 네 명이 공모해서……."

"자자, 이시오카, 걱정은 감사한데 다른 건 실수해도 나는 이런 경우에는 실수 안 해. 안심하고 옆에서 보고 있어. 가슴이 좀 아픈 사건이야. 먹이를 준비해서 낚시를 하려는 거지만. 이번 일은 네가 좋아하는 손에 땀을 쥐게 하는 대중 소설과는 맞지 않을 거라 생각해. 가능하면 너는 니시오시쿠보에 두고 오고 싶을 정도였으니까."

미타라이는 마음이 내키지 않는 듯이 말했다.


오기쿠보에 도착하니 그전과 마찬가지로 해 질 녘이었다. 미타라이는 오우메가도를 건너 공중전화를 찾고 있었다. 그러고는 갑자기 이렇게 말했다.

"후키타 요시후미에게 볼일이 있어."

나는 또다시 깜짝 놀랐다.

"후키타 형? 피해자의 형이 사건과 관계있어?"

"어이쿠, 성격이 급하기도 하지. 어, 저기 있다."

미타라이가 전화 부스에 들어가자, 나는 문이 닫히지 않도록 거기 기대어 섰다. 그러자 미타라이가 전화에 대고 이야기하는 목소리가 들렸다.

"제 조사로 범인이 판명되었습니다. 예, 물론 잡을 겁니다. 동생 분의 원한을 풀 수 있습니다. 경찰 말입니까? 아직 모릅니다. 경찰이 야단스레 움직이면 범인은 바로 도망갈 수 있는 위치에 있습니다. 맞아요, 잘할 필요가 있지요. 그런데 여기에 미묘한 문제가 있어서 다소 예산이 필요한데요, 돌아가신 동생 분을 위해 내주실 마음은 있습니까? 금액이요? 아, 15만 엔만 있으면 됩니다."

나는 옆에서 깜짝 놀랐다. 돈에는 전혀 무관심한 미타라이가 이런 말을 하는 것을 처음 들었던 것이다.

"영수증이요? 물론 드립니다. 범인을 잡고 나서 어디에 어떻게 썼는지 상세한 설명도 드리겠습니다. 영수증도 보여드리죠. 하지만 저희도 어느 정도 사례는 받아야겠죠, 어쨌든 간판을 건 장사니까. 그렇습니까, 그러면 바로 찾아뵙겠습니다. 뭐, 근처에 와 있습니다. 그럼 이만."

미타라이는 전화 부스를 나왔다. 우리는 나란히 후키타 아파트를 향해 걸었다. 나는 복잡한 심정을 가슴에 간직한 채 묵묵히 있었다.

미타라이는 후키타의 아파트를 찾아갔고 나는 밖에서 기다리고 있었다. 십 분쯤 있으니 바깥으로 나와서, "저 인간, 나중에 명세서를 보내라고 하네."라고 말했다. 나는 이때, 드디어 **절제**를 잃었다.

"사람 잘못 봤어, 미타라이. 그런 돈을 뜯으려고 명함을 찍은 거야? 평소의 이상론은 대체 어디로 갔어? 하루 종일 게으름만 피우고 제대로 이사 준비도 돕지 않으면서, 겨우 움직였나 했더니 부지런히 수금을 해? 감탄스럽군."

"후키타 히사오는 주식으로 1억 5천만 엔에나 벌었잖아? 기껏 15만 정도가 뭐 어쨌다는 거야. 너도 저번에 그랬잖아. 이 세상은 돈이다. 더 상식을 가지라고. 아니었어?"

"이런 후안무치한 방법을 쓰라고는 하지 않았어. 정말 너는 극단적이야! 이러면 완전히 욕심쟁이 노인 아냐. 정말 사람 잘못 봤네, 어이가 없어서 말이 안 나오는군."

"싫으면 안 따라와도 돼."

미타라이는 안뜰의 후키타 전식 트럭 옆을 돌아가서 아파트의 다른 입구를 향해 걸어갔다. 후키타 야스코를 찾아 몇 번이나 왔으니 자세히 알게 된 것 같다. 입구의 문을 열고 재빨리 구두를 벗은 후 손님용 슬리퍼를 복도에 내던지고는 위로 올라갔다.

어떤 문을 노크했다. 안에서 작게 응답이 있었다. 문을 열었다. 그곳은 미야타 마코토의 방이었다.

"어이, 또 만났네."

미타라이는 소년을 향해 말했다.

"아, 미타라이 씨."

소년도 기쁜 듯이 말했다. 미타라이의 얼굴을 보고 기뻐하는 사람은 일본 열도에 셀 수 있을 정도라고 생각하는데, 아무래도 그 극소수의 사람들 중 한 명인 것 같다.

"역시 돌아와 있었군. 아까는 도움을 받았는데 아무것도 보답하지 않고 그냥 보내서 미안해."

미타라이는 의외로 어른스럽게 말했다. 나도 그런 말을 들어보고 싶다.

이때, 복도를 허둥지둥 뛰어오는 발소리가 들렸다. 미타라이는 이미 방에 들어갔지만 나는 아직 복도에 서 있어서 달려온 인물이 누구인지 바로 알았다. 후키타 야스코였다.

그녀는 뛰면서 내게 인사를 했다. 가볍게 말아 올린 머리카락이 어깨 위에서 찰랑이고 있었다.

오늘은 한층 더 아름다워 보였다. 전에 만났을 때보다 더 아름다운 것 같았다. 화장을 하고 있어서 그럴 것이다. 지금까지 정성스레 화장을 하고 있었을까? 누구를 위해서? 미타라이를 위해서? 설마! 나는 바로 부정했다.

"미타라이 씨."

그녀는 방 안으로 말을 걸었나.

"오셨다고 아버지에게 들었는데 분명 여기 계실 것 같아서."

그녀는 그렇게 말하며 방안으로 들어갔다.

"일이에요?"

"아니 그렇지 않습니다. 이삿짐 꾸리는 도움을 받아서 사례로 함께 식사라도 할까 해서. 그러니까 오늘 밤 저녁 식사는 필요 없습니다."

"와 식사, 좋겠네요! 크리스마스이브 밤에 밖에서 식사하다니 멋져요. 저도 미타라이 씨와 식사하고 싶어요."

나는 순간 기분이 밝아지는 것을 느꼈다. 그녀를 포함해 넷이서 식사하는 건 나쁘지 않았다.

나는 미타라이가 당연히 그녀에게도 식사를 권할 거라고 생각했다. 그러나 내 친구는 단번에 이렇게 말했다.

"식사, 좋죠. 하지만 그건 다음에 합시다. 오늘 밤은 미야타 군과 식사를 하고 싶어요."

미타라이의 말에는 불필요할 정도로 차가운 느낌이 있었

다. 나는 가슴이 아팠다.

"그렇구나."

그녀는 작은 목소리로 대답했는데, 마치 양지에 남은 눈처럼 금세 웃는 얼굴이 사라졌다.

내 머리는 혼란스러웠다. 그러면 미타라이는 그녀를 보러 이 아파트에 들락날락한 게 아니었나?

그러나 미타라이는 나도 후키타 야스코도 신경 쓰지 않았다. 미야타 마코토가 벽에 걸어놓은 레코드를 집어 손으로 건네고 그를 재촉해 야스코의 옆을 지나 복도로 나갔다.

아파트를 뒤로 하고 역으로 향할 때, 나는 좋지 않은 기분을 감출 수 없었다. 미타라이의 성급한 방식은 무척 인정미가 없었다. 나는 그의 기분을 알 수 없었다.

"어이, 미타라이. 대체 무슨 생각이야? 잘도 그렇게 냉정한 짓을 하는군. 야스코 씨가 우리와 함께 오고 싶어 한 건 너도 알잖아?"

"미타라이 씨, 야스코 씨도 함께 가면 안 될까요?"

미야타 마코토도 껴들었다. 나는 말을 계속했다.

"정말 오늘 너는 하는 일마다 전혀 마음에 들지 않아. 대체 무슨 생각을 하는 거야?"

오우메가도가 보였다.

"자, 택시라도 잡아서 호탕하게 가보자고!"

미타라이는 명랑하게 말했다. 나는 더더욱 불쾌한 기분이 들었다.

"이번은 택시라고! 대체 어디 가는데? 정말 무슨 생각을 하는지."

"아까부터 뭘 투덜거리고 있어? 나는 미야타 군과 식사를 하려는 것뿐인데."

오우메가도로 나가 미타라이는 오른손을 들었다. 즉시 택시가 와서 섰다. 미타라이는 제일 먼저 탔다. 뒤이어 미야타 마코토가 타고 내가 뒤를 이었다.

문이 닫히고, 출발하니 미타라이는 명랑하게 이렇게 소리쳤다.

"긴자 4초메로 갑시다, 아저씨! 서둘러주세요, 배가 고파서. 고속도로를 타고 싶으면 얼마든지 타셔도 됩니다. 어라? 이시오카, 뭐야, 너도 왔어?"

나는 몸을 돌려 상가의 크리스마스 장식을 바라봤다.

## 5

긴자의 포장도로에도 귀가 따가울 정도로 징글벨이 울려 퍼지고 있었다. 예전 정도는 아니라고 하지만 크리스마스이브 밤에 긴자 같은 곳은 오는 게 아니다.

자랑은 아니지만 나는 당시 긴자에서 술을 마신 적은 손으로 셀 정도였다. 그것도 싸구려 가게뿐이다. 따라서 고급 레스토랑은 하나도 모른다.

나는 미타라이도 부자라고는 생각하지 않아서 그가 그런 방면의 지식이 있다고는 생각할 수 없었다. 나는 무척 불안한 심정으로 그를 따라 걷고 있었다.

"그러면 긴자에서 제일 고급 프랑스 레스토랑에 갑시다. MP 말이죠. 거기서는 샹젤리제에 있는 본점과 같은 요리를 먹을 수 있어."

나는 당황했다.

"뭐? 그런 가게를 안다고? 그런 가게는 넥타이를 하지 않으면 안 들여보내주잖아?"

그러자 미타라이는 아무렇지도 않은 듯 말했다.

"먹는데 목을 조이다니 어이가 없군. 필요 없어."

미야타 마코토의 표정도 불안해 보였다. 나는 혼자서 한탄했다.

"아아! 넥타이를 하고 올걸!"


MP는 건물 지하에 있었다. 아르누보풍의 금속 세공으로 장식된 난간이 달린 우아한 계단을 내려가 금속 세공 투조(透彫)가 달린 포도주 선반 앞 입구에 서니, 정장 차림의 웨이터가 정중히 맞아주었다. 두꺼운 융단에 구두가 파묻힐 것 같았다.

"예약한 미타라이인데."

그가 무심하게 말했다.

가게 안에는 내가 여태까지 본 적도 없을 정도로 호화로운 샹들리에가 드리워져 있었다. 벽은 겉보기에도 고급인 목재 재질이었고 그 표면에도 담쟁이덩굴이 휘감은 듯한 아르누보 특유의 조각 세공이 되어져 있었다. 표면은 잘 닦여 빛났는데, 색 자체는 차분하고 약간 거무스름했다. 벽 군데군데에 타원형이나 장방형의 공간이 뚫려 있었고, 그곳에는 거울이나 로트레크풍의 그림으로 장식돼 있었다.

붉고 두꺼운 융단이 전부 깔린 가게 안에는 흰 테이블보가 씌워진 테이블이 띄엄띄엄 놓였고, 금발 머리 손님들이 자리를 채우고 있었다. 하얀 나비넥타이를 한 웨이터는 테이블 사이를 뚫고 우리를 안내했다. 나도 카펫에 발을 잘못 딛지 않도록 조심하면서 뒤를 따랐다.

"저 자리를 부탁하고 싶군."

미타라이는 웨이터에게 무척 호화로운 나선 계단을 올라간 곳에 위치한 1층과 2층 사이 자리를 요구했다.

열심히 그 계단을 올라가니 갑자기 의자가 뒤로 빠졌다. 꿈꾸는 듯한 황홀한 기분으로 앉으니 의자는 내 엉덩이 밑에 잘 위치해 있었다. 흰 테이블에는 작은 갓이 달린 램프가 놓여 있어, 묘하게 빛이 깜빡이나 했더니 안에는 촛불이 타고 있었다.

테이블 위에는 가게 이름이 들어간 잘 닦인 접시와 나이프, 포크가 놓여 있고, 다리가 길고 날씬한 유리잔이 놓여 있었다. 마치 꿈속에 있는 듯 반쯤 정신을 잃은 기분에 빠져 있으니, 눈앞에 갑자기 흰 종이가 펼쳐졌다.

그것이 메뉴라고 알아보는 데까지는 상당히 시간이 걸렸다. 마치 영자 신문처럼 구석구석까지 알파벳이 채워져 있었기 때문이다. 읽을 수 있는 것은 가격 같은 숫자뿐, 전혀 의미를 알 수 없었다. 아무래도 영어가 아닌 것 같았다. 그렇기는 해도 읽었다 한들 사태는 변하지 않았을 것이다. 나는 프랑스 요리의 이름 따위는 하나도 몰랐기 때문이다.

나는 완전히 흥분해서 얼이 빠져 있었다. 스스로도 확실하게 느낄 수 있었다. 시치미를 떼고 있는 웨이터의 완벽한 태도도 냉정하게 내 실수를 기다리는 것처럼 느껴졌다. 나는 꽃병에 든 물을 꿀꺽꿀꺽 마시고 작은 접시 위에 준비된 냅킨을 얼굴에 둘러 몽유병자처럼 아와오도리(도쿠시마 현의 전통춤 - 옮긴이)라도 한바탕 춰버릴지도 모르겠다는 예감이 들어, 물에 빠진 사람 시푸라기라도 잡는 심정으로 미타라이를 보았다. 비싼 돈을 내면서 왜 이런 일을 당해야 하는 것일까. 이것이야말로 부조리의 극치가 아닌가.

그러나 미타라이는 차분했다. 언제나 비상식적인 행동을 하는 주제에, 이런 때는 묘하게 침착했다. 그리고 "크리스마스에 칠면조를 먹다니 정말 고리타분해, 미야타 군." 같은 소리를 하고 있었다. 미야타 군도 완전히 긴장해서 불안해하는 것을 알 수 있었다.

"하지만 모처럼 왔으니 역시 칠면조를 먹어볼까. 칠면조를 포트와인과 퐁드보로 졸인 것은 됩니까?"

"칠면조 말입니까? 네, 원하신다면."

"꼭 먹어보고 싶어, 분명히 잘 맞을 거야. 그리고 모처럼 프랑스 요리를 먹는 거니까 푸아그라도 먹어야지, 미야타 군. 푸아그라가 든 소스로 부탁합니다."

"알겠습니다."

"넌 어떻게 할래, 이시오카?"

미타라이는 장난스러운 눈으로 나를 보았다.

"나, 나도 그걸로!"

나는 필사적으로 말했다.

"그러면 3인분에, 그리고, 음……, 오드블은 에스카르고의 전통 스타일 오드블이라는 게 좋겠어. 에스카르고도 프랑스 요리의 특징적인 것 중 하나니까. 이시오카, 너는……."

"나도 그걸로!"

"그러면 그것도 3인분. 그리고 이 홍합 샐러드 리비에라풍도 하나 하겠습니다. 그리고 나중에 그레이프 수플레 오렌지 풍미와 커피를 각각 셋. 그러면 됐습니다."

"와인은 어떻게 하십니까?"

"레드 와인으로 생테밀리옹. 1966년 게 좋은데."

"알겠습니다."

웨이터는 우리로부터 메뉴를 거두고는 무사히 사라졌다. 나는 마치 사형 집행이 연기된 것처럼 안심했다. 한겨울인데 몸에서 땀이 났다. 잠시 동안 긴장 후의 멍한 상태가 유지돼 아무 말도 하지 못할 정도였지만 오 분이 지나니 겨우 안정되어 말이 나오게 되었다.

"정말 너는 정체를 알 수 없는 인간이군. 언제 그런 영문도 알 수 없는 프랑스 요리의 이름을 안 거야? 나는 전혀 종잡을 수도 없었는데. 주문을 외는 것 같이 들려서. 푸아 뭐라든지 퐁 뭐라니 그게 대체 뭐야?"

"푸아그라와 퐁드보야. 나는 프랑스 요리에 관해서는 잘 알아. 인간의 음식에 관해서 이전에 논문을 쓴 적도 있지."

정말 가지가지 하는 남자이다.

"푸아그라는 강제 사육당한 거위의 간장이야. foie gras라는 프랑스어는 '살찐 간장'이라는 의미지. 세계 3대 진미중 하나로 미식가들 사이에서는 유명해."

"세계 3대 진미라고?"

"응, 세계 3대 진미는 푸아그라, 트뤼프, 캐비아 세 가지를 말해."

"흐음, 캐비아 정도는 들은 적이 있어."

"그렇지? 캐비아는 철갑상어의 알이야. 이것을 씻어서 물기를 빼고 8에서 10퍼센트의 소금을 섞어 숙성시킨 거야. 대개 검게 착색되고. 카스피해나 흑해산이 최고급품이고."

"트뤼프는 뭐야?"

"이건 버섯의 일종인데, 너도밤나무나 졸참나무 숲의 땅속에 자라. 서유럽이 산지지. 트뤼프를 넣은 푸아그라 같은 요리도 프랑스 요리에는 있어."

"퐁드보는?"

"퐁드보는 국물이야. 일본 요리의 가쓰오부시나 다시마 국물 같은 건데, 프랑스 요리 맛의 기본이 되는 것. 송아지의 정강이뼈와 살로 만들어. 이런 프랑스 요리점에는 소금, 후추,

소스와 마찬가지로 항상 만들어두지."

"그렇구나."

나는 완전히 감탄했다.

"네가 이렇게 미식가라는 건 몰랐어. 언제나 그렇게 대단한 걸 먹지는 않는 것 같은데."

"나는 미식가가 아니야. 인간의 업 중 하나인 식욕에 흥미가 있을 뿐이지."

미타라이는 바로 대답했다.

"나는 스스로 다짐한 게 몇 가지 있어. 그중 하나는 미식가가 되지 말자는 거야. 나는 원칙적으로 동물의 고기는 먹지 않기로 했어. 먹는 것은 닭과 칠면조뿐. 이유는 이야기하면 길어지니까 다음에 하고."

레드 와인이 왔다. 와인테스트 후, 웨이터가 천천히 따르기를 기다린 다음 미타라이는 잔을 들었다.

"그러면 크리스마스 건배를 하자, 메리 크리스마스."

미타라이는 엄숙하게 말했다. 미야타 군이 쭈뼛쭈뼛 잔을 입술에 대고 붉은 액체를 조금 입에 머금었다.

"참, 미성년이었지. 하지만 오늘 밤은 괜찮아, 크리스마스니까. 내가 책임을 지지."

미타라이가 다정하게 말했다.

머지않아 요리가 오기 시작해 테이블이 크고 작은 접시로

채워졌다.

"자, 미야타 군, 사양 말고 들어. 이것 말고도 먹고 싶은 것이 있으면 뭐든지 말해."

"네."

소년은 눈을 빛내면서 대답했다. 나는 이렇게 다정한 미타라이를 본 적이 없었다.

꿈같은 크리스마스 밤의 식사였다. 은은한 조명 밑에서 조용하게 바이올린의 선율이 흐르고 촛불이 나이프를 든 우리의 손을 부드럽게 비추고 있었다. 나는 이곳이 긴자라는 것을 잊어버렸다. 바깥의 떠들썩함은 가게 안에는 전혀 들리지 않았고, 어디 프랑스 숲속의 외딴집에라도 있는 듯한 기분이 들었다.

맛도 훌륭했다. 나는 평생 이날 밤의 식사를 잊지 않을 것이다. 아마, 미야타 마코토 소년에게도 잊을 수 없는 밤이 되었을 것이다.

"어때, 또 가보고 싶은 곳이 있어?"

식후의 커피를 마시면서 미타라이가 소년에게 물었다.

"오늘 밤은 크리스마스야, 사양하지 말고 말해."

"이미 배가 부른데요."

"먹을 게 아니라도 상관없어."

소년은 잠시 생각하는 듯했다. 그리고 생각지도 못한 것을 말했다.

"도쿄 타워에 올라가보고 싶어요."

미타라이도 놀란 것 같았다. 그러나 왜인지는 전혀 묻지 않았다.

"그러면 바로 출발하자. 이시오카, 우물쭈물하다가는 크리스마스이브 밤은 바로 끝나버린다고."

그렇게 말했을 뿐이었다.


택시를 타고 도쿄 타워로 가자고 하는 도쿄 주민은 아마 없을 것이다. 촌사람인가, 아니면 술에 취한 도쿄 도민인가. 궁금해하는 택시 운전사의 흥미진진한 시선을 견디며 도쿄 타워에 도착해보니 여기에도 역시 크리스마스 음악이 가득 차 있었다.

제1 전망대에서 엘리베이터를 내리니, 눈앞의 거대한 유리 저편으로 빛나는 모래를 뿌린 듯이 도쿄의 야경이 펼쳐졌다. 미야타 소년이 작게 환성을 질렀고 걸음이 빨라졌다.

처음 보는 경치는 아니었다. 그러나 이 도시의 밤의 압도적인 부감에는 언제나 순간적으로 마음을 움직이는 묘한 것이 있다.

미야타 마코토는 난간에 몸을 딱 붙이고 유리에 이마를 가까이 댔다. 나도 그를 따라 난간에 다가가 지평선까지 이어지는 듯한 빛의 평야를 바라보았다.

나는 잠시 말없이 내려다보고 있었다. 옆에 미타라이도 묵묵히 서 있었다. 미야타 소년이 난간을 따라 천천히 걸으면서 우리로부터 조금씩 멀어졌다. 그래서 나는 말했다.

"몇 번을 봐도 도시의 야경은 아름다워."

내가 처음 도쿄의 야경을 본 것은 신축된 신주쿠 고층 빌딩에서였다. 생각해보면 그때 나도 감동했다. 미야타 소년이 오늘 밤 처음 보았다면 그도 지금 상당히 감동했을 것이다.

"이것이 도쿄구나."

나는 혼자서 그렇게 중얼거렸다. 문득 미야타 소년을 보았다. 우리에게 등을 돌리고 있었지만 그가 왼손을 뺨 근처로 가져가는 것이 보였다.

울고 있어? 나는 깜짝 놀랐다. 왜지?

"이 빛의 바닥에 몇천 개의 고독한 영혼이 서식하고 있어."

미타라이의 목소리가 들려서 나는 시선을 되돌렸다. 그의 옆얼굴이 보였다. 목소리의 바닥에는 미약한 분노가 가라앉아 있는 것 같았다.

"그러나 그들 주위에 있는 셀 수 없을 정도의 양식 있는 사람들은 살아남기에 바빠서 그들의 영혼을 치료해주는 비상식적인 것에 조금도 생각이 미치지 못하는 거야."

그 말을 듣고 나는 다시 한 번 미야타 소년을 보았다.

"도쿄에 산 지 오래됐는데 아직 한 번도 도쿄 타워에 올라온 적이 없었어."

그렇게 말한 미타라이는 자신이 얼마 정도는 지나치게 감상적이었다고 반성한 것 같았다. 평소 말투로 돌아와 이렇게 말했다.

"나는 전에 비슷한 풍경을 본 적이 있어. 뭔지 알아?"

"글쎄······."

나는 고개를 갸웃했다.

나는 다시 한 번 소리 없는 빛의 알갱이가 펼쳐진 광경을 보았다. 깜빡이는 것도 있지만 대부분은 움직이지 않았다. 지그시 바라보면 공간에 떠 있는 듯한 착각이 일어났다. 조용한 음악과 같은 그 인상.

"뭘까, 바다인가?"

나는 말했다.

"옛날에 헬리콥터로 후지산 기슭을 난 적이 있어. 그때 광경이 떠올라."

"아! 수해(樹海) 말이군."

"맞아. 정말 아름다웠어. 녹색 털실 그것도 최고급 털실로 짠 것 같았지. 그 아름다움은 여기 못지않아. 비행기에서도 녹색의 끝은 보이지 않았어. 딱 이런 식이었지. 이 최고급 카펫 밑에는 대체 어떤 천국이 있을까 생각했어. 하지만 실제

로는 그게 아니야. 그렇게 만만한 게 아니야. 한 걸음 내디디
면 나가려 해도 나갈 수 없는 약육강식의 정글이야. 강한 자
가 약한 자를 씹어 먹고 약한 자는 그저 비명을 지를 뿐이지
만, 그들의 비명은 녹색 지붕 위까지는 닿지 않아. 내게 만일
지금보다 백만 배 정도 감도가 높은 귀가 있다면 녹색 밑에 가
득 찬 많은 사람들의 비명이 들리겠지. 이곳도 마찬가지야.
빛 하나하나가 비추는 곳에 각자의 생활이 있어. 오늘 밤, 백
만 개나 되는 케이크 앞에 다들 마주 앉아 있겠지. 그러나 케
이크 따위와는 인연이 없는 곳에서 비명을 지르는 사람도 있
어. 우리 귀가 약해서 그 소리를 들을 수 없는 것뿐. 이 밑에는
늑대가 있는가 하면 들개도 있어. 뱀이나 도마뱀도 있고 다양
한 세균도 있지. 그런 녀석들은 위태롭지만 어떻게든 균형을
잡고 있어. 약간만 무너지면 바로 사건이 일어나지. 우리에게
는 미로로밖에 보이지 않는 이 정체를 알 수 없는 정글에도 살
아남는 사람들은 제대로 자신의 길을 걷고 있는 거지. 아름다
운 지붕에 속아서는 안 돼. 수해의 녹색 지붕 밑에서 무슨 일
이 일어나는지 우리는 짐작도 할 수 없으니까."

"맞아."

"이건 우리 발밑에 펼쳐진 수해 도시야. 아름다운 빛으로
장식되어 있지만, 몸을 감추는 **비늘**에 지나지 않아. 그 밑에는
단 몇 평방미터 단위로 생활공간이 붙어 있어서 이해(利害)의

격전을 벌이고 있지. 이렇게 말하는 나나 너도 늑대인지 새끼 다람쥐인지 모르겠지만 분명 이 세계의 주민이야."

# 6

도쿄 타워를 내려오자, 미타라이는 천 엔이나 하는 커피를 마시러 가자고 했다. 당시 커피가 천 엔이면 엉덩방아를 찧을 정도의 가격이었다. 나는 처음에 미타라이식 농담인가 생각했을 정도이다.

다시 택시를 잡아타고 긴자로 돌아갔다. 그 가게는 쇼와도리에 가까웠고 가부키자 뒤쪽에 있었던 것 같다. 가게 안은 전부 목조로, 낡아서 거무스름해져 있었다. 가게 안에 들어가니 널빤지 바닥이 삐걱거렸고 벽돌로 만든 벽난로에 진짜 불꽃이 타오르고 있었다.

전등 조명 외에 천장의 들보에 석유램프가 늘어져, 몹시 미타라이 취향에 잘 맞는 가게라고 생각했다. 바닥 중앙에 작은 크리스마스트리가 있었다. 징글벨의 홍수 속에서 실컷 싸구려 장식은 보았지만 크리스마스트리를 본 것은 이 가게가 처음이었다.

천 엔 커피는 왜건에 실려 조용조용히 다가왔다. 그리고 콧수염 기른 주인이 우리가 자리를 차지한 창가 테이블에 다가와 한 잔씩 올려주었고 그때마다 스푼 위 각설탕에 라이터로 불을 붙였다.

푸른 불꽃을 올리며 타오르는 각설탕이 눈앞에 놓였을 때, 소년의 눈은 빛났다.

미타라이는 소년으로부터 시선을 떼고 창문 근처를 보고 있었다. 그 창문은 노란 작은 유리가 몇 개나 끼워진 스테인드글라스풍으로 바깥은 조금도 보이지 않았다.

나는 푸른 불꽃을 커피 속에 떨어뜨리고는 정성들여 저은 후 천천히 음미했다. 미야타 소년도 나를 따라 그렇게 했다. 그러나 미타라이는 어떻게 된 일인지 입에 대려고 하지 않았다. 테이블 위에 양 팔꿈치를 짚고 긴 손가락은 커피 잔 위에서 깍지 끼운 채였다. 그러고는 오랫동안 말이 없었다.

나와 소년이 그 비싼 커피를 거의 다 마셨을 무렵이었다. 두터운 나무 문이 커다란 소리를 내며 삐걱거리더니 회색 코트를 입은 낯익은 커다란 남자가 안으로 들어왔다. 추운 듯 몸을 구부리고 가게를 한차례 둘러보다가 우리를 알아본 그는 곧장 이쪽으로 다가왔다.

"이곳에 계셨습니까? 찾았습니다."

추위 탓인지, 그는 약간 어색한 어조로 그렇게 말했다. 올려다보니 내 옆에 선 남자는 다케고시 형사였다.

"무슨 일입니까?"

미타라이가 약간 사무적으로 말했다. 그의 출현이 다소 짜증스러운 것 같았다.

"잠깐 보고를 드릴게 있어서. 후키타 히사오를 살해한 범인을 아까 체포했습니다."

"이시하라 슈조 말입니까?"

당연히 그럴 거라 생각해서 내가 물었다. 그러자 의외로 형사는 고개를 가로저었다.

"아니, 그게 아닙니다. 기타가와 유키오입니다. 후키타 전식의 사원으로 사장의 오른팔이라 불렸던 남자입니다."

미타라이는 깍지 낀 손가락 너머에서 미동도 하지 않고 그저 눈만 깜빡였다. 미야타 소년만이 깜짝 놀란 듯이 얼굴을 들었다. 그의 눈동자는 휘둥그레졌고 입이 떡하니 벌어졌다.

"조사해보니 기타가와는 최근 술집에서 후키타 사장에게 심하게 모욕당한 일이 있었던 것 같은데, 그것에 원한을 품고 범행을 저지른 것 같습니다."

미야타 소년이 받은 충격에 나는 눈이 휘둥그레졌다. 그는 얼굴이 창백해졌고 금세 손가락과 어깨가 떨리기 시작했다.

"방금 막 기타가와를 서로 연행해서 추궁한 결과, 아까 범행을 자백했습니다."

"거짓말이야!"

미야타 소년이 거세게 소리쳤다. 온몸을 떨고 있는 그는 가만히 앉아 있기가 불가능한 것 같았다. 당장에라도 일어나 다케고시 형사에게 덤벼들 기세였다.

이상한 것은 미타라이였다. 그는 다케고시 형사가 나타나도 마치 화석이 된 것처럼 미동도 하지 않았었다.

"형사님, 거짓말이죠! 거짓말이에요. 기타가와 씨가 그럴 리가 없어요. 기타가와 씨는 무죄입니다."

소년의 눈에는 눈물이 고였다.

"그 사람이 했을 리가 없어요! 왜냐하면, 왜냐하면 사장은……."

"미야타 군."

미타라이가 오른손을 들고 침착하게 말했다.

"잘 생각한 결과겠지. 잘 생각하고 나서 말을 해야 해. 여기에는 너 말고 사람이 세 명이나 더 있어. 이 세 사람은 네가 말한 내용에 대한 증인이 되는 거야."

"상관없어. 상관없습니다! 이렇게 되면 생각할 것도 없어. 아니, 이렇게 되면, 이 아니야. 더 일찍 말했어야 했는데, 제가 의지가 없어서, 그래서……."

"다케고시 씨, 가게 바깥에서 잠시 기다려주시겠습니까?"

미타라이는 다시 단호한 목소리로 말했다. 다케고시 형사는 아무 말도 하지 않고 묵묵히 그의 말에 따랐다. 낡은 나무 문을 삐걱거리며 열고는 싸늘한 바깥으로 나갔다.

"미타라이 씨, 이시오카 씨도 들어주세요. 기타가와 씨가 한 게 아니에요. 기타가와 씨가 할 수 있을 리가 없어요. 왜냐하면, 왜냐하면 사장은 제가 죽였습니다!"

나는 놀라 온몸이 얼어붙었다. 말을 하지 못하고 멍하니 있었다. 뭐라고?

"제가 죽였어요. 그러니까 기타가와 씨가 죽였을 리가 없어요. 기타가와 씨가 그런 말을 했다면 저를 감싸려고 거짓말을 한 겁니다. 전부 털어놓을게요. 들어주세요."

"말하지 않아도 돼. 어차피 나는 대충 다 알고 있어."

미타라이가 말했다.

"아니, 말하고 싶어요, 미타라이 씨. 두 분이 들어주셨으면 좋겠습니다."

소년은 말을 끊고 잠시 주저하는 것 같았다. 어떻게 이야기를 시작할까 망설이는 것이다.

"저는 아오모리의 시골에서 자랐고, 아무도 다정하게 대해주지 않았어요. 저를 잘 대해준 사람이라고는 기타가와 씨와 미타라이 씨뿐입니다. 그래서 이 은혜는 평생 잊지 않을 겁니다."

"나는 상관 말고."

미타라이는 말했다.

"잊어버리면 돼. 네가 생각하는 정도로 나는 다정하지 않

아. 나는 어른이고 계산으로 똘똘 뭉쳤지."

"왜 그러세요? 왜 그런 말씀을 하는 거예요?"

미야타 마코토는 이상하다는 듯이 되물었다.

미타라이가 이때만큼 고뇌로 가득 찬 표정을 지은 것을 나
는 본 적이 없다. 괴로워하다가 한마디 불쑥 이렇게 말했다.

"기타가와 씨 정도는 아니니까 말이야."

그러자 소년은 조용히 끄덕였다.

"기타가와 씨는 정말 좋은 분이에요. 그분이 회사에 있지
않았다면, 저는 죽었을 거라고 생각합니다. 저는 아직 추울
때 도쿄에 왔어요. 도쿄는 따뜻할 거라고 생각했거든요. 아오
모리를 떠날 때는 아직 눈이 남아 있었지만 도쿄는 남쪽이니
까. 하지만 추웠습니다. 아오모리와 별 차이 없었어요. 저, 이
런 이야기를 해도 될까요."

"물론 상관없고말고."

미타라이가 말했다.

"아직 이런 말은 아무한테도 한 적이 없어요. 기타가와 씨
에게도요. 하지만 누가 한번은 들어주길 바랐어요. 수학여행
때 한 번 도쿄에 와보고 그 이후부터 쭉 이곳을 동경해왔어
요. 하지만 아침에 우에노 역에 도착했을 때 주머니에는 5백
엔 지폐와 10엔짜리 동전 두 개 밖에 없어서 그 돈을 들고, 우
에노의 백화점 옥상에 올라가 몇 시간동안 이제부터 어떡하

면 좋을지 멍하게 생각했습니다. 고향에 돌아가려 해도 표를 살 돈도 없었고요. 그때 쓰레기통 안에 버려져 있던 신문을 주워 읽었는데, 구인란에 후키타 전식이 나와 있는 거예요. 기숙사도 있다고 했어요. 그래서 거기 가볼 생각을 했습니다. 백화점 서점에서 가장 싼 도쿄 시도를 샀더니 120엔이 들었어요. 지도 한 장 접은 거요. 그것을 보면서 걸어서 요쓰야로 갔어요. 주머니에 4백 엔밖에 없어서. 정말 불안했습니다. 도중에 도쿄 타워 표지가 있었는데 올라가보고 싶었지만 해가 저물 것 같아서 들를 시간이 없었죠. 그 후에도 몇 번이나 가고 싶었지만 오늘 밤이 될 때까지 결국 한 번도 못 갔습니다. 그래서 오늘 밤은 무척 기뻐요. 도쿄 타워가 이렇게 멋질 줄은 정말 몰랐으니까요. 우에노 역에는 아침 일찍 왔는데 후키타 전식에 도착했더니 벌써 저녁 무렵이었습니다. 신문을 보고 왔다고 했더니 사장은 처음부터 절대 안 된다고 말했어요. 하지만 기타가와 씨가 계속 써주자고 거들었죠. 그래서 사장도 마지못해 승낙한 겁니다. 저는 돌아갈 곳이 없었기 때문에 무척 기뻤죠. 잠시 기타가와 씨 집에 더부살이를 하다가 오기쿠보의 기숙사에 들어갔어요. 아침과 저녁 식사가 나왔고, 방세는 필요 없어서 좋았어요. 점심이야 월급에서 제했지만, 월급은 3만이나 되니까 괜찮았거든요."

"3만 엔? 겨우?"

내가 무심코 소리를 질렀다.

"저는 전혀 일을 못해서 어쩔 수 없어요. 차를 타거나, 콜라나 담배를 사오거나, 그런 정도밖에 할 수 없었으니까. 제가 어떻게든 일을 하게 된 건 기타가와 씨 덕분이에요. 제법 손재주가 좋다며 여러 가지를 꼼꼼하게 가르쳐주셨어요. 오기쿠보의 기숙사에 혼자 방을 쓰게 해준 것도 기타가와 씨였고요. 그분이 없었으면 저는 정말로 죽었을 거예요. 저는 성격이 소극적이고 내성적이어서 다른 사람들에게 자주 괴롭힘을 당했습니다. 그때마다 기타가와 씨는 감싸주셨어요. 그래서……. 사건에 대해 이야기하겠습니다. 제가 그런 짓을 한 것도 기타가와 씨를 위해서였어요. 사장이 기타가와 씨에게 절대로 용서할 수 없는 짓을 했기 때문입니다. 지지난 주였나, 사장이 돈을 좀 벌었다고 술집에 데려간 적이 있었거든요. 가끔은 너희들도 이런 곳에 데려가주겠다며 아카사카의 클럽에 갔습니다. 구두쇠인 사장이 대체 무슨 일일까 다들 궁금해했죠. 왜냐하면 지금까지 오뎅 가게에 가도 자기가 돈을 낸 적은 없었으니까요."

주식을 처분한 돈이군, 나는 그렇게 생각했다.

"아카사카의 그 가게는 정말 대단했습니다. 예쁜 여자들이 잔뜩 있어서 깜짝 놀랐어요. 역시 도쿄는 대단하다고 생각했어요. 하지만 저는 술을 마시는 곳은 별로 좋아하지 않아요. 특히 사장과 같이 있는 건 싫었습니다. 사장은 술을 마시면 큰소리를 치고 치근대는데, 술버릇이 나빴어요. 저는 가고 싶지 않았습니다. 가지 말아야 했었는데. 미성년자이니까 도중에 집에 돌아가는 게 옳았어요. 그랬으면 일이 그렇게 되지는 않았을 텐데. 그 가게는 가라오케가 있어서 특히 그게 싫었어요. 사장이 계속 혼자서 잘하지도 못하는 노래를 부르고 사람들에게도 부르라고 시키기 때문이었죠. 그때도 역시 다들 억지로 한차례 노래를 불렀습니다. 제 순서가 됐지만 부를 수 있는 게 없었어요. 저는 음치여서 못 부른다고 했는데. 그래도 평소에는 사장도 봐주는 편이었어요. 하지만 그날 밤만은 취해서 엄청나게 끈질겼습니다. 그런 건 사회에서 통하지 않는다면서, 노래 하나라도 불러서 사람들을 즐겁게 해줘야 된다, 그것이 공동생활이다, 그런 설교를 지겹게 늘어놨어요. 그러고는 제가 마시던 콜라 컵을 잡아채서 바닥에 콜라를 쏟아버리고, 이런 걸 마시니까 안 되는 거야, 술을 마셔, 라고 했습니다. 노래를 모르면 재주 하나라도 익혀라, 옷 벗고 춤을 추든 뭐든 좋으니까 해, 그렇지 않으면 세상에 나가서 통할수 없어, 그런 소리를 마구 하면서 술 냄새 나는 입김을 내뿜었습니다. 난처해서 가만히 있었더니 사장은 점점 화를 내면서 셔츠의 멱살을 잡고 머리카락을 움켜쥐더군요. 하지만 그정도라면 참을 수 있습니다. 저만 참아서 아무 일 없다면 전혀 상관없었죠. 하지만 그날 밤 사장은 도저히 제가 참을 수 없는 짓을 했습니다. 기타가와 씨가 끼어들어서 제게 '이제 돌아가, 미성년자잖아.'라고 말해주셨습니다. 안심이 돼 그러려고 했고 여자들도 '그래, 그렇게 해요.'라며 거들었습니다. 하지만 사장이 허락해주지 않았어요. 그렇게 하면 저에게 도움이 안 된다는 겁니다. 나는 이 녀석을 위해서 말해주는 거다, 항상 그런 네 태도가 마음에 들지 않았다. 그러면서 이번에는 기타가와 씨에게 시비를 걸었습니다.

'젊은 애 앞에서 폼 잡지 마!'

사장은 그렇게 소리 질렀습니다.

'젊은 애한테 미움 받는 걸 무서워하는 그런 폼만 잡는 놈은 나가, 해고다!'

그렇게 소리치고는 '아니면 너, 이 녀석 대신 옷 벗고 춤출 테냐?'라고 기타가와 씨에게 말했습니다. 기타가와 씨는 쓴웃음을 짓고, '그러면 제가 비장의 숨은 장기를 선보이겠습니다.'라고 하면서 가게 사람에게 터부나 할렘 녹턴을 틀어달라고 했어요. 음악이 시작되자 기타가와 씨는 객석 앞에 있는 미니 스테이지에 나가서 스트립쇼 흉내를 내기 시작했어요. 영리한 분이어서 무척 잘했습니다. 여자가 옷을 벗는 시늉이라거나 누워서 다리를 들어 구두를 벗는 흉내를 너무 잘해서 가게 안이 박수갈채로 가득 찼어요. 그랬더니 사장이 분한지

자기도 괴상한 쉰 목소리를 지르며 엉터리 춤을 추면서 기타가와 씨 쪽으로 다가갔어요. 그리고 누워 있던 기타가와 씨 위에 올라탔는데, 그걸 또 사람들이 좋아하자, 사장은 기타가와 씨의 바지를 억지로 벗겼어요. 가게에는 여자들도 많이 있어서 비명을 질러대고 얼굴을 가리는 등 엄청난 소동이 일었죠. 그랬더니 사장은 더 우쭐해져서 기타가와 씨의 바지를 들고 자리까지 뛰어서 돌아왔습니다. 가게 안은 폭소가 터졌고 기타가와 씨도 팬티 한 장만 입고 쓴웃음을 지으며 자리로 돌아왔어요. 그분은 웃었고 아무 생각도 없는 것 같았지만 저는 화가 나서 견딜 수 없었어요. 분해서 눈물이 나왔습니다. 사장의 음험한 짓거리에 화가 났어요. 사장은 젊은 사람 앞에서 폼을 잡은 인간에게 본때를 보여주겠다며 그런 계산을 한 겁니다. 그 인간은 비열하니까 아무리 취해도 그런 계산 정도 제대로 하는 인간입니다. 저는 눈물을 참을 수 없었습니다. 방에 돌아가고 나서도 분해서 도저히 잠이 오지 않더군요. 제가 창피를 당한 거라면 몰라도, 기타가와 씨가 저 대신 창피를 당한 겁니다. 제가 가장 큰 신세를 지고 있는 기타가와 씨가 말입니다. 그래서 저는 제 자신을 용서할 수 없었죠."

미야타 마코토는 말을 멈췄다. 멀리 테이블에서 웃음이 터졌다.

"그렇다고 죽일 필요가 있었을까."

미타라이가 씁쓸한 표정으로 말했다.

"맞아요. 저는 나쁜 사람입니다."

"아니 그런 말이 아니야. 누군가를 죽인다는 것은 네 자신의 인생도 죽이는 거야. 그런 바보 사장과 네 인생을 바꿀 정도의 가치가 있느냐는 뜻이야."

"하지만 미타라이 씨, 저는 후회하지 않아요. 그런 짓을 당한다면 몇 번이라도 할 겁니다."

미야타 마코토는 잘라 말했고, 미타라이는 소년을 바라보며 침묵했다.

"왜냐하면 제 탓이니까요. 말리려고 했으면 사장을 말릴 수 있었을 텐데, 의지가 없어서 그렇게 못한 거예요. 이렇게 계속 의지가 없는 채로는 살면 안 됩니다. 분명 아무도 이 기분은 알아주지 않을 거예요. 저는 추운 날에 도쿄에 도착해서 얼어붙을 것 같았습니다. 주머니에는 돈도 없어서 얼마나 불안했는지 분명 아무도 모를 겁니다. 그런데 기타가와 씨가 구해주셔서 제가 얼마나 기뻤는데, 그래서……."

"그래서 12일 아침, 사장이 밤샘을 하고 있는 회사에 갔다."

"예. 하지만 죽이려고 한 건 아니었어요. 하지만 사장여 자는 얼굴을 봤더니 그날 밤 만취했을 때와 똑같아 보여서, 다시 화가 났어요. 그래서 장갑을 낀 손으로 가까이에 있던 칼을 주워…….”

“지하철로 갔나?”

“네.”

나는 이때 다시 깜짝 놀랐다. 미야타 소년은 트럭을 타고 갔던 게 아니었나?

“저는 방에 혼자 있을 때, 자주 우에노에서 산 지도를 보며 지냈습니다. 그래서 오우메가도에서 신주쿠도리로 이어지는 직선 도로 길 밑은 계속 지하철이 나란히 달린다는 것을 알고 있었어요. 이 직선 도로를 따라 역들도 띄엄띄엄 자리하고 있습니다. 그래서 저는 트럭 짐칸에 타고 회사로 갈 때 항상 이 밑을 지하철이 달리는구나, 지금 지하철과 같은 방향으로 달리는구나 하는 생각을 했어요. 그래서 그것을 떠올렸습니다. 아침에 항상 트럭은 느릿느릿 운전하니까 저는 언제나 살짝 짐칸에서 길로 뛰어내릴 수 있었습니다. 짐칸은 간판을 싣거나 해서 운전석에서 보이지 않는 일이 많았고, 저는 말이 없으니까 아무도 말을 걸지 않았거든요. 그래서 지하철역 근처에서 차가 밀려 트럭이 멈췄을 때, 몰래 짐칸에서 내려 지하철을 타고 회사로 가서 사장을 죽이고 다시 지하철을 타고 돌아서 요쓰야 역 쪽 길로 나와 트럭으로 돌아가면 아무도 모를 거라고 생각했습니다. 지하철은 빠르고 아침에는 자주 다녔고, 트럭은 매일 두 시간 가까이 걸려서 오우메가도에서 이어진 직선 도로를 느릿느릿 운행하니까 몰래 짐칸에서 내리고 다시 타는 건 간단해요. 얼마든지 할 수 있었습니다. 그래서 저는 매일 아침 트럭이 지하철역을 지나는 시간대가 대개 어느 정도인지 역을 지날 때마다 재어봤습니다. 그랬더니 재미있게도 미나미아사가야 역에서 신고엔지, 히가시고엔지, 신나카노, 나카노사카우에를 대충 십 분 간격 정도로 트럭이 지나갔습니다. 그날 아침, 미나미아사가야 역에서 멈춘 트럭에서 내려 지하철에 탔어요. 그리고 회사로 가서 사장을 찔렀는데, 그때가 딱 8시 30분이었습니다. 트럭은 아직 신나카노 바로 근처에 있을 거라고 생각했어요. 그리고 다시 지하철을 탔는데, 회사는 지하철 요쓰야 역 출구에서 가깝거든요 신주쿠3초메 바로 직전까지 오니 8시 50분이 되었습니다. 거기서 타려면 놓칠 수 있어서 3초메에서 위로 나가 이세탄 백화점 옆까지 가서 빌딩 뒤에 숨어 트럭이 오기를 기다렸어요. 트럭이 빨간 신호에 걸렸고 그때 탔습니다."

나는 엄청나게 놀랐다. 과연, 지하철이라는 방법이 있었다.

"저는 외톨이라 외로웠습니다. 기타가와 씨가 있어서 살 수 있었어요. 기타가와 씨가 저를 위해서 그런 일을 당했고, 제가 참지 못해서 그런 지독한 짓을 저질렀죠. 그런데 또다시 기타가와 씨가 의심받으면 안 되죠. 제가 겁이 많은 탓에 다시 기타가와 씨에게 폐를 끼쳤네요. 정말 항상 이렇게 실수만

해요. 어릴 때부터 계속 그랬거든요. 대체 언제 철이 들지. 어쨌든 이제 가야겠습니다. 이 이상 기타가와 씨에게 폐를 끼칠 수 없죠. 가서 사과할 겁니다. 미타라이 씨 오늘 밤은 정말 감사합니다. 커피도 맛있었고, 프랑스 요리도 맛있어서 정말 오늘 밤은 꿈같아요. 이렇게 얻어먹어도 괜찮을까요."

"괜찮고말고."

"미타라이 씨의 은혜는 평생 잊지 않겠습니다."

미타라이는 말없이 계산대에 서서 요금을 내고 앞장서서 재빨리 밖으로 나갔다. 거기에 추운 듯이 몸을 움츠린 다케고시 형사가 서 있었다.

밖으로 나가니 미야타 마코토는 갑자기 미타라이의 앞을 가로막더니 그의 오른손을 꽉 잡고는 양손으로 감싸 쥐었다. 그러면서 하얀 이를 꽉 물고 눈물을 뚝뚝 흘렸다.

"오늘 밤은 정말 감사했습니다. 오늘 얼마나 즐거웠는지, 감사 표시를 제대로 못 해서."

격한 감정에 휩쓸린 것 같았다. 미야타 마코토는 떨리는 목소리로 계속 말했다.

"정말 이렇게 여러 가지로 친절하게 대해주셨는데 아무것도 보답을 할 수 없네요. 저는 이렇게 시시한 인간이라서……, 그래서……."

미타라이는 오른손을 가만히 소년에게 맡긴 채 고통을 참는 듯한 표정을 하고 있었다. 나는 아무 말도 할 수 없었다.

"미타라이 씨의 친절은 잊지 않겠습니다."

잠시 침묵 뒤에 미타라이는 툭하고 내뱉었다.

"어처구니없는 크리스마스 선물이 되어버렸군."

"왜요? 저에게 이 이상 좋은 건 없을 거예요."

그러자 미타라이는 천천히 고개를 좌우로 흔들었다.

"다른 일로 너와 알게 되었으면 좋았을 텐데, 미안해."

그때 나는 미타라이의 입술이 희미하게 떨리는 것을 볼 수 있었다.

"왜요?"

소년은 말하고, 미타라이는 고통스러운 듯 다시 고개를 가로저었다.

미야타 마코토는 잠시 미타라이의 얼굴을 들여다보다가 머지않아 포기하고 내게도 가볍게 인사를 한 후 다케고시 형사에게 가려고 했다.

"미야타 군."

그러자 미타라이가 말했다. 그는 손에 봉투를 쥐고 있었다.

"이건 너를 위해 마련한 돈이야. 더 놀까 했는데 시간이 없어서 다 못 썼어."

순간 나는 모든 것을 이해했다. 오늘 밤을 끝으로 경찰서에 가게 될 이 소년을 위해서 미타라이는 크리스마스 선물을 준비했던 것이다.

그러나 미야타 마코토는 완강하게 거절했다.

"아닙니다! 필요 없습니다!"

몸을 비틀며 미타라이의 손을 뿌리쳤다.

"그래! 가져가지 않는 것은 네 자유야. 네가 안 가져가면 하수구에 버리면 되겠네!"

나는 미타라이가 이렇게 거칠게 말하는 것을 들은 적이 없었다. 그 이후에도 없다.

미타라이의 시퍼런 서슬에 압도되어 소년이 힘을 뺐고, 봉투는 그의 주머니에 들어갔다.

그리고 소년은 나와 미타라이에게 깊이 머리를 숙이고 다케고시 형사와 둘이 나란히 걸어갔다.

"이런 죄까지 밝혀내야 하는 건가."

두 사람이 빌딩의 모퉁이로 사라지자, 미타라이가 폐부에서 쥐어짜는 듯한 목소리를 냈다.

"가능하면 내버려두고 싶었어."

"그래……, 하지만 너는 할 수 있는 것은 다 했어."

"나 자신을 위해서 한 거야. 내 죄를 없애려고 한 거지. 그 아이에게 숨긴 게 있어."

"뭔데?"

"지금은 말하고 싶지 않아. 하지만 오늘 밤, 이 영혼을 구제

하는 밤에 나는 고독한 한 영혼을 과연 구할 수 있었던 걸까? 내 시시한 공명심 때문에 그냥 가지고 논 게 아닐까."

"왜 그런 소리를 하는 거야? 너는 최선을 다했어. 그는 아직 미성년자야. 게다가 정상참작의 여지가 충분히 있고. 그렇게 무거운 죄가 되지는 않을 거야. 감사하다고 했잖아. 저 아이도 무거운 짐에서 해방됐으니까 잘된 거지. 다만, 이제부터 잠시 동안은 맛있는 커피는 마실 수 없겠지만."

"그래, 오늘 밤의 내 죄가 사라질 때까지, 나도 앞으로 두 번 다시 커피를 마시는 일은 없을 거야."

미타라이는 불쑥 이렇게 말했다. 어딘가 명랑하게 징글벨이 들렸다. 우리는 걸어갔다.

"아직 잘 알 수 없는 부분이 많이 있어. 빨리 설명을 해줘."

걸으면서 내가 말했다. 하지만 미타라이는 아무 대답도 하지 않았다.

# 7

그 후 미타라이는 지극히 기운이 없었고, 덕분에 우리의 이사 트럭은 12월 30일이 되어도 아직 쓰나시마를 출발하지 못한 처지였다.

차마 볼 수 없었는지 12월 31일 아침에 다케고시 형사가 도와주러 왔다. 어쨌든 오늘 중에 이곳을 나가지 않으면 미타라이는 집주인에게 고소당할 수도 있었다.

다케고시 형사는 미야타 마코토 소년이 가정법원에 송치되어, 머지않아 소년원에 가게 될 거라고 알려줬다. 미타라이는 충격을 받은 것 같았지만 형사가 와서 드디어 해설을 시작할 마음이 생긴 것 같았다. 우리는 짐을 다 싼 골판지 상자와 책 위에 걸터앉아, 친구의 이야기에 귀를 기울였다.

"어떻게 알았어?"

내 질문에 대해 미타라이는 역시 짐 위에 걸터앉으면서 이렇게 대답했다.

"추리라는 녀석은 수학 공식처럼 확실히 잘라 말할 수 있는 건 아니야. 프로야구 감독이 세우는 작전 같은 거지. 확률이 높은 쪽으로 계속 수로를 터가는 거거든. 이번 일도 그랬어. 이시하라, 바바, 두 사람이 우선 압도적으로 수상했잖아. 하지만 우선 이 두 사람의 가능성이 적다고 생각한 이유는 후키타 히사오의 지갑 안에 47만 엔이나 있었다는 사실이야. 두 사람의 주요 동기는 금전이야. 그렇다면 녀석들이라면 40만 엔쯤 훔칠 확률이 높다고 생각했어. 두 사람을 용의 선상에서 빼버린 이유는 또 있는데, 어느 정도는 기타가와의 경우와 비슷한 거야. 기타가와가 했으면 너무 쉽게 의심받잖아? 당사자들도 그런 것 정도는 바로 알겠지. 나는 비뚤어졌으니까 더 안전지대에 있는 인간을 의심하고 싶어졌지. 그러자 트집을 잡을 수 없는 안전지대에 있는 사람들이 존재했어. 트럭 통근 팀 말이지. 네 명이나 된다고 하는데 트럭 좌석에는 세 명밖에 탈 수 없거든. 그렇게 되면 나머지 한 명은 짐칸이겠지. 그러면 이 사람이 수상한 사람이 되는 거야. 아침의 오우메가도는 출근길 정체의 명소야. 게다가 밑에는 지하철이 달리고 있어. 오기쿠보에서 요쓰야 구간은 아래위로 샌드위치가 된 쌍둥이 루트 같은 거지. 짐칸에 탄 사람이 길이 정체되었을 때 트럭에서 뛰어내려 지하철로 현장을 왕복했다가 다시 트럭으로 돌아왔다. 나는 바로 이렇게 짐작했어. 하지만 여기에 난관이 하나 있었는데, 말할 것도 없이 '숫자 자물쇠'야. 비밀 번호는 피해자 외에는 모른다고 하고 왕복하는 지극히 짧은 시간 내에 열어야만 하니까. 거기서 나는 숫자 자물쇠를 생각해 봤어. 그리고 이것이 의외로 맹점이라는 것을 깨달았지."

우리는 몸을 앞으로 내밀었다.

"0에서 9까지의 숫자가 쓰인, 3단 고리 숫자 조합의 절대 수는 의외로 적어. 총수는 $10 \times 10 \times 10$으로 1000, 이게 전부 야. 나는 좀 놀랐어. 잘못 생각한 것 같아서 계속 다시 생각해 봤어. 그러나 이것 말고는 없어. 좀 더 자세히 말할게. 예를 들어 111에서 하나씩, 조합을 전부 시험한다고 치자. 그러면 111, 112, 113으로 이어지다가 110으로 끝나. 이것은 열 개밖에 없어. 그렇지? 그러면 $11 \times$는 열 가지지. 다음으로 $12 \times$를 해 봐. 이것도 121, 122, 123, 124……, 그리고 120에서 끝. 역시 열 가지야. 이렇게 생각하면 $13 \times$도 $14 \times$도 각각 열 가지니까, 열 가지가 열 개라서 백 가지, 즉 $1 \times \times$의 항은 $10 \times 10$으로 백 가지라는 거지. 맞지? 다음으로 이번은 $2 \times \times$를 생각해보기로 하자. $21 \times$부터 순서대로 하면 이것도 당연히 백 가지. $2 \times \times$가 $1 \times \times$와 다를 리는 없으니까. 이런 식으로 $3 \times$ $\times$, $4 \times \times$로 하면 각각 백 가지가 열 개 있는 게 돼. 즉 1000 개. 그리고 이게 전부. 그 이상 숫자 자물쇠의 조합은 존재하 지 않아. 그러면 이상한 결론이 나와. 이 숫자의 조합을 하나 하나 시험할 경우에, 한 번에 2초만 있으면 충분할 거야. 좀 더 빠를 수도 있어. 다만 일단 2초라고 생각하면 전부 다 시험

하려면 2000초밖에 걸리지 않잖아. 이러니 숫자 자물쇠는 별 미덥지 않은 자물쇠라는 거야. 게다가 111에서 순서대로 맞춰나가는 방법은 어떨까? 별로 좋은 방법이라고는 생각할 수 없어. 자물쇠 만드는 쪽도 그것을 파악해서 비밀번호는 7×× , 8×× 정도로 설정할 가능성이 높을 거야. 그렇다면 9××나 0××에서 거꾸로 해보는 게 좋지. 그렇게 하면 숫자 자물쇠는 십 분 정도면 열릴 가능성도 있어. 물론 실제로는 이렇게 논리대로는 안 되겠지. 자릿수가 올라갈 때마다 시간을 잡아먹을 것이고 고리도 잘 돌아가지 않을지도 모르니까. 하지만 요령 좋은 방법을 생각해낼 수도 있어. 예를 들어 99×를 시험할 때 테이프를 써서, 위의 두 고리를 99에 고정해놓는 거야. 그리고 자물쇠를 거꾸로 해서 위로 당겨놓고 밑에 남은 한 자리의 고리를 하나씩 돌려주는 거지. 그렇게 하면 비밀번호를 맞혔을 때 암(arm)이 자연히 풀리기 때문에 바로 알 수 있어."

"그렇구나!"

나는 소리를 쳤다.

"숫자 자물쇠라는 게 그렇게 간단히 열리는구나!"

"장난감은 그렇지. 하지만 이 고리가 돌아가기 어렵게 해두면 도둑도 도중에 짜증이 나서 내던지겠지. 그렇지만 뭐, 어느 쪽이든 이런 자물쇠는 소중한 것을 지키는 경우에는 좋지 않아."

"그런데 너는 전에 전부 시험하려면 84일이나 걸린다고 했잖아. 왜 그런 거짓말을 했어?"

그러자 미타라이는 오른쪽 손바닥을 잠깐 펴보였다.

"그건 어쩔 수 없었어. 왜냐하면 이런 이야기를 하면, 다케고시 씨는 바로 이시하라나 바바를 체포했겠지. 그러나 그들은 범인이 아니야."

미타라이는 다케고시를 바라보며 말을 이었다.

"다케고시 씨는 저를 의지하셨고 저한테도 소소한 프라이드가 있는데 이 프라이드를 걸고 그런 창피를 당하게 할 수는 없었습니다. 그래서 그런 거짓말을 하고 시간을 벌었습니다. 숫자 자물쇠를 실제 이상으로 굳건한 벽으로 만들어서."

"왜? 전부 이야기하면 되잖아."

"그렇게는 하고 싶지 않았어. 왜냐하면 지갑의 돈에 손을 대지 않았으니까. 여기에는 신념이 담긴 범죄의 냄새가 났기 때문이야. 이런 경우 나 자신의 공명심에는 브레이크를 걸지. 신중하려고 노력해. 왜냐하면 하늘의 의지가 숨어 있을지도 모르니까. 어쨌든 여기까지 추리를 진행시킨 나는 오기쿠보로 가서 짐칸의 인물이 누군지 알아내려고 했어. 그전까지는 가장 연장자인 아키타를 의심했거든. 어느 정도 나이를 먹지 않으면 이런 일은 하기 어렵다고 생각했으니까. 하지만 찾아가보니 짐칸에는 항상 제일 어린 미야타 마코토 소년이 탔다고 해. 그래서 범인도 바로 알았지. 나는 잠시 이 범인과 사귀어봤어. 내 추리를 확인하기 위해서. 그리고 난처하게도 그가 좋은 사람이라는 것을 알아버렸지. 이번 일로 한 가지 커다란 교훈을 얻었어. 범인과는 사이좋게 지내지 말 것. 얼마 안 있어 숫자 자물쇠의 신통력도 끊어졌어. 다케고시 씨는 이시하라를 체포하고 싶다고 했고. 나는 고민했지만 역시 죄는 죄라고 생각했지. 하지만 내성적이지만 순수한 마음을 가진 그 소년에게 네가 살인범이라는 멋없는 대사는 내뱉고 싶지 않았어. 그는 지금 인생의 가장 중요한 시기를 살고 있으니까. 그 시기의 상처는 덜 마른 석고에 새겨진 상처처럼 평생 없어지지 않아. 이미 그는 커다란 상처를 한 번 입었잖아. 몰아붙이듯이 하나 더 입힐까? 말도 안 돼. 나는 그런 역할은 질색이야."

이때 미타라이는 반항하듯 다케고시를 보았다.

"거기서 계획을 하나 생각했습니다. 기타가와를 체포했다고 다케고시 씨에게 거짓 보고를 받는 겁니다. 이 범죄의 동기가 짐작이 갔기 때문에 그 말을 들으면 그가 침묵할 리 없다는 것을 알고 있었습니다. 작전은 성공했죠. 하지만 그다지 좋은 방법도 아니었습니다. 저는 그 소년을 속였고 결국 거짓말을 밝힐 수도 없었습니다."

미타라이는 잠시 침묵했다. 우리도 끼어들지 않고 기다렸다. 미타라이는 그러자 한 번 손뼉을 치고, 일어섰다.

"자, 이야기는 이상입니다. 그러면 이사라도 한번 하실까요?"


다케고시 형사의 도움으로 짐을 전부 트럭에 실은 것은 정오가 지나서였다. 내가 운전해서 요코하마를 향해 출발했다. 다케고시 형사는 일이 있다고 하며 돌아갔다.

"시와스(師走)(양력 12월 혹은 음력 섣달을 가리키는 말-옮긴이)라니 딱 맞는 말이네."

내가 조수석의 미타라이에게 말을 걸었다.

"왜냐하면 선생님이라 불리는 네가 트럭에 앉아 달리고 있으니까."

미타라이는 내 농담에 대답하지 않았다.

우리의 새집은 바샤미치를 내려다보는 낡은 건물 5층이었다. 짐을 내려서 5층으로 옮기는 것은 우리 둘이서 해야 했다.

다 옮기고 나서도 여기저기에 정리하느라 또 고생을 했다. 미타라이도 나도, 특히 미타라이에게는 재산이라고 하면 책 정도밖에 없는데, 이렇게 실제로 이사를 해보니 의외로 시시한 가재도구를 많이 갖고 있었다. 나는 미타라이가 식기 선반 안에서 커피콩을 찾아서 쓰레기통에 버리는 것을 보았다.

한밤중이 되자 겨우 대충 마무리가 되었다. 내가 마지막 책을 책장에 꽂았을 때, 제일 먼저 시간을 맞추고 태엽을 감아 벽에 걸어둔 골동품 시계가 0시의 시보를 울렸다.

그러자 마치 그것이 신호인 것처럼, 저 멀리 차이나타운에서 폭죽이 터지는 소리가 들렸고 항구 앞바다에 정박한 많은 기선이 일제히 기적을 울리기 시작했다. 1980년이 밝았다.

"새해 복 많이 받아."

나는 미타라이에게 말했다.

그러자 이때는 미타라이도 기쁜 듯 내게 손을 내밀었다. 나는 그 손을 잡았다.

"우리는 오늘부터 동거인이야, 잘 부탁해."

"나야말로 잘 부탁해."

"어때, 이시오카, 내려가서 열려 있는 가게라도 찾아서 한잔할까?"

"좋지."

나는 대답했다.

"술이 없으면 홍차라도 좋은데."

그렇게 말하면서 그는 코트를 걸치고 목에 목도리를 둘렀다. 나도 채비를 하고 엘리베이터를 사용하지 않고 낡은 계단으로 내려갔다.

도로에 내려서니 폭죽 소리가 근처에서 들렸다. 소리가 나는 쪽으로 걸어가자고 우리는 뜻을 모았다.

나도 뜨거운 차를 마시고 싶은 기분이었다. 미타라이는 홍차라고 말했고, 결코 커피라고는 말하지 않았다.

그리고 후키타 야스코에 관해서 여기에 약간 덧붙이자면, 그것은 완전히 내 착각이었다. 미타라이는 미야타 소년에게 흥미를 가져서 오기쿠보에 갔을 뿐 그녀를 보러간 것은 아니었다. 그 후에도 미타라이의 입에서 후키타 야스코라는 이름이 나온 적은 한 번도 없었다.

질주하는
사자(死者)

# I

사루시마 섬에서 일어난 이상한 사건은 언젠가 이야기했던 적이 있다. 그 사건은 1980년 초여름에 일어났는데, 1980년 이라는 해는 내게 정말 머리가 핑핑 도는 한 해였다. 또 이상 하게 운명적인 한 해였다고도 생각한다. 그도 그럴 것이 그해 가을 나는 또 하나의 이상한 살인 사건과 조우했다. 오늘은 그 이야기를 하려고 한다.

그해 가을 무렵부터 나는 점점 수수한 베이스 연주에 질리기 시작했다. 더 요란하게 애드리브를 할 수 있는 리드 악기를 동경하게 되었다. 마침 그때 친구가 돈을 빌려주고 담보로 잡았다는 알토색소폰을 맡아달라고 해서, 마음껏 색소폰 연습을 할 수 있는 기회를 얻었다.

9월 말에 친한 친구가 미국에 가게 되어 자신의 맨션을 싸게 빌려준다고 해서 일 년 동안 머물기로 하고 나는 스기나미 구의 젠푸쿠지로 이사 왔다. 근처에 젠푸쿠지 공원이라는 적당한 연습장이 있어서 나는 학교나 아르바이트가 없는 날, 종일 젠푸쿠지 공원에서 색소폰을 부는 것을 일과로 삼았다.

타보 녀석과 아카사카 캣츠도 계속하고 있었지만 점점 재즈에 빠져들게 되었다. 그랬더니 신기하게도 주위에 재즈를 좋아하는 사람들이 모여들어 바로 재즈 콰르텟이 만들어졌다. 그러나 오늘은 이 밴드에 대해 이야기하는 자리는 아니므로, 10월 중순 그 이상한 사건과 조우하게 된 계기부터 시작하기로 한다.

연못가에 서서 알토색소폰을 불면 정말 기분이 좋다. 재즈 카페의 어두운 구석에서 스르르 미끄러지는 색소폰 솔로를 들으면, 나는 언제나 수면을 스치며 나는 물새나 잔물결을 일으키는 바람을 연상했는데, 지금 바로 내가 색소폰을 들고 물가에 서 있는 것이다.

내가 부는 'My favorite things'가 연못의 표면을 미끄러져 간다. 멜로디로 맛을 낸 바람이 수면을 스치고 미묘한 물결 주름을 만들었다. 참 기분 좋다고 생각하며, 도취되어 불고 있다가 문득 정신을 차려보니 주위의 벤치에는 지팡이를 짚은 노인, 개를 데려온 아줌마, 커플들로 가득 차 있었다. 주위를 돌아보니 연못가 건너편의 벤치와 20, 30미터 간격으로 연못을 따라 늘어선 벤치는 텅텅 비어 있었다. 그런데 내 주위만은 마치 축제날처럼 북적이고 있었다.

상관 말고 계속 불까. 마우스피스에 입을 대려다가 그만두고 케이스를 들고 맥없이 30미터 정도를 이동해 옆 벤치에서 다시 불었다. 하지만 그들도 아무렇지 않은 척 일어나더니 내 주위는 다시 사람들로 가득 차버렸다.

그게 재미있어서 나는 한 곡 다 불 때마다 다음 벤치, 다시 다음 벤치로 이동해보았다. 역시 다들 따라 왔다. 그런 식으로 결국 연못을 한 바퀴 돌았다. 〈하멜룬의 피리 부는 사나이〉라는 동화가 생각났다.

공원에서 연습하다 보면 또 여러 가지 이상한 일이 있다. 어느 날 무척 심취해버려서 해가 떨어진 것도 알아차리지 못한 적이 있었다. 'Violets for your furs'를 불다가 손을 멈추고 바로 앞 연못을 보니 고요하게 가라앉은 수면이 검붉게 물들어 있었다. 나는 잠시 멍하니 있다가 극적인 마무리로 들어가려고 했다.

"여보세요."

그때, 누군가 말을 걸었다. 돌아보니 제복을 입은 순경이 두 사람, 엄격한 표정으로 성큼성큼 이쪽으로 걸어오는 게 아닌가. 순찰 중인 것 같다. 아마 틀림없이 소음 조례인지 뭔지로 체포될 거라고 생각해서 새파랗게 질렸다.

"잠깐 미안한데."

삼십 대 후반으로 보이는 순경이 위압적인 어조로 말했다.

"아, 예."

긴장한 나는 생각대로 목소리도 나오지 않았다. 그러자 그는 거칠게 오른손을 내 쪽으로 쑥 뻗어 공포에 질려 꼼짝 못하는 나에게서 색소폰을 빼앗아 들고 말했다.

"잠깐 불어볼 수 있습니까?"

"아, 그럼요."

깜짝 놀란 내가 겨우 그렇게 대답하자, 그는 천천히 모자를 벤치에 내려놓고 마우스피스를 닦았다. 처음에는 예상대로 쉭, 쉭 하는 소리를 냈지만, 머지않아 요령을 깨우친 듯 곡다운 곡을 불었다. 그것은 '안녕, 아가야(1963년에 나온 일본 가요-옮긴이)'였다. 나는 순경이 색소폰을 부는 것을 처음 보았다.

"아, 고등학교 때 브라스 밴드에 있었는데, 아직 소리는 낼 수 있네요."

그렇게 말한 그는 이어서 '우주소년 아톰'을 불었다. 멀리서 다른 순경이 무료한 듯 나뭇잎을 뜯어서 던지고 있었다.

이 경험은 내가 순경에게 좋은 인상을 품게 된 몇 안 되는 일이었다. 이것이야말로 음악의 힘이리라.

순경이 인사를 하고 떠난 후, 아직 괜찮겠지 싶어서 다시 불었더니 연못 건너편의 조립식 주택에서 호통이 들려왔다.

"인마. 언제까지 잘하지도 못하는 나팔을 불어 젖힐 테냐?"

근처에 공사 현장이 있는 것이다. 아랑곳 않고 불었더니 드디어 창문과 문이 드르륵 열리며 머리에 수건을 동여매고 손에 술 됫병을 든 무섭게 생긴 노무자들이 우르르 뛰쳐나왔다. 나는 허둥지둥 마우스피스를 떼고 색소폰을 케이스에 넣어 뚜껑을 쾅 닫고는 옆구리에 끼고 쏜살같이 도망쳤다.

그 후로 잠시 젠푸쿠지 공원에 가지 않았지만, 얼마 후 공사가 끝났는지 연못 건너편에서 조립식 주택이 자취를 감추었다. 그래서 다시 연습을 시작했다. 그것은 10월 10일 전후였을 거라 생각한다. 그 무렵 그 남자를 만난 것이다.

색소폰을 불고 있으니 낯선 젊은 남자가 역시 검은 상자를 들고 다가왔다. 꺼낸 것을 보니 트럼펫이었다. 그도 조금 떨어진 곳에서 빵빵 불다가 잠시 후에 같이 불자며 말을 걸었다. 함께 불다가 해가 저물었다. 그의 실력은 나와 별 차이 없었다.

"너 오기쿠보에 살아?"

트럼펫을 부는 남자가 물었다. 나는 그렇다고 말했다.

"나는 기치조지에 살아. 아카라고 해. 너는?"

"아카?"

"그래, 다들 그렇게 불러."

나는 새삼 그의 얼굴을 보았지만 얼굴색은 오히려 창백해서, 붉다는 이미지와는 거리가 멀었다(일본어로 아카는 붉은색을 뜻한다.-옮긴이). 나이는 스물대여섯 정도일까. 수염을 길렀고 중간 체격 중키에 약간 나이 들어 보였다.

"닷쿠라고 불러줘. 이름은 구마노미도 다쿠미라고 해."

"그렇군. 그런데 너 재즈 좋아하나 본데 이번 주 토요일에 시간 있어? 내가 재미있는 곳을 알거든. 소부 선 아사쿠사바시에 호사가인 아저씨가 자기 맨션 방 하나를 개방해서 격주 토요일마다 재즈 애호가를 모아서 놀아. 나도 멤버고. 모임 이름이 '버드케이지'라고 하는데."

"버드케이지?"

"응. 혹시 괜찮으면 이번 주 토요일에 와볼래? 밴드 친구가 있으면 같이 와도 좋아. 저녁 6시쯤부터 시작할 거야. 주소와 전화번호를 써줄게."

그렇게 말하고 아카는 주머니에서 수첩을 꺼내더니, 주소를 적었다. '다이토 구 야나기바시 1초메 17의 ××, T하임 1106, 버드케이지 (이토이 씨)'. 그리고 전화번호도 함께 적어주었다.


우리 재즈 콰르텟은 이름이 'Seventh Ring' 즉 '일곱 번째 반지'라고 한다. 멤버가 대개 간나나 도로(도쿄 23구 내에 위치한 고리 모양의 간선도로를 뜻함.—옮긴이) 주변에 살고 있고, 드럼을 치는 퍼프라는 남자가 주로 간나나에서 연습하고 있기 때문이다.

이렇게 쓰면 독자는 오타가 아닐까 생각할지도 모르지만, 실제로 그는 언제나 간나나 한가운데에서 연습했다. 퍼프는 간나나가 오우메가도와 겹치는 입체교차로 밑 횡단보도 옆에 드럼 세트를 세워놓고 열심히 드럼을 두드렸다. 이곳이라면 어차피 차 소음 때문에 불평도 들어오지 않고 비 오는 날에도 비를 맞지 않는다.

나는 젠푸쿠지 공원에서 건설 노무자에게 호통을 들으며 연습했고, 퍼프는 간나나에서 연습하고 있었다. 일본의 뮤지션들은 연습장 때문에 이렇게 난처한 경우가 많다. 이 이야기는 재미있어서 언젠가 다시 쓸지도 모르겠다.

다음 날 오후 간나나 밑에 와보니 역시 퍼프는 섬뜩한 등을 보이며 드럼을 치고 있었다. 내 경우와 달리 구경하는 사람들이 둘러싸고 있다는 것도 틀린 말은 아니었다. 하지만 통행인은 멈춰 서기는커녕, 퍼프 뒤에서 종종걸음을 하며 허둥지둥 지나간다. 사실 그는 우람한 남자였기 때문이다. 신장은 190센티미터 가까이 되고, 얼굴 절반 가까이 시커먼 수염을 기르고 있다. 퍼프라는 것은 원래 'Puff the magic dragon'이라는 노래에 나오는 괴수의 이름이다.

내가 '버드케이지'에 대해서 이야기하니, 그는 두말없이 간다고 했다. 밴드의 다른 멤버는 전부 시간이 맞지 않았다. 나는 토요일 퍼프와 둘이서 가기로 했다.

## 2

그런데 금요일 오후쯤 구름의 형세가 심상치 않았다. 비가 내리기 시작하더니, 밤이 되면서 거세졌다. 바람도 강했다. 텔레비전에서는 대형 태풍이 다가오고 있다고 했다.

비바람은 하룻밤 새 무척 거칠어져서 토요일 오후가 되자 절정에 달한 것 같았다. 나는 그해에 태풍과 정말로 인연이 많았다. 오늘 밤은 무리라고 생각했다. 억수 같은 빗속으로 나가는 것은 그렇다 쳐도, 이 폭풍우에 전철이 다닐지 어떨지도 확실하지 않았다.

금요일 밤부터 나는 퍼프의 하숙집에 머물고 있었다. 퍼프에게 오늘 밤은 관두자고 하니, 그는 어떻게 된 영문인지 혼자 흥분해서 꼭 가자고 했다. 어쨌든 전화를 해보기로 했다.

퍼프의 아파트에 전화가 없었다. 퍼프와 둘이서 비닐 비옷과 싸구려 우산을 들고 나갔다. 태풍이니까 빨리 문 닫고 싶다며 달가워하지 않는 단골 정식 집에 사정사정해서 들어가 배를 채우고, 그 가게에 있는 공중전화로 버드케이지에 전화를 걸었다.

먼저 노인인 듯한 남자가 전화를 받았다. "거기 아카라는 사람 있습니까?"라고 했더니 바로 아카를 바꿔줬다.

"이런 날씨인데도 해?"

그렇게 물었더니 아카는 "당연히 하지."라고 말했다. 그러고는 바로 오라고 말했다.

좁은 틈을 남긴 채 닫힌 바깥 덧문을 세차게 두드리는 빗소리나 때때로 함석판을 강렬하게 흔드는 바람 소리 때문에 아카의 목소리는 알아듣기 힘들었다. 어스름한 가게 안이 그런 소리로 가득 차 있어서 나는 마음이 약해졌다. 이런 날씨에 전철을 타고 일부러 아사쿠사바시까지 가다니 미친 짓 같았다. 전철은 다니는 걸까.

그러나 아카는 이상하게도 억지를 부렸다. 오늘은 제일 좋은 날이니 꼭 와야 한다고 했다. 그럼 전철이 다니면 가겠다고 말하고 전화를 끊었다.


고엔지 역으로 가는 도중에 이미 옷을 입은 채로 헤엄친 꼴이 되었다. 황혼 녘 거리는 고요해서 사람이나 차도 없었고, 신문지나 간판만이 엄청난 기세로 길을 달려갔다.

의외로 전철은 다니고 있었다. 오후 7시가 조금 지난 시각에 아사쿠사바시에 도착했다. 흠뻑 젖은 개찰구에 역무원이 혼자 우두커니 남겨져 있었다.

젖은 공중전화를 손수건으로 닦아 다시 한 번 역에서 전화를 해서 길을 물었다.

간다가와 강을 따라 걸어갔다. 붙들어 맨 지붕 달린 놀잇배가 크게 물결치듯이 흔들리고 있었다. 간다가와 강은 머지않아 스미나가와 강에 T자형으로 합류한다. 스미디기와 강은 마치 바다처럼 보였다. 시커먼 물이 물결쳤고 그 위를 바람이 흉포한 소리를 내며 지나갔다. 바람에 농락당하는 비가 마치 안개처럼 하얗게 변했고, 멀리 건너편 기슭의 불빛도 부예져 있었다.

합류 지점 옆에 오도카니 맨션이 한 채 서 있었다. 다른 것을 압도할 정도로 높았다. 이것이 T하임이었다. 현관에 들어가니 관리소에 관리인 노인의 얼굴이 보였다.

버드케이지는 11층이었다. 제일 위층이다. 엘리베이터를 내려서 비바람에 노출된 복도로 나갔다. 난간이 있을 뿐 비가 가차 없이 들이치고 있었다. 우리는 엘리베이터 밖으로 나가서 또다시 우산을 써야 했다.

T하임의 의미를 알았다. 이 맨션은 올라가서 보면 전체가 거대한 T자 모양이었다. 이 점은 중요하므로 그림을 첨부해 둔다(T하임 겨냥도 참조). 버드케이지의 주재자 이토이 씨의 1106호실은 11층의 제일 끝, T자로 말하면 왼쪽 모서리 제일 끝에 해당한다.

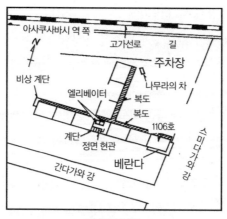

**T하임 겨냥도**

아사쿠사바시 역 쪽 / 고가선로 / 길 / 주차장 / 비상 계단 / 엘리베이터 / 나무라의 차 / 복도 / 복도 / 계단 / 1106호 / 스미다가와 강 / 정면 현관 / 베란다 / 간다가와 강

복도 끝 1106호 앞에 서니 아득한 발밑으로 태풍에 수위가 높아진 스미다가와 강이 시커멓게 보였다. 11층의 높이에서 듣는 바람 소리는 한층 더 무시무시했다.

초인종 버튼을 누르니 바로 문이 열리고 아카의 얼굴이 보였다. 안에서 희미하게 담소를 나누는 소리가 들렸다.

"들어와."

아카는 말했다. 우리는 우산꽂이에 우산을 넣고 안으로 들어갔다. 따뜻해 보이는 집이었다. 아르데코풍 소파에 남녀 두세 명이 앉아서 웃고 있었다. 벽난로 안에는 골동품처럼 보이는 가스난로가 타고 있었다.

아카가 우리 뒤에서 문을 닫으니 거짓말처럼 태풍 소리가 멀어졌다. 방음 처리가 되어 있는 것 같았다. 살짝 침침한 노란 조명 밑에서 품위 있게 담소하는 사람들의 목소리만이 남았다. 폭풍 속에서 들어온 우리에게 그곳은 정말 별천지였다.

"신발은 신고 들어오면 돼."

아가는 말했다. 우리는 비닐 비옷을 벗어 신발장 위에 놓았다. 이 집 안주인 같은 쉰 살가량의 부인이 나타나 수건을 빌려주었다.

"이토이 씨 부인이야."

아카는 그렇게 말하고 우리를 소개해주었다. 우리도 인사했다.

우리의 몸은 완전히 식었지만 방은 난로 덕분에 따뜻했다. 몸이 젖어서 소파는 사양했다. 카운터에 딸린 스툴에 앉았다. 방에는 예상대로 조용하게 찰리 파커가 흐르고 있었다(찰리 파커의 별명이 버드였다.―옮긴이).

정면에 악기들이 갖춰져 있었다. 드럼에 콘트라베이스에 알토색소폰, 트럼펫, 업라이트 피아노에 기타도 있었다. 기타는 깁슨335와 검은 레스 폴이었다. 드럼에는 왠지 몰라도 'TOILET'이라고 쓰여 있었다.

그 뒤로 커튼이 반 이상 쳐진 유리문이 있었다. 바닥까지 올 정도로 컸고 방음을 위해서인지 이중으로 설치돼 있었다. 그 밖은 베란다였고 건너편은 강일 것이다.

커다란 맨션이었다. 우리가 들어간 방도 다다미 열 장 정도는 될 것 같았지만, 이것 말고도 방은 몇 개나 더 있는 것 같았다. 4LDK(방 네 개, 거실, 식당, 주방으로 이뤄진 구조─옮긴이)정도일 것이다.

"닷쿠, 소개할게."

아카가 말을 걸었다. 소파에 앉아 있던 사람들이 전부 이쪽을 바라봤다.

"이 사람이 닷쿠라고 하는데 베이스와 알토색소폰을 하고 있습니다."

아카가 나를 소개했다. 나는 일어나서 고개를 숙였다.

"그리고 이쪽 무서워 보이는 사람이, 그러니까."

"퍼프라고 합니다. 드럼입니다."

내가 말했다.

"이들은 'Seventh Ring'이라는 콰르텟을 하고 있는데, 기치조지 근처에서 아는 사람은 다 아는 멋진 재즈를 하고 있습니다."

그렇게 들은 적도 없으면서 아카가 적당히 둘러댔다.

"그러면 닷쿠, 이쪽 멤버들을 소개할게, 이 셀로니어스 몽크 같은 모자를 쓴 사람이 이토이 겐지 씨. 요코하마의 '실톱과 지그재그'라는 가게의 주인장으로 이 집 주인이기도 해. 통칭 문 씨, 베이스를 조금 하시지."

"아니, 못합니다."

그는 말했다. 마른 체형으로 나이는 예순 정도일까. 여윈 뺨은 햇볕에 타 짙은 갈색이었고 턱수염을 길러서 제법 멋있는 용모였다.

"그 옆이 부인인 노부코 씨."

아까 수건을 빌려준 부인이 웃으며 인사했다. 이쪽은 대조적으로 넉넉한 몸매였다.

"그 옆이 '지그재그' 단골인 아사미라고 해."

긴 밤색 머리를 한 아가씨가 내게 살짝 인사했다. 눈이 크고 이목구비가 뚜렷한 얼굴로, 명백히 혼혈의 얼굴이었다.

"그 앞에는 일러스트레이터이자 작가이기도 한 이시오카 씨."

피부가 희고 정말로 예술가 같은 젊은 남자가 이쪽을 향해 머리를 숙였다.

"또 그 앞에 있는 분이 점성술사인 미타라이 씨."

나는 처음부터 이 남자가 이상하게 마음에 걸렸다. 텁수룩한 머리를 하고, 역시 이목구비가 뚜렷한 얼굴을 하고 있었다. 잘생긴 남자임에는 틀림없지만, 묘하게 한 성깔 할 것 같았다. 사람을 깔보는 듯한 표정을 한 남자로 그다지 좋아질 것 같진 않았다.

그는 양손으로 감싸듯이 유리잔을 들고 있었는데, 오른손을 떼고 살짝 손바닥을 펴는 듯한 시늉을 했다. 그러고는 얼굴을 조금 갸웃했다. 마치 영국인이 빈정거리는 태도 같았다.

"저쪽에 서 있는 사람이 재즈 평론가인 오누키 씨, 알지?"

그는 파이프만 약간 기울였다. 반백의 긴 머리카락, 더블 슈트를 입은 풍채 좋은 오누키의 얼굴은 잡지 등에서 자주 보았다. 유명인이었다.

"오늘 밤 처음 여기에 와주셨어. 그 옆에 있는 분이 구보 씨라고 해. 역시 재즈 애호가이셔."

구보는 눈이 컸다. 중간 체격에 중키로 나이는 마흔 정도일까. 갈색의 머리에 딱 붙은 듯한 털실로 짠 모자를 쓰고 있었다. 회색 정장 차림에 묘하게 빈틈없는 표정이었다.

그 자리에 있던 인물은 이상 여덟 명이었다. 우리까지 열 명.

"그리고 한 명 더 올 예정인데."

이토이 씨가 말했다.

"누구입니까?"

아카가 물었다.

"나쓰키."

"아, 앞으로 한 명 더, 나무라 나쓰키 씨라는 사람이 올 예정이야. 나쓰키라고 불러. 역시 '지그재그'의 단골로 영업 일을 하고 있지……."

거기까지 그가 말했을 때 현관의 초인종이 울렸다.

"아, 왔나."

이토이 씨가 말하고, 현관으로 향했다.

집주인이 문을 열자 순간 거센 비와 바람 소리가 들렸다. 폭풍은 점점 거세졌다.

"아 정말, 힘들었어!"

비명 섞인 목소리와 함께 물보라가 거실까지 튀었다. 바람 방향이 이쪽인가 보다. 열린 입구에서 흘끗 밖을 보니 복도 형광등 빛을 받아 비가 하얀 가루처럼 격렬하게 춤추는 것이 보였다.

문이 닫히자 그는 즉시 조용하고 따뜻하며 편안한 거실로 돌아왔다. 우산을 놓고 흠뻑 젖은 레인코트를 벗어 현관에 걸고 바짓단을 수건으로 세심하게 닦고 나서 남자는 우리 쪽으로 왔다. 가까이서 보니 의외로 젊은 남자였다. 서른 살은 넘었을까.

"닷쿠, 이분이 나쓰키."

나무라도 눈이 컸다. 칠대 삼 가르마에 정말 영업 사원이라는 차림의 회색 정장을 입었다. 정장은 몸에 딱 맞았고 바느질도 좋았다.

"이쪽이 새 친구들로 색소폰의 닷쿠와 드럼의 퍼프."

나무라는 인사를 하지도 않고 수상하다는 눈빛으로 우리 옷차림을 위에서 아래로 살폈다. 그리고 우리는 완전히 무시하고는 멤버 쪽을 보고 말했다.

"지독한 태풍이네요. 전철이 다니지 않을 거라 생각해서 차로 왔습니다."

나는 퍼프와 얼굴을 마주 보았다. '전철이 끊겼나?'

전부 열한 명의 멤버가 다 모였다. 예정은 이것뿐이었다. 소개도 끝나서 모두 제각기 다시 담소를 시작했다.

그중에서도 역시 아사미가 혼자 인기를 독차지하는 듯했다. 모두가 그녀에게 말을 걸었고, 나무라는 재빨리 그녀의 앞자리를 차지하고 꿈쩍도 하지 않았다. 그러고는 이것저것 농담을 떠올려서 그녀를 계속 웃게 만들었다. 엉덩이가 뿌리를 내린 것 같다는 말은 바로 이걸 두고 하는 말이리라. 그녀에게 흥미를 보이지 않는 것은 퍼프와 미타라이 정도였다.

나는 퍼프에게 부탁해 함께 베란다로 나가보았다. 아까 문이 열렸을 때 바람 방향이 이쪽을 향해 있어서 어쩌면 젖지 않을 수도 있다고 생각했기 때문이다.

예상대로였다. 상당히 넓은 베란다였지만 남쪽에 있으면 어디에 서 있어도 별로 젖을 일은 없었다. 맨션이 비를 막는 구조가 되기 때문이다.

제일 끝 집이라서, 이 베란다는 건물을 따라 L자형으로 둘러져 있다(132페이지 버드케이지 겨냥도 참조).

즉 동쪽으로 나가 탁류가 소용돌이치는 모양의 스미다가와 강을 내려다볼 수도 있다. 그러나 그쪽으로 가면 역시 비를 맞게 된다.

나와 퍼프는 베란다의 L자형 모퉁이에 서서 잠시 어둠을 채운 폭풍을 보고 있었다. 발밑의 강은 아마 거칠어졌겠지만, 검게 보일뿐 수면의 모습은 알 수 없었다.

건너편 기슭에 여기저기 고속도로의 불빛이 이어져 있었다. 하얀 안개 저편이 부예 보였다.

"이런 걸 보고 있으면 센 걸 한 방 치고 싶어지는데."

퍼프가 큰 소리로 말했다. 폭풍 소리가 컸기 때문이다. 완전히 동감이었다.

# 3

　방에 돌아가니 나무라가 아사미의 관심을 끄는 획기적인 방법을 떠올린 모양이었다.

　"그러면, 오늘 밤은 내가 아사미에게 신기한 마법을 보여줄게."

　"정말?"

　"정말이고말고. 보고 싶어?"

　"보고 싶어!"

　여자아이들은 대개 이렇다.

　"부인, 희고 큰 종이 있습니까? 포장지 뒷면이나 그런 거면 됩니다." 부인이 끄덕이고 안으로 사라지자, "뭐야? 뭐야?"라며 즉시 기대 섞인 목소리들이 주위에서 들려왔다.

　백화점 포장지가 뒤집힌 채 테이블 위에 놓였다. 영업 사원은 주름을 손바닥으로 펴면서 말했다.

　"자, 그러면 여러분이 지금 몸에 지니고 계신 것 중 둥근 물건을 잠깐 빌려주셨으면 합니다, 뭐든 괜찮습니다. 하지만 가능한 한 고가의 물건이 좋겠네요. 고귀한 물건일수록 영이 깃

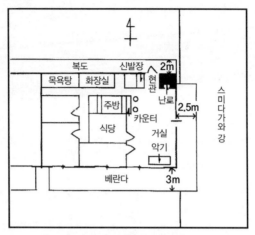

**버드케이지(이토이 가) 겨냥도**

들기 쉬우니까요."

　영업 사원은 그럴싸한 말을 했다.

　"걱정 마세요, 사라지게 하려는 건 아닙니다. 여기에 늘어놓을 뿐입니다. 바로 돌려드립니다. 목걸이라든지 반지라든지, 신사 분들은 손목시계가 좋겠지요. 아사미도 뭔가 빌려줘. 그 반지가 좋겠네."

　"이거? 별로 비싼 거 아닌데."

　"상관없어, 상관없어."

　모두 순순히 손목시계를 풀기 시작했다. 나도 풀까 했지만 그만두었다. 어차피 내 것은 전당포에서 산 4천 엔짜리 디즈니 시계였기 때문이다.

연달아 종이 위에 둥근 것들이 모였다. 역시 손목시계가 제일 많았다. 평론가의 시계는 까르띠에였다.

"호, 역시 여러분 멋진 물건을 갖고 계시네요. 어라? 이거 대단한데, 진주 목걸이잖습니까! 부인 거죠? 좋네요, 이걸로 이 마술도 절묘한 힘을 발휘하겠군요. 하하, 읽었다!"

영업 사원은 말을 시작했다.

"맞혀볼까요. 이 목걸이는 결혼기념일에 이토이 씨가 선물한 거죠? 글렌 밀러와 연결 지어서. 아닙니까?"(글렌 밀러의 'A string of pearls'를 뜻하는 것-옮긴이)

"맞았어."

이토이가 멀리서 말했다.

"역시, 다정한 분이시네."

나무라는 그렇게 말하고, 어라, 하며 다시 말을 시작했다.

"점성술 선생님은 시계를 빌려주시지 않았군요?"

영업 사원도 점쟁이에게는 호감이 없는 것 같았다. 냉정한 말에 적의가 담겨 있었다.

"아셨습니까?"

그러자 놀리듯이 점쟁이가 말했다.

"보기에 시계는 갖고 계시지 않은······."

노골적으로 이죽거리면서 영업 사원이 말했다.

"예, 시계는 없습니다."

점쟁이는 무척 당당하게 말했다.

"혹시 전당포에?"

나무라는 재빨리 덧붙였다.

"아니, 전당포에 시계 따위는 맡기지 않습니다. 원래 팔에 시계는 차지 않는 주의라서."

"호오, 주의의 문제, 생활신조의 문제라는 겁니까?"

영업 사원은 묘하게 물고 늘어졌다.

"뭐, 그렇게 말해도 된다면."

점쟁이는 다시 오른쪽 손바닥을 살짝 보였다. 제법 멋졌다. 이런 몸짓을 하는 일본인을 나는 처음 보았다.

"호오, 신조의 문제라, 어떤 신조일까 꼭 들어보고 싶네요. 당연히 지갑의 무게와는 관계없는 신조겠지요!"

어떻게 된 일인지, 나무라는 지독히도 끈질겼다.

"지갑에 벨트를 달아서 오른손에 차는 습관이 있다면 손목에 두르겠습니다. 균형이 맞아서 모양새가 괜찮겠네요. 시계라는 녀석은 의외로 무겁습니다."

"……."

"무거워서 마음에 걸리는 그 기계가 주인에게 무엇을 가르쳐주느냐 하면, 스스로가 얼마나 시계에 구속된 하인인가라는 점뿐입니다."

미타라이라는 남자는 갑자기 일어났다. 그리고 잠시 두 손을 비볐다. 나는 어안이 벙벙했다. 그런데 그 모습에 놀란 듯한 사람은 없었다.

"이 발전된 세상에 시간을 가르쳐주는 정도의 기능밖에 없는 기계 하나에 뻔뻔하게 왼손을 점령당하다니 이런 시시한 이야기가 어디 있습니까?"

미타라이는 잠시 걸으면서 연설하는 듯한 어조로 말했다.

"내 왼손에 뭔가 채울 생각이라면 당연히 그 열 배 정도의 기능은 있어야 합니다. 예를 들어 FM을 들려주거나 텔레비전을 보여주거나 친구의 전화번호를 가르쳐주거나. 그리고 내 앞에 있는 이 남자가 단순히 말주변이 좋은 플레이보이인지 아니면 어엿한 좀도둑인지도 빨간 램프를 깜빡여서 가르쳐주면 고맙겠죠. 그렇다면 나도 기꺼이 왼손을 제공할 겁니다."

살짝 웃음소리가 났고 친구인 이시오카가 좀 그만하라는 듯이 그의 블루종 소매를 당기는 것이 보였다. 영업 사원의 얼굴은 분노로 창백해졌다.

"도대체 이 도쿄만큼 시계와 공중전화가 많은 곳은 없습니다. 저는 근 십 년 동안 팔에 시계라는 것을 한 적이 없는데, 한 번도 불편함을 느낀 적이 없어요. 시계가 없는 곳이라면 긴자의 클럽 정도입니다. 클럽에 갈 때는 지갑과 시계는 잊지 말고 지참해야 합니다. 빨리 돌려보내고 싶지 않으니까 손님들이 전혀 시간을 알 수 없게 되어 있습니다. 시간을 알리지 않는 것은 물론, 집 생각이 나게 하지 않기 위해 화장실에도 못 가게 하는 것 같은데요. 이곳에 모인 여러분들이 이렇게 많은 시계를 가지고 계신 걸 보니 제 생각에 분명 다들 클럽 애호가인 것 같습니다. 나는 거리를 걸을 때 놀랍게도 전화도 들고 다니지 않습니다. 이것도 어디에나 있기 때문입니다. 당신이 그렇게 시계가 좋다면 다음부터 공중전화도 들고 다니면 되겠군요."

결국 웃음소리가 가득한 가운데 친구인 이시오카가 일어나 억지로 점쟁이를 소파에 앉혔다. 진지한 표정으로 그에게 뭔가 맹렬하게 말하고 있었다. 미타라이는 "알았어, 알았어." 하면서 옆을 보며 친구를 손으로 제지하고 있었다. 나는 어이가 없었다. 지독하게 이상한 남자다. 뭐하는 사람일까.

"흥! 가난뱅이는 내버려두고."

나무라는 아사미에게만 들리게 말하고는 흰 종이 주위에 모은 둥근 모양의 물건을 늘어세웠다. 둥근 것은 일곱 개 있었다. 그중에는 시계가 제일 많았고, 거기에 아사미의 반지와 이토이 부인의 진주 목걸이가 있었다. 이것들을 둥그렇게 늘어놓고 영업 사원은 정장 안주머니에서 몽블랑 만년필을 꺼내 원 중앙에서 각각을 향해 선을 그었다. 중심에서 일곱 개의 방사선이 교차하고, 그 끝에 손목시계나 목걸이가 있었다.

"자, 이걸로 준비 완료."

그렇게 말하면서 나무라는 만년필을 안주머니에 넣고 대신 수첩을 꺼냈다. 팔랑팔랑 넘겨 적당한 곳을 펴서 한 장 찢었다. 그러나 그것은 실패했다. 왼쪽 밑 부분이 조금 뜯겨서 완전한 직사각형이 되지 않았다. 나무라는 신경질적으로 그것을 뭉쳐버리고 이번에는 신중하게 다시 한 장 찢었다.

"자, 아사미 씨, 이 종이에 이 만년필로 일곱 개의 둥근 것 중에서 좋아하는 걸 하나 써줘. 지금부터 내가 정신 통일을 해서 그것을 맞힐 테니까."

나무라는 아사미에게 종이를 건넸다.

"그래, 숫자를 매기는 게 좋겠네."

그렇게 말하고 그는 각각의 물건에 1부터 7까지 숫자를 매겼다. 1이 평론가의 시계이고 7이 진주목걸이였다.

"이제 됐어, 숫자만 쓰면 돼. 그리고 좋아하는 이유도 한마디 써줘. 그리고 지금 고민하는 것도 써줘. 내가 멋지게 해결해줄 테니까."

"정말?"

"그럼, 정말이지, 그러니까 속았다고 생각하고 시험 삼아 써봐. 후회는 안 할 거야. 이 나무라를 믿으라고."

이 남자는 직업상 항상 이런 말이 익숙할 것이다.

"그 만년필이 아니면 안 돼?"

"아니, 뭐든 상관없어. 그쪽에서 써. 나는 이쪽을 보고 있을 테니까."

아사미는 등을 돌리고 맹렬히 뭔가를 썼다.

"다 썼어."

"다 썼어? 그러면 그걸 정확하게 반으로 접어."

나무라는 그녀에게서 등을 돌린 채 말했다.

"접었어? 그러면 접은 김에 다시 한 번 접고. 또 다시 한 번. 덤으로 다시 한 번 접을까……."

"다 접었어."

"좋아, 그러면 이쪽으로 들고 와."

영업 사원은 말했다.

"자, 여기에 와서 일곱 개의 선이 집중된 중앙 지점에 얼굴을 가까이 대고……."

"이렇게?"

"그래. 그리고 정신을 통일하고 중심에 있는 이 점에 종이를 떨어뜨려봐."

"떨어뜨려?"

"그래 떨어뜨려. 이 위를 가만히 보면서 몇 번이고 떨어뜨리는 거야. 그러면 굴러가는 방향에 반드시 어떤 확률이 나타나거든. 자기가 쓴 숫자 방향으로는 다른 곳보다 많이 굴러갈 거야."

"정말이야?"

"해보면 알지. 자 해봐."

아사미는 종이 위에 몸을 내밀어, 진지한 표정으로 접은 종이를 떨어뜨리기 시작했다. 떨어뜨리고 굴러간 것을 주워 다시 떨어뜨렸다. 모두 재미있어하며 쳐다보고 있었다. 미타라이만이 혼자 구석에서 하품을 하고 있었다.

한 번은 접은 종이가 늘어선 일곱 개의 둥근 물건 사이를 빠져나와 바닥까지 굴러떨어진 적이 있었다. 나무라는 재빨리 주워 아사미에게 돌려주었다. 그리고 말했다.

"안 돼, 진지하게 정신 통일을 하지 않으니까 이렇게 되는 거야."

이때 구보가 "아, 너무 마셨나, 속이 안 좋아졌어."라고 말하고는 자리에서 일어나 화장실로 갔다.

"자, 알겠지, 응? 지금까지 어느 숫자 방향으로 제일 많이 굴러갔는지 알겠지?"

"음, 모르겠어."

아사미는 말했다.

"7번이야, 일곱 번째."

"어, 정말?"

그녀의 얼굴이 약간 진지해진 것 같았다.

"좋아, 점점 알겠는데. 네가 쓴 숫자는 7번이야. 진주는 별

로 좋아하지 않지만 목걸이라면 해보고 싶다, 그런 생각을 하
고 있었군."

아사미는 동작을 멈추고 우뚝 섰다.

"어떻게?"

"맞혔지?"

"맞았어."

"하는 김에 네 고민도 맞혀볼까, 응, 잠깐 기다려."

영업 사원은 눈을 감고 눈썹 사이에 검지를 갖다댔다.

"알았어, 짝사랑이다!"

아사미는 멍한 모습이었다.

"그 사람의 이름은."

"아니야, 말하면 안 돼!"

그녀는 얼굴이 빨개져서 그의 입을 막으려고 했다.

"아니, 종이에 그 사람 이름까지 썼어?"

"안 썼어."

"그럼 몰라. 정신 통일 천리안으로 읽을 수 있는 것은 네가
쓴 종이뿐이지, 마음속까지는 못 읽어."

"그래? 아, 다행이다!"

그때 구보가 돌아왔다. 나무라가 놀란 듯이 구보의 얼굴을
보았다.

"어떻게 된 겁니까? 이제 괜찮습니까?"

"응."

구보가 묘하게 창백한 얼굴로 그렇게 대답했다.

"하지만 대단해!"

아사미가 말했다. 나도 감탄했다.

# 4

우리가 남쪽 베란다에서 다시 폭풍우를 즐기고 있자니 뒤에서 목소리가 들렸다.

"당신들 몇 살이야?"

돌아보니 갈색 털모자가 보이고 구보가 서 있었다.

"스물한 살인데요."

내가 대답하니, 구보는 턱을 내밀고는 퍼프에게 다시 물었다.

"댁은?"

퍼프는 말이 없었다. 퍼프는 이때 스물다섯이었다. 생일이 지나면 스물여섯이 된다.

"몇 살이야?"

구보는 다시 한 번 물었다.

"내가 왜 대답해야 하는데?"

퍼프는 말했다. 그의 결점은 툭하면 싸우려 드는 점이었다. 방 불빛을 배경으로, 구보의 얼굴에 기분 나쁜 웃음이 스친 것 같았다.

"아니, 팔자가 좋아 보여서. 그런 걸로 먹고 살 수 있어? 악기나 연주하면서."

"당신이랑 상관없잖아."

구보는 옆을 바라보며 웃었다.

"아니, 부모에게 얹혀살면서. 괜찮나, 그런 거."

구보가 얼굴을 가까이 대자 술 냄새가 풍겼다.

"당신, 재즈 좋아하는 거 아냐? 듣는 것만 좋아하나? 흔해 빠진 평론쟁이인가?"

퍼프가 말했다.

"못 들은 척 넘어갈 수 없겠는데."

갑자기 어둠 속에서 이렇게 말하는 소리가 들렸다. 오누키였다.

"자자, 그만하시고."

아카가 끼어들었다. 퍼프는 고립되었다.

"참을 수 없군."

퍼프는 내뱉듯이 내게 말했다. 그의 기분을 잘 알 것 같았다. 녀석이 제일 걱정하는 부분이었기 때문이다. 거실의 이중 유리문은 열려 있었다. 바람 방향이 반대라서 그렇게 해두어도 비가 실내로 들이치지 않았기 때문이다. 퍼프는 거실에 들어가서 베이스드럼에 'TOILET'이라고 쓰인 드럼 뒤에 앉았다. 스틱을 들고 탐탐 가장자리를 가볍게 두드렸다.

그러자 이토이 씨가 다가와서 말했다.

"쳐도 돼."

"예? 괜찮습니까? 이런 시간에."

퍼프는 말했다.

"어차피 폭풍우 소리가 엄청나니까."

그 말을 듣고 퍼프가 기쁜 듯이 빙그레 웃는 게 보였다.

"아, 그러면 강 쪽으로, 폭풍우 쪽을 향해서 치고 싶네요."

"좋아."

이토이 씨도 끄덕였다

"오케이."

퍼프가 드럼 세트를 받침대째 베란다 쪽으로 돌려놓았다.

요란하게 롤을 하고 베이스드럼을 연타로 쳤다. 그리고 엄청나게 빠른 템포로 8비트를 치기 시작했다. 퍼프는 화가 나면 대개 8비트를 쳤다.

"호오."

아카가 그렇게 말한 것 같았다. 입술 모양이 그랬다.

"엄청 잘하네!"

그러고는 크게 소리 질렀다. 그렇게 하지 않으면 들리지 않았기 때문이다.

나는 끄덕였다. 퍼프의 실력은 사실 친구들 중에서 빼어났다. 아마 일본에서 정상급 프로와 비교해도 그다지 손색은 없을 것이다. 녀석이 어째서 우리 같은 아마추어와 연주하는지는 7대 불가사의 중 하나였다.

그러자 안에서 미타라이가 훌쩍 나타났다. 퍼프에게 다가가 뭔가 말했다. 베란다에 있는 우리에게는 들리지 않았다.

미타라이는 거실 쪽을 향해 있던 펜더 기타 앰프를 질질 끌고 왔다. 그러고는 베란다를 등지고 세워둔 깁슨 레스 폴을 집어 들고 벨트를 둘러멨다. 아무래도 직접 기타를 치려는 것 같았다. 퍼프와 같이 연주하려 하다니 분수를 모르는 남자라고 생각했다. 옆에 아카와 이토이 씨가 있기에 같이 연주하지 않느냐고 물었다.

"말도 안 돼!"

왜 그런지는 몰라도 그들은 그렇게 소리치면서 격하게 손사래를 쳤다.

미타라이는 입에 손을 대고, 퍼프에게 소리쳤다.

"좋은데, 그걸로 계속해!"

그리고 갑자기 볼륨을 최대로 올렸다.

이때 충격을 어떻게 표현하면 좋을까? 폭풍우에 덤벼들듯 연주가 시작되었을 때, 나는 머리카락 끝이 거꾸로 서는 느낌이 들었다. 온몸의 피가 역류하는 듯, 무심코, "우와!"라고 소리쳤다. 그러나 그 소리도 음악과 폭풍우 속에 지워졌다.

칙 코리아의 'Beyond the seventh galaxy'였다. 나는 현기증이 나서 눈앞이 빙글빙글 돌았다. 어지럽다는 기분을 처음 느껐다. 이렇게 빠르고 무섭고 어려운 곡을 그는 가볍게 쳤다. 그리고 즉흥연주로 들어갔는데 테크닉이 경이적이었다. 퍼프가 눈을 휘둥그레 뜨는 것을 알 수 있었다. 맥러플린이다. 적어도 그 앨범에서 치고 있는 빌 코너스보다 몇 수 위인 것은 분명했다.

나는 해수면을 아슬아슬하게 스치고 나는 제트기가 떠올랐다. 미쳐버릴 것 같은 속도였다. 제트기는 바라보는 동안 상승을 시작해 하늘을 꿰뚫더니 눈 깜짝할 사이에 우주로 날아갔다. 무심코 이를 악물지 않을 수 없었다.

나는 온갖 아티스트의 일본 공연에 빠지지 않고 참석했다. 마일스 데이비스도 존 맥러플린도 칙 코리아 밴드의 연주도 직접 들었다. 그러나 이런 압도적인 것은 하나도 없었다. 나는 퍼프가 이렇게 새파랗게 질려 필사적으로 드럼을 두드리는 것은 처음 보았다. 퍼프의 실력과는 마치 어른과 아이의 차이였다.

즉흥연주가 갑자기 멈추더니 다시 테마로 돌아갔다. 그 정확함이라니. 테마의 비트를 전혀 셀 수가 없었다. 대체 어디가 시작이고 구성은 어떻게 되어 있는 건지. 이 남자는 미치광이처럼 리듬감이 좋거나, 아니면 컴퓨터처럼 머리가 좋은 게 틀림없다. 일본에도 이런 뮤지션이 있는지 몰랐다.

갑자기 곡이 끝났다. 과장된 마무리는 없었다. 폭풍우 소리만 남았다. 나는 멍해서 박수치는 것도 잊어버렸다.

미타라이가 다시 퍼프에게 뭔가를 말했다. 퍼프는 긴장한 채 듣고 있다가 끄덕였다. 이번은 4비트로 두드리기 시작했다. 역시 템포는 빠르다.

그러자 이번은 펑키하게 'Airegin'이 시작되었다. 웨스 몽고메리 스타일이다. 살짝 옥타브 주법을 들려주더니 다시 폭풍우에 덤벼들듯 속주 스타일로 돌아갔다.

단숨에 곡이 끝났을 때 나는 완전히 미타라이라는 남자에게 빠졌다. 대체 이 남자는 정체가 뭘까? 연주 중에는 진지한 표정이었지만, 끝나자마자 남을 업신여기는 얼굴로 되돌아갔다. 나 말고도 그의 연주에 푹 빠진 사람이 있었다. 이시오카라는 사람이 다가가서 그에게 악수를 청했다.

"오랜만이지?"

미타라이가 그렇게 말하는 것이 어렴풋이 들렸다.

이시오카도 남쪽 베란다로 나왔다. 어느새 모두 남쪽 베란다의 특등석에 모여 있었다. 동쪽 베란다는 비가 들이치기 때문에 아무도 가지 않았다. 이시오카는 약간 눈물을 흘리고 있었다.

"자, 안에 들어갑시다, 아무리 그래도 시간이 이렇게 됐으니."

나무라가 제의하자 우리는 그도 그렇다고 생각해 실내로 돌아갔다. 기타도 드럼도 원래대로 실내 방향으로 돌려놓고 유리문 두 장도 꼭 닫은 뒤 이토이 씨나 아카도 합류해 세션이 시작되었다.

그러나 그 후의 연주는 분명히 말해 지독했다. 한 사람 들어갈 때마다 음악성은 계속 떨어져서 아사미가 피아노로 들어갈 무렵에는 미타라이는 전혀 의욕이 사라진 듯 동요인 '원숭이 바구니 장수'를 연주하기 시작할 정도였다.

누군가가 형편없는 마디를 연주하면 미타라이가 엄청나게 큰 소리로 방해하는 것 정도가 그나마 들을 만했다. 마지막에는 나도 색소폰으로 들어가 즐겼다. 미타라이 옆에서는 긴장해서 소리가 나오지 않았다.

이토이 씨가 베이스, 아사미가 피아노, 내가 색소폰이고 아카가 트럼펫, 미타라이가 기타에 퍼프가 드럼이라고 하면 이미 청중은 별로 남지 않는다. 이시오카와 이토이 부인과 평론가인 오누키 뿐이었다.

나무라와 구보는 잠시 연주를 듣다가 시시하다고 생각했는지 둘이서 베란다에 나갔다. 유리문을 꼭 닫지는 않았다.

알토색소폰을 불면서 문득 테이블 위를 보니, 아직 일곱 개의 둥근 물건도 흰 종이 위에 있었다. 조심성이 없다는 생각이 들었다.

## 5

정말 갑작스러운 일이었다. 방안의 전기가 확 나갔다. 정전인가?

"정전이야!"라고 누군가 소리쳤지만 우리는 상관없이 연주를 계속했다. 흥분해 있을 때는 이런 일은 오히려 즐거운 법이다. 이토이 부인이 양초를 가져와서 어떻게든 하겠지, 라고 제멋대로 생각했다.

그때 방의 벽시계가 울리는 것이 희미하게 들렸다. 아직 그 소리가 끝나지 않았을 때 나무라의 목소리가 바로 우리 뒤에서 들렸다.

"어이, 구보 씨."

동시에 베란다 유리문이 드르륵 열리고 누군가가 실내로 뛰어 들어왔다. 어둠이 눈에 익지 않은 우리는 누구인지 전혀 알 수 없었다. 누군가가(아마 이토이 부인인 것 같은데) 손전등을 켠 것 같았다. 빛이 남자의 모습을 좇아 움직였다. 남자는 실내를 뛰어나가더니 현관문을 연 것 같았다. 그때 빛이 남자의 등을 순간적으로 포착했다. 털모자가 보였다. 구보다. 직후에 바로 문은 닫혔다.

구보는 대체 왜 그런 것일까. 다들 그렇게 생각하며 아무 생각 없이 연주를 계속했다.

"없어!"

부인의 목소리가 희미하게 들려 우리는 삼삼오오 연주를 멈췄다. 손전등이 테이블 위를 비추었다. 손전등을 켠 건 역시 부인이었다. 둥근 빛 속에 보이는 것은 여섯 개의 물건뿐이었다. 즉 다섯 개의 손목시계와 하나의 반지였다. 진주 목걸이가 사라졌다. 지금 구보가 들고 나간 것이다.

"무슨 일입니까?"

그렇게 말하며 베란다에서 나무라가 들어왔다. 어두웠지만 목소리로 나무라라는 걸 알 수 있었다.

"제 목걸이를 도둑맞았어요."

부인이 말했다.

"그거 큰일이네요. 쫓아갑시다!"

영업 사원은 크게 소리치고 현관으로 향했다. 아카와 퍼프가 뒤따랐다.

"다들 얼른 시계를 챙기는 게 좋을 겁니다!"

그는 그렇게 소리치고 혼자 현관을 뛰쳐나갔다.

아카와 퍼프는 순간 주저하고 있었다. 그 와중에 그들의 옆을 빠져나가 현관으로 뛰쳐나가는 사람이 있었다. 나도 색소폰을 놓고 따라갔다. 열린 현관문 사이로 희미한 빛이 새어나와 미타라이란 걸 알 수 있었다.

미타라이도 비에 젖은 복도로 뛰어나갔다. 따라가는 중에 앞을 보니 오른쪽을 향해 복도를 달려가는 나무라의 모습이 보였다. 미타라이도 나무라를 쫓아 오른쪽으로 꺾었다. 그리고 복도의 막다른 곳, 즉 T자 모양의 제일 아래쪽에서 나무라를 따라잡았다. 나도 따라잡았고, 아카와 퍼프도 따라잡았다.

"왜 그러십니까?"

미타라이가 나무라에게 물었다. 머지않아 이토이 씨와 아사미도 합류했다.

"아니⋯⋯."

영업 사원은 거친 숨을 토하며 복도 끝의 난간에서 몸을 내밀어, 땅바닥을 내려다보고 있었다. 등이 비에 많이 젖어 있었다.

"비상계단이 없었나⋯⋯."

나무라의 옆에서 미타라이와 나도 밑을 바라보았다. 정전 때문인지 밑에는 어둠이 있을 뿐 지면 위의 모습은 전혀 보이지 않았다. 주차한 흰 차의 지붕이 희미하게 보일 뿐이었다.

"아니, 구보 씨가 달려와서 이 담을 넘는 것을 분명히 본 것 같았습니다."

영업 사원은 말했다.

"분명히 구보 씨가 휙 하고 이렇게 뛰어넘은 것 같았습니다. 그래서 여기에 비상계단이 달려 있다고 생각했어요. 그런데 와보니 계단이 없네요."

나무라는 어둠 속에서 묘하게 창백해 보이는 얼굴로 말했다. 맨션 선체가 정전이었지만, 아득한 저편에 수은 가로등이 켜져 있어서 어슴푸레 영업 사원의 얼굴을 확인할 수 있었다.

"여기 비상계단은 없어."

폭풍우 소리로 알아듣기 힘들었지만, 이토이 씨가 그렇게 말했다.

"집 앞에도 없어, 하지만 딱 하나 서쪽 끝에는 있지. 쭉 가서 오른쪽으로 돌면 그 끝에."

이토이 씨가 뒤를 가리켰다.

"그러니까 구보 씨가 여기에도 있다고 착각했을 가능성은 있겠군……."

"그렇다면?"

미타라이가 말했다.

"구보 씨는 이 밑으로 떨어져 죽었다는 게 되는데."

우리는 서둘러 엘리베이터를 향해 뛰었다. 엘리베이터는 T 자의 교차점에 있었다. 내가 엘리베이터의 버튼을 눌렀다. 그러나 엘리베이터는 오지 않았다. 정전 때문이었다. 우리는 그 사실을 깨닫고는 엘리베이터 옆 계단을 뛰어 내려갔다.

11층이어서 1층까지는 멀었다. 겨우 1층에 도착해 흠뻑 젖는 것도 아랑곳없이 빗속으로 뛰어나갔다. 아까 11층의 복도에서 내려다본 곳 근처에 도착했다. 모퉁이를 돌아 조심조심 주위를 둘러보았다. 아무것도 없었다. 멀리 수은등이 켜져 있어서 콘크리트 바닥은 완전히 어둡지 않았다. 그러나 시체는 커녕 피가 떨어진 곳도 없었다.

"이상하네……."

나무라는 새파랗게 질려 있었다.

"어떻게 된 거야, 이건!"

폭풍우 탓도 있지만, 그는 거의 비명 같은 큰 소리를 질렀다. 적어도 내 눈에는 이런 그의 모습은 거짓말하는 것처럼 보이지는 않았다. 나무라는 너무나 당황한 것 같았다.

미타라이는 비를 맞으면서 서서 11층의 난간을 올려다보았다. 나도 따라서 올려다봤지만 그저 편편한 돌 벽이 있을 뿐, 떨어진 시체가 걸릴 만큼 **튀어나온 것은** 아무데도 없었다. 절벽 같은 돌 벽을 스치고 빗방울이 맹렬하게 떨어졌다.

"어쨌든 젖지 않는 곳으로 피신합시다."

미타라이의 말에 우리는 1층 복도에 들어갔다. 나무라는 젖는 것도 개의치 않고, 빗방울이 두드리는 아스팔트 위에 거의 기는 자세로 여기저기를 찾아다니고 있었다. 그 모습은 너무나 이상했다. 그는 찾지 않고서는 견딜 수 없는 것 같았다. 눈

앞에 세워져 있는 흰 세단 밑도 들여다보았다. 창을 통해 운전석도 살펴보았다.

"당신 차야?"

미타라이가 큰 소리로 물었다.

"그래!"

그도 큰 소리로 대답했다.

그때 도로를 사이에 둔 고가선로 위에서 달려오던 전철이 끽 하고 커다란 소리를 내며 급제동했다. 나무라는 일어서서 고가선로를 올려다보고 있었다.

미타라이도 빗속으로 나갔다. 나도 따라갔다. 고가선로 위 전철 지붕만 볼 수 있었지만, 헤드라이트를 켠 전철이 정지한 채 가만히 비를 맞고 있는 것 같았다.

미타라이가 지붕 밑으로 다시 들어가서 나도 뒤를 따랐다. 포기했는지 나무라도 지붕 밑으로 들어왔다.

"어쨌든 여기에 시체는 없는 것 같네요."

미타라이는 말했다.

"없네."

나무라도 대답했다.

"집으로 돌아갈까요."

"그렇게 해요, 감기 걸려요."

아사미가 외쳤다.

"그전에 한 가지."

미타라이가 말했다.

"당신 아까 베란다에서 '구보 씨'라고 소리쳤죠. 그 후에 그가 혼자 방에 뛰어 들어왔는데. 당신들 두 사람 무슨 일 있었습니까?"

나무라에게 물었다.

"별로 말하고 싶지 않는데, 왜 당신한테 대답해야 되는 거야? 경찰도 아닌 당신한테."

영업 사원은 대답했다.

"그렇군요, 일리 있어요. 그럼 감기 걸리기 전에 집으로 돌아갑시다."

우리는 다시 줄줄이 11층까지 계단을 올라갔다. 나무라만은 아직 미련이 남은 듯, 잠시 빗속에 남았던 것 같았다. 그러나 바로 뛰어서 따라왔다.

촛불이 가득 켜진 집으로 돌아가 난로를 쬐면서 몸을 닦고 있으니 이시오카가 미타라이에게 묻는 소리가 들렸다.

"어땠어?"

미타라이가 설명하기 시작했다.

"어쨌든 경찰에 연락할까."

이토이 씨가 말하고 부인이 끄덕였다.

"구보가 진주목걸이를 훔쳐간 것은 확실하니까."

이토이 씨가 수화기를 들어 경찰에게 전화했다. 나는 영감
(靈感) 놀이에 사용했던 종이를 들고 들여다보았다. 시계도
반지도 이미 각자 주인에게 돌아가 있었다. 촛불에 비춰보니
표면이 약간 젖어 있었다.

"이상하네."

미타라이의 이야기를 다 들은 이시오카가 그렇게 말하는
것이 들렸다.

나는 종이를 테이블에 놓고, 이때 아무 생각 없이 시계를
보았다. 10시 20분이었다.


갑자기 전화벨이 울렸다. 아, 정전이어도 전화는 되는구나,
라고 멍하니 생각하고 있는데 이토이 부인이 서둘러 받았다.

"네, 이토이입니다."

촛불의 미덥지 않은 불빛에 비춰진 얼굴들이 다들 부인의
목소리에 집중하는 것을 잘 알 수 있었다.

"네……, 네……, 네? 맞습니다. 아까까지 저희 집에 계시
던 분입니다. 네에? 네, 네……, 네……."

부인의 목소리가 이상해졌다. 분명 무슨 일이 있는 것이다.
모두 긴장해서 의자에서 몸을 앞으로 기울였다.

"네, 네, 알겠습니다. 그렇게 하겠습니다. 네, 그럼 나중
에."

부인이 수화기를 귀에서 떼는 것조차 답답하다는 듯이 이토이 씨가 큰 소리로 말했다.

"무슨 일이야?"

부인은 천천히 수화기를 내려놓고 나서 말했다.

"구보 씨가……, 자살했대요."

"예엣?"

모두가 다 같이 큰 소리를 냈다.

"어디서?"

"선로래요. 투신자살."

투신자살이라고 해도 이 근처의 선로는 고가선로였다. 쉽게 뛰어들 수 없다.

"아사쿠사바시 역? 플랫폼에서?"

이토이가 물었다.

"아니, 이쪽이랑 가까운 선로래요. 요 근처라는데 집 바로 뒤 같아요."

"구보는 선로를 걸어 다니고 있었다는 거야?"

이토이 씨는 고개를 갸웃했다.

"그런데 전화번호는 어떻게 알았지?"

나무라가 말했다.

"전화번호를 쓴 메모가 구보 씨의 주머니에 들어있었대요."

아아, 하고 다들 납득했다.

"어쨌든 시체를 확인해달래요. 구보 씨의 얼굴을 잘 아는 사람은 얼른 아사쿠사바시 역까지 시체를 확인하러 오라는데."

부인이 말하자 모두 토막 난 시체를 확인해야 한다고 생각해서 새파랗게 질렸다.

갑자기 아까 밑으로 내려갔을 때 빗속에서 들은 열차의 급정거 소리가 귓속에서 되살아났다. 아득한 고가선로 위에서 전철이 멈춘 채 비를 맞고 있었다. 그것인가?

# 6

모두가 아사쿠사바시로 간 것은 아니었다. 여자 둘은 남고, 만일의 경우 그녀들과 이토이 가를 지킨다는 이유로 나와 퍼프, 이시오카와 평론가인 오누키가 남았다.

"그 미타라이라는 남자는 뭐하는 사람이야?"

둘만 남았을 때 퍼프가 바로 물었다.

"글쎄, 점성술사라고 했는데."

나는 대답했다.

"테크닉이 엄청나잖아. 그 정도면 마일스의 밴드에도 들어갈 수 있을걸. 세계 정상급이 틀림없어. 적어도 일본에서는 최고 중에도 최고, 완전히 꼭대기라고 해도 될 거야. 왜 이런 곳에 있는 거지?"

"글쎄……."

나는 고개를 갸웃했다.

"미타라이라는 이름 들은 적 있었어?"

"아니."

"어휴, 세상에는 저렇게 무서운 녀석도 있구나. 죽는 줄 알

왔네. 곡을 잘 몰라서 시작이 어딘지를 몰랐어. 마지막까지 잘 맞춰줄 수가 없더라고. 프로들과 제법 연주해봤지만 그렇게 초조했던 적은 난생 처음이야."

"그래, 'Beyond the seventh galaxy'는 굉장했지. 갑자기 너무 놀랐어. 죽을 만큼 흥분했다고."

나도 말했다.

"어떤 사람인지 이시오카라는 사람에게 물어볼까?"

그렇게 말했지만 그는 아사미와 이야기하고 있어서 끼어들기가 망설여졌다. 그러나 여자들의 화제도 미타라이 같았다.

"그 사람 어떤 사람이야?"

아사미도 말했다. 그러나 그녀는 우리보다는 그에 관해 지식이 있는 것 같았다.

"항상 가게에 와서 횡설수설 연설할 때 매번 열심히 이해해보려고 하거든. 하지만 전혀 의미를 알 수 없어."

"미친 사람입니다."

이시오카는 냉정하게 말했다.

"하지만."

아사미가 반론했다.

"하지만 그 사람은 역시 천재야. 다들 그렇게 말하는걸."

"아니, 미친 사람입니다!"

이시오카는 잘라 말했다. 이렇게 보면 두 사람 사이는 결코 좋다고 할 수는 없을 것 같았다.

나는 평론가인 오누키 씨에게 말을 걸어보기로 했다.

"미타라이라는 사람의 기타 대단하던데요."

그렇게 말해보았다. 나는 적어도 재즈평론가라는 이름이 붙은 사람이라면 두말없이 동의할 거라 생각했다.

"그래?"

그러나 그는 의외라는 식으로 말을 했다. 나는 놀라서 다음 말을 잇지 못했다.

"뭐, 재미있는 건 갖고 있지만, 그건 재즈가 아니야."

오누키는 아무런 망설임도 없이 그렇게 말했다.

"그럭저럭하는 정도지."

"그럭저럭……?"

나는 완전히 질렸다. 일본의 평론가라는 것들은 대체 귀를 달고 있는 건가. 재즈라고 하면 아직도 찰리 크리스천이나 사치모(루이 암스트롱의 별명—옮긴이) 같은 거라고 생각하는 건가. 이 사람은 마일스나 칙 코리아나 스탠리 클라크를 들은 적이라도 있을까.

더 이상 이야기할 기분이 들지 않아서 퍼프에게 돌아갔다.

"어느 시대나 천재란 건 그런 거야. 찰리 파커도 고흐도 인정받은 것은 죽고 나서니까."

퍼프가 히죽 웃으며 말했다.

열쇠가 꽂힌 듯, 문이 열렸다. 문은 안쪽에서 잠겨 있었다. 이토이 씨는 열쇠를 갖고 나갔다. 폭풍우 소리 때문에 열쇠로 문이 열리는 것을 전혀 알아차리지 못했다.

일행이 촛불 불빛 속으로 우르르 들어왔다. 이토이 씨도 나무라 씨도 역시 기운이 없었다.

"어휴, 꿈에 나올 것 같아."

이토이 씨가 부인에게 조용히 말했다.

"토막 시체 같은 건 볼 게 아니야."

"시체는 어땠습니까? 많이 안 좋은 상태던가요?"

오누키가 물었다.

"갈가리 찢긴 것 같았어. 게다가 흙탕물이 묻어서, 아, 정말 지독했지."

이토이 씨가 대답하니 촛불의 불빛 속에서 남아 있는 사람들은 일제히 표정을 찌푸렸다.

"구보 씨가 틀림없었습니까?"

오누키가 묻자 모두가 끄덕였다.

"구보 씨였습니다."

미타라이가 대답했다. 그만은 전과 조금도 다름이 없었다. 시체를 보는 게 익숙한 것일까. 정말로 희한한 남자다.

"목걸이는?"

부인이 재빨리 물었다.

"음, 시체의 주머니에 있었다더군. 내일 돌려준다고 해. 손상은 전혀 없다고."

이토이 씨가 대답하니 부인은 안도하는 표정이 되었다.

"구보 씨, 머리 벗어졌더라. 그래서 털모자를 항상 쓰고 있던 거였어."

아카가 내게 얼굴을 가까이 대고 작은 목소리로 말했다.

"그런 거야?"

"응, 구보 씨의 머리에 모자가 없었거든. 그런데 몸을 보니 정말 지독했어. 토막 시체 같은 거 처음 봤는데 토할 것 같아."

"흐음……."

안 봐서 다행이라고 나는 생각했다.

"구보 씨는 전철에 뛰어든 거야?"

퍼프가 물었다.

"아니, 그건 아니라던데. 물이 고인 곳이 있는데 거기 누워 있었대. 그래서 보이지 않았던 것 같아. 운전수는 물웅덩이라고 생각하고 그대로 달렸다가 허둥지둥 브레이크를 밟았지만 늦었대. 10시 13분이었다던데."

그때 평론가가 갑자기 큰 소리로 떠들기 시작해서 우리는 입을 다물었다.

"그럼 이걸로 해결됐군요? 안된 일이긴 하지만, 구보는 도둑이었습니다. 그다지 슬퍼할 필요도 없겠군요. 그리고 목걸이도 무사히 돌아왔고. 일단은 해결된 거 아닙니까?"

"그런데 그렇게는 안 될 겁니다."

그러자 소파에 파묻혀 있던 미타라이가 말을 시작했다.

"사실 이상한 문제가 생겼습니다."

"이상한 문제? 그게 뭐예요?"

아카가 미타라이를 돌아보며 말했다. 이토이 씨도, 영업 사원도, 모두가 미타라이 쪽을 보았다.

미타라이는 오히려 놀란 것 같았다.

"어라? 여러분은 이상하지 않습니까?"

다들 말이 없었다. 모두 전혀 이상하게 생각하지 않았던 것 같다.

"구보가 이 방에 뛰어 들어와서 진주 목걸이를 훔쳐 현관으로 나간 건 벽시계가 10시를 쳤을 때였습니다."

미타라이가 말했다. 나도 그 말을 듣고 분명히 기억이 났다. 그의 말 그대로였다. 벽시계가 종을 울리기 시작함과 동시에 우리 뒤쪽 베란다에서 '어이, 구보 씨'라고 외치는 나무라의 목소리가 들렸고 벽시계가 종을 열 번 다 치기 전에 반쯤 열려 있던 베란다에서 유리문이 열리고 구보가 방으로 뛰어 들어왔다.

"연주는 절정이었지만 내가 맡은 게 전기 기타라서 정전과 동시에 아무 소리도 나지 않게 되었거든요. 그래서 잘 기억하고 있습니다. 정전이 된 것은 10시 삼 분 전이었습니다. 그런데, 구보가 전철에 치인 시각은 10시 13분이라고 합니다. 운전수가 분명히 그렇게 증언했습니다. 그 전철은 아사쿠사바시 역을 10시 11분에 출발했다고 합니다. 아니, 그보다 10시 13분에 우리는 밑에 있었습니다. 마침 전철이 급브레이크를 거는 소리가 들렸죠. 그때가 분명 10시 13분이었습니다. 사망 현장은 아득한 고가선로 위입니다. 길에서 고가선로 위로는 도저히 기어 올라갈 수 없습니다. 그렇게 되면 구보는 이곳을 뛰쳐나가 아사쿠사바시 역으로 가서 개찰구에 들어가 플랫폼에 나가서 선로로 내려가 선로를 따라 다시 현장까지 갔다는 게 됩니다."

모두 끄덕였다. 그 말 그대로였다.

"구보는 10시 정각에 아직 여기 있었습니다. 그리고 치여 죽은 게 10시 13분, 그렇다면 구보는 앞에서 말한 코스를 십삼 분만에 이동한 게 됩니다. 그런데, 여기서 아사쿠사바시 역까지 가는 것만 해도 아까 십 분 이상 걸렸습니다."

다들 무릎을 쳤다. 정말 그랬다. 내가 여기에 올 때도 십오 분 정도 걸렸다. 당시 상당히 거리가 있다고 생각했었다.

"차를 탔을 가능성은요?"

아카가 말했다.

"없습니다. 구보는 전철로 왔고, 전에 '지그재그'에서 그가 운전면허가 없다고 말하는 것을 들은 적이 있어요."

"택시는?"

아사미가 말했다.

"이렇게 태풍이 불었으니 다니지 않았을 겁니다."

이시오카가 말했다.

"전력 질주하면 어떨까? 십삼 분의 반인 육 분 삼십 초만에 역까지 가면 되잖아?"

이토이 씨가 말했다.

"무리입니다.

아카가 말했다.

"전국 체전에 출장할 정도라면 가능하겠지만, 구보 씨는 이미 마흔을 넘었고요. 게다가 개찰구를 빠져나가 플랫폼으로 향하는 계단도 뛰어 올라가야 하니까 완전히 무리입니다."

"무리일까?"

"실은 전에 한 번 여기서 역까지 뛴 적이 있거든요. 딱 그 정도, 칠 분 후에 출발하는 전철을 타려고 엘리베이터에서 역까지 전력 질주했어요."

"탔어?"

"네, 아슬아슬하게 탔습니다."

"그거 봐."

"아니, 이건 편도였거든요. 전철을 타고나서도 계속 숨이 찼고. 구보 씨의 경우는 역에 도착하고 나서도 다시 같은 거리를 달린 거잖습니까? 저한테도 그 이상은 무리였습니다, 플랫폼까지 달린 것만 해도 너무 힘들었어요. 역이 종점이라고 생각하니까 할 수 있었던 겁니다."

"흠, 스물세 살인 자네가 그랬다니 마흔 넘은 구보 씨는 힘들겠네."

"그러나 구보의 경우 죽을 생각이었잖아. 말하자면 심장이 터져도 상관없으니까."

평론가가 무책임한 소리를 했다.

"하지만 왜 그렇게까지 하면서 선로 위를 걸어서 이 근처까지 왔을까요?"

이토이 부인이 끼어들었다.

"맞아, 그건 그래! 그러니까, 플랫폼에서 전철에 뛰어들어도 되잖아요?"

이토이 씨가 말했다.

"그러게, 왜 여기까지 돌아올 필요가 있었을까?"

아사미도 말했다.

"하지만 실제로 그렇게 죽었으니까 한 거겠지. 사실을 부정할 수는 없어."

평론가는 말을 이었다.

"구보는 단말마의 사력을 짜내어 피를 토하면서도 이 근처 현장까지 달려가 전철에 뛰어들었다. 그렇게 이해할 수밖에 없잖아. 당신들 생각은 이상해. 왜 이야기를 할 필요가 있는지 선혀 모르겠어. 사실이 그런데 논쟁할 여지가 없지."

그러자 미타라이가 질렸다는 듯이 말했다.

"여러분, 한 가지 크게 간과하고 계십니다. 이 경우는 평소와 다릅니다. **엘리베이터** 말입니다. 정전이니까 엘리베이터를 쓸 수 없습니다."

모두 앗 하고 소리쳤다.

"아, 그렇군! 맞아."

이토이 씨가 말했다.

"왜 깜빡했을까. 아까 우리도 계단을 내려갔잖아. 여기는 11층이잖아. 1층에 도착해서 기진맥진했지."

"맞습니다. 내려가는 데 오 분 이상 걸립니다. 우리는 아까 계단에서만 십 분 정도 걸렸어요. 아무리 서둘러도 오 분입니다. 계단에서 일단 오 분 잡아먹습니다."

아카가 말했다.

"그러면 팔 분을 뺍니까?"

이시오카가 말했다.

"편도 사 분이야."

미타라이가 차갑게 말했다.

"그렇군, 그건 불가능한데."

이토이 씨가 단정했다.

"구보가 설령 올림픽에 나갈 만한 선수라고 해도 현장에 도착할 수 없다고 결론을 내려야 하겠군."

"어떻게 된 거야, 이거?"

이시오카가 중얼거렸다. 평론가는 말이 없었다.

"게다가 이해할 수 없는 요소가 또 한 가지 있어."

미타라이는 계속했다.

"나무라 씨는 맨션의 11층 복도의 북쪽 끝을 향해서 구보 씨가 뛰어가는 것을 봤다고 합니다. 그뿐 아니라 막다른 곳에서 난간을 뛰어넘어 자취를 감추는 것을 봤다고 했습니다. 그렇죠?"

"그래, 분명히 본 것 같은데……."

"구보 씨가 비상계단이 있다고 착각했다, 그런 이야기였습니다. 그런데 우리는 바로 1층에 내려갔지만 시체 따위 전혀 없었죠."

"구보는 11층 복도에서 뛰어내려 공중에서 자취를 감추었다는 말인가."

이시오카가 말했다.

"그런 거지. 정말로 더할 나위 없는 수수께끼가 됐어, 이시오카."

　미타라이는 그렇게 말하고는 기쁘다는 듯이 양손바닥을 비볐다.


　그리고 삼시 우리는 길에서 고가선로 위에 기어오를 수 있는지 없는지에 관해 이야기했다. 그러나 그것이야말로 불가능하다는 결론에 도달했다. 고가선로 레일은 아득한 높이에 있다. 건물 3층은 우스울 정도였다. 게다가 그냥 벽처럼 높기만 하면 몰라도 구마모토 성의 돌담인 무샤가에시처럼 **끝 부분**이 앞으로 돌출해 있었다. 산악 등산의 베테랑이라도 오르기는 무리라고 우리는 결론지었다.

　11시가 넘어서 다시 한 번 경찰에서 연락이 왔다. 내일 거기에 갈 테니 전부 귀가하지 말라는 요청이었다. 우리는 좋든 싫든 이토이 씨의 집에 묵게 되었다. 다행히 다음 날은 일요일이었고, 이토이 씨의 집에는 방이 많았다.

　"왜 돌아가면 안 됩니까?"

　나무라가 전화를 받은 이토이 씨에게 불만을 말했다.

　"사건은 해결되었고, 우리는 구보의 자살과는 아무런 관계가 없잖습니까?"

　이토이 씨는 전화를 끊고 나서 계속 생각에 잠겨 있는 것 같았다. 때때로 의심스럽다는 듯이 고개를 갸웃했다. 나무라의 불만에 띄엄띄엄 말을 고르는 듯이 대답했다.

"그게 그렇지도 않은 것 같아. 지금까지 구보는 들어오는 전철에 직접 뛰어들었다고 생각했는데…….."

"그게 아니에요?"

부인이 물었다.

"그래, 지금 전화로는 아닌 것 같아."

"아니라고 하시면?"

오누키가 물었다.

"구보의 목에는 교살 흔적이 있었답니다. 즉, 목을 졸린 흔적이 있는 것 같습니다."

"뭐?"

아사미가 큰 소리를 냈다.

"그러면 구보 씨는?"

"그래, 경찰은 살해당한 것 같다고 하는군."

"그러면 구보 씨는 **살해당하고 나서** 현장을 향해 전력 질주했다는 겁니까?"

아카가 말한 이 이상야릇한 농담에 나는 뼛속까지 오싹했다. 방구석에 있는 미타라이가 즐거워서 참을 수 없다는 듯이 몸을 비비꼬는 게 보였다.

"하지만 그런 일은 있을 수 없잖습니까!"

웃음을 터뜨리면서 다시 평론가가 말했다. 이 남자는 철저한 현실주의자이다.

"죽은 사람이 달릴 수 있을 리도 없고, 전철에 뛰어들 수도 없어. 목을 졸린 흔적은 남아 있지만 그것은 사인이 아닌 겁니다. **목도** 졸렸지만, 그 후에도 살아 있었다, 그런 거 아닙니까?"

"으음, 그런가……."

일동은 조용해졌다.

"어쨌든 타살 가능성이 나온 이상, 우리도 용의자가 아닐까. 그래서 이곳에서 움직이지 말라는 거겠지."

이토이 씨가 자조적으로 말하자 우리는 조용해졌다.

# 1

그날 밤 이토이 씨의 서재 카펫 위에서 쓰러져 잔 나는 다음 날 아침 혼자 일찍 일어나 어젯밤의 거실로 갔다. 그러자 대체 어떻게 된 일인지, 소파를 신발장 옆까지 질질 끌고 와서 현관 바닥에 소파 한쪽 다리 두 개를 내리고 그 위에서 잠든 이상한 인간이 있었다. 나는 깜짝 놀라 그 풍류인의 얼굴을 확인하기 위해 옆으로 다가가 내려다보았다. 그것은…… 미타라이였다. 얼굴에는 수염이 희미하게 자라기 시작했다. 내가 얼굴을 가까이하고 들여다보아도 그는 전혀 눈을 뜰 기색이 없었다.

나는 의자에 앉아 그가 눈을 뜨기를 기다렸다. 어젯밤 그의 연주를 들은 이래 이야기를 나누고 싶어 견딜 수 없었다. 그러나 기회가 없었다.

바깥의 바람 소리는 어젯밤보다는 잠잠해진 것 같았다. 그래도 때때로 강한 바람 소리가 났다.

누군가가 화장실에 갔는지 물을 내리는 소리가 났다. 어젯밤과 달리 지금은 이런 소리도 들을 수 있었다. 그러자 미타라이가 불쾌한 듯한 신음 소리를 냈다. 나는 일어서서 옆으로 다가갔다.

"저기, 일어나셨습니까?"

미타라이는 벌떡 소파에서 일어났다. 잠시 이상하다는 듯이 주위를 돌아보았다.

"아, 음, 일어났습니다. 지금 몇 시입니까?"

시계가 없는 것이다.

"8시 40분입니다."

내가 말하자, 그는 노골적으로 어이쿠 놀란 얼굴을 했다.

"왜 그러십니까?"

내가 물으니 다시 누우면서 그는 대답했다.

"너무 일찍 일어났어."

그래서 나는 다시 의자로 돌아가야 했다. 잠시 그러다가 바깥 상황을 볼까 하는 생각에 일어났다. 커튼 틈에서 베란다를 보니 비는 이미 그친 것처럼 보였다. 그러자 뒤에서 커다란 쉰 목소리가 들렸다.

"그 커튼 이제 열어도 됩니다."

돌아보니 미타라이가 일어나 소파에 앉아 있었다.

"뭐, 가끔은 일찍 일어나야지."

그는 부아가 치민 듯 중얼거렸다.

기세 좋게 커튼을 여니, 새하얀 하늘이 나타났고 역시 비는 그쳐 있었다.

"왜 그런 곳에서 주무신 겁니까?"

나는 그가 있는 곳으로 돌아가면서 말했다.

"아니, 이편이 잠이 잘 오지 않을까 해서. 원래대로 돌려놔야겠네. 그쪽을 들어주시겠습니까?"

우리는 소파를 원래의 위치로 옮겼다. 나는 미타라이의 맞은편에 앉았다. 새삼 그에게 말을 걸려니 긴장해서 혀가 꼬일 것 같았다.

미타라이는 아직 부석부석한 눈을 하고 때때로 한숨을 쉬며 푸석푸석한 머리를 북북 긁고 있었다. 그러나 그는 일종의 자력을 발산하는 것 같았다. 형용하기 좀 어려운 특이한 매력이 그에게서 끊임없이 느껴졌다. 처음 봤을 때 한 성깔 있을 것 같다고 생각한 얼굴이지만, 지금 내게는 여태껏 본 적 없는 멋진 남자로 보였다.

"점성술사이십니까?"

나는 주뼛주뼛 물었다.

"그렇습니다."

쉰 목소리로 그가 대답했다.

"저는 콜트레인과 같은 날에 태어났는데, 그런 건 무슨 공통점이 있습니까?"

"9월 23일입니까? 태양의 각도가 같은 겁니다. 그렇습니다, 두 사람이 만일 철도원이나 군인이 되었다면 같은 유형의 군인이 되었을 거다. 그 정도는 말할 수 있겠네요."

성가시다는 듯이 그는 설명했다.

"어젯밤 죽은 구보 씨는 점성술적으로 뭔가 있다고 생각되십니까?"

"그의 생년월일은 모르지만, 살해당하는 사람에게는 분명히 특징적인 요소가 있습니다."

**살해당했다?** 나는 따져 물어보았다.

"지금 살해당했다고 하신 것 같은데, 구보 씨의 죽음은 타살이라고 생각하십니까?"

그러자 점쟁이는 한 성깔 있을 것 같은 웃음을 지었다. 그리고 이렇게 단언했다.

"타살입니다. 어젯밤 같이 뒤숭숭한 밤에는 살인을 하기에는 딱 좋으니까."

이 남자가 현관 앞 같은 데서 잠들어 있었던 건 어쩌면 그런 이유였을지도 모른다. 나는 그렇게 잠깐 생각했다.

"그러면 어젯밤 나무라 씨의 영 능력으로 범인을 맞힐 수 없을까요."

"영 능력……? 아 그거! 하하하! 의외로 괜찮을지도 모르겠군요."

"기타, 대단하시더군요."

계속해서 나는 말했다. 그와 가장 이야기하고 싶었던 화제였다.

"기타……? 아하!"

그는 말했다. 아직 잠이 덜 깼는지, 아니면 전혀 다른 생각을 하고 있었던 것 같다.

"맥러플린을 좋아하십니까?"

미타라이는 약간 불쾌한 표정을 지었다.

"뭐, 그냥."

"원래는 어디서 활동하십니까?"

그러자 그는 다시 영국인 같은 몸짓을 했다.

"딱히 어디에서도 안 합니다. 내 방에서 합니다."

"연주 활동을 안 하십니까?"

"전혀."

"왜 안 하십니까? 그렇게 잘 치는 분은 더 없을 텐데."

"맥러플린이나 알 디 메올라가 있잖습니까?"

그는 웃으면서 내게 말했다. 웃으니 묘하게 붙임성 있는 얼굴이 되었다.

"그건 세계적으로 그런 거고, 일본에는……."

"나만 할 수 있는 일을 하고 싶습니다. 아시겠지요?"

"예에……. 레코드 같은 건 녹음하시지 않습니까?"

"옛날에 만든 적은 있습니다."

"언제쯤입니까?"

"상당히 옛날이네요. 벌써 잊어버렸는데. 맥러플린이 잭 브루스와 세션을 하던 시절인데."

"그 무렵에는 어떤 스타일이었습니까?"

내가 물으니 그는 놀란 표정을 지었다.

"지금과 똑같습니다."

대수롭지 않다는 듯이 말했다. 어째서 그렇게 빤한 질문을 하는지 되묻고 싶은 것 같았다. 만일 그것이 사실이라면 그의 연주 스타일은 누구의 영향도 받지 않은 것이 된다. 믿을 수 없다.

"호평을 받았습니까?"

"전혀. 완전히 무시당했지요."

"아아……, 시대를 너무 앞서가서 그럴 겁니다. 앞으로 십 년이 지나면 사람들이 이해해줄 겁니다. 저는 그렇게 생각합니다."

그러자 그는 잠이 덜 깬 눈동자로 유쾌한 듯이 웃었다.

"그런가요!"

그렇게 말하는 미타라이의 옆얼굴은 졸린 탓인지 조금 쓸쓸해 보였다.

"미타라이 씨, 일어났어요?"

콧소리가 섞인 여자 목소리가 들렸다. 아사미가 일어나 나왔다.

"일찍 일어났네."

"가끔은."

미타라이는 경계하는 듯한 목소리로 대답했다.

"내가 커피 타줄게. 그런데 아직도 정전일까?"

그렇게 말하고 그녀는 안으로 사라졌다.

그러자 모두가 일어나 나왔다. 주방에서 '어머, 전기 들어오는구나.'라는 아사미의 목소리가 났다. 그녀가 타준 커피를 홀짝이고 있으니 아침 식사 시간이 되었다. 아침 식사 때는 모두 말이 없었다. 다들 구보의 죽음에 관해 생각했던 게 틀림없다.

형사를 기다리며 하는 일 없이 시간을 보내고 있었더니 금세 점심 식사 시간이 되었다. 우리는 점심 식사도 잘 얻어먹었다. 그리고 식후의 커피를 마시고 다시 기다리다 지치는 시간이 되었다. 미타라이와 이시오카만은 커피를 마시지 않았다. 두 사람은 홍차를 좋아하는 모양이다. 베란다를 보니 다시 비가 내리기 시작했다. 어제처럼 바람이 강하지 않아서 베란다에도 비가 내리고 있었다.

그렇게 시간을 보내고 있으니 3시가 되어 다시 차와 과자가 나왔다. 먹고 기다리고, 또 먹고 기다리는 상태였다. 대체 형사는 언제 오는 것일까. 우리는 언제쯤 해방될까. 손님들은 점점 초조해하기 시작했다.

"대체 언제까지 이러고 있어야 합니까."

결국 오누키가 히스테리를 일으켰다.

"나는 돌아가서 원고를 써야 해. 게으른 경찰 따위에 의지하지 않고 누가 명탐정이라도 되어 이 사건의 수수께끼를 풀어주지 않겠나. 어때? 그렇게 머리가 좋은 사람은 여기 없나?"

"나무라 씨, 영력으로는 모르겠어?"

아사미가 말했다. 그러자 나무라는 눈을 빛내며 앉아 있던 소파에서 벌떡 일어섰다.

"아사미 부탁은 거절할 수 없군. 그러면 제 생각을 말씀드리겠습니다. 제가 다소 영감이 있다는 것은 어제저녁에 증명되었을 겁니다. 그 능력으로 확실히 말할 수 있는 게 하나 있습니다. 이 사건에는 묘하게 7이라는 숫자가 많이 나타납니다."

그런 말을 들었을 때 나는 예감이 좋지 않았다.

"어젯밤 영감 놀이를 할 때 아사미 씨가 고른 숫자도 7이었습니다. 구보가 훔쳐간 물건도 일곱 번째였고. 말나온 김에 덧붙이면 저 기타리스트 선생이 어젯밤에 엄청나게 큰 소리로 연주한 곡도 '제7은하 저편에'였죠. 여기저기에 7이 나옵니다. 이런 영적인 케이스에서 거듭되는 우연은 초자연적으로 어떤 해답을 가리키는 경우는 의외로 있습니다. 구보 씨의 주머니에 지금 들어 있는 둥근 것은 '일곱 번째 고리'입니다. 이것이 마치 다잉 메시지처럼 범행에 관련된 사람을 우연히 가리키고 있지 않을까. 그렇게 생각하면……."

"웃기는 소리 하지 마!"

퍼프가 발끈해서 말했다.

"갖다 붙이지 마. 우리는 악기를 들고 계속 연주하고 있었어."

나무라는 우리의 밴드가 'Seventh Ring'인 것을 염두에 둔 것이다.

"그럴까? 후반에 드럼 소리는 별로 들리지 않았던 것 같은데."

나는 베란다에서 구보와 말싸움을 했던 퍼프를 떠올렸다. 설마?

그때 현관에서 초인종이 울렸다. 이토이 부인이 일어나 서둘러서 나갔다. 문을 열고 입구 쪽에서 잠시 이야기하다가 곧 레인코트를 입은 남자 한 명과 두 사람의 제복 경관을 데리고 거실에 돌아왔다. 코트를 입은 남자는 상황으로 봐서 명백히 형사 같았지만, 흘끗 보니 도저히 형사로 보이지 않았다. 베레모에 검은 테 안경을 쓰고 있었다. 키는 작고 약간 비만인 중년 남자로 아무리 봐도 화가로 보였다. 남자는 초조해서 바

라보는 우리 정면에 섰다. 그의 양옆을 보좌하는 듯 제복 경
관이 좌우에 섰다.

"오래 기다리셨습니다. 1과의 나카무라라고 합니다."

형사는 안주머니에서 검은 수첩을 꺼내 보였다. 모자는 벗
지 않았다.

"잠깐 여러분들께 사정을 물어보고 싶습니다. 아무래도 좀
납득이 가지 않는 상황입니다. 난로 앞에 제가 자리를 잡을
테니, 여러분 죄송하지만, 저쪽 앞으로 물러나주십시오. 그렇
게 한 분씩 제 앞에 와주시면 감사하겠습니다."

말하면서 그는 허우적거리듯 코트를 벗었다. 형사의 말투
에는 도쿄 사람 특유의 소탈함이 있어, 마치 만담가처럼 보였
다. 우리는 그의 말에 따랐다. 그리고 개별 면담에 한 시간쯤
참여했다.

"흐음……."

한차례 끝나자 형사는 끙끙거렸다.

"구보가 베란다에서 방에 뛰어 들어와서, 목걸이를 훔쳐 간
게 10시 정각이었다. 그것은 확실합니까?"

우리 모두가 자신 있게 끄덕였다. 입술을 깨물고 살집이 붙
은 둥그런 손을 이마에 댄 나카무라 형사는 생각에 잠겼다.
거참 난처한데, 라고 입술이 움직이는 것을 읽을 수 있었다.
이 전문가도 어젯밤 우리와 마찬가지로, **질주하는 사자**라는

까다로운 문제에 부딪친 것은 확실했다.

어느 쪽이든 우리는 관계없었다. 적어도 나는 대수롭지 않게 여기고 있었다. 목이 졸린 흔적이 있다면, 여기 있는 우리가 한 일이 아니다. 구보는 **살아서** 집을 뛰쳐나갔다. 목을 졸렸다면 이 집 밖에서 우리 외의 인간에게 당한 것이다.

그러나…… 그렇다고 해도 정말 이상하다. 정전으로 엘리베이터를 이용할 수 없는 상황에서 전력 질주를 해도 현장에 시간 맞춰 도착할 수가 없었으니, 목을 졸릴 시간도 없을 것이다.

"어쨌든 여기서 바로 끝날 것 같지는 않습니다."

나카무라 형사는 이마에서 손을 떼고 힘들다는 듯이 일어나면서 말했다.

"잠깐만요! 그건 곤란합니다!"

제일 먼저 그렇게 말한 것은 나무라였다.

"내일 저는 일찍 출근해야 합니다."

"저도 곤란합니다. 원고 쓸 게 쌓였어요. 빨리 귀가해서 정리해야 되는데."

오누키도 호소했다.

나는 가까이에 있던 미타라이의 얼굴을 보았다. 그는 딱히 급한 볼일도 없는 듯, 눈을 살짝 감고 꾸벅꾸벅 졸고 있었다.

"어이, 곤란한데."

나도 옆에 있던 퍼프에게 작은 목소리로 말했다.

"왜?"

퍼프는 귀찮다는 듯이 대답했다. 그는 나무라에게 한마디 들은 것이 아직도 화가 나는 모양이었다.

"오늘 6시부터 NHK에서 칙 코리아 라이브를 하잖아. 이러면 볼 수 없겠는데."

버드케이지에는 텔레비전은 보이지 않았다. 퍼프도 그 말을 들으니 혀를 찼다.

"그거 진짜야?"

가까이에서 목소리가 들려 돌아보니 미타라이였다. 순간 잠이 깬 것 같다.

"예, 그런데요."

"6시부터?"

"예."

"지금 몇 시지?"

"4시인데요······."

그러자 미타라이는 시체를 앞에 두고도 보인 적이 없는 심각한 표정을 지었다.

"앞으로 두 시간 남았잖아. 큰일인데. 좋아, 어쩔 수 없지."

그리고 그는 현관 쪽을 향하는 형사에게 큰 소리로 말했다.

"잠깐, 죄송합니다, 형사님! 범인을 알고 싶으십니까?"

그러자 나카무라 형사는 걸음을 뚝 멈추고 이쪽을 돌아보며 어리둥절해했다. 그도 그런 당연한 말을 들으면 대답하기 곤란했을 거라고 생각했다. 그리고 쓴웃음을 짓는 듯한 얼굴로 말했다.

"대체 무슨 농담입니까."

"좀 급한 일이 있어서요, 범인을 가르쳐드리겠습니다. 지금 수갑은 갖고 계십니까?"

그러자 형사도 제법 익살이 풍부한 사람인 듯, 말없이 정장 주머니에서 빛나는 금속을 꺼내 어깨 근처까지 올리고 흔들었다.

"보시다시피 갖고 있습니다, 형사의 기본이죠. 일단 말을 들어볼까요. 누구를 체포하면 되는 겁니까?"

그때 현관 초인종 소리가 나서 이토이 부인이 일어서려 했지만 그럴 필요도 없이 문은 저절로 열렸다. 역시 코트를 입은 젊은 형사가 들어왔다. 나카무라에게 살짝 눈짓을 하고 안주머니에서 비닐봉지에 든 누런 봉투를 꺼냈다.

"이토이 씨, 피해자의 주머니에 들어있던 도난품입니다. 목걸이. 확인해주십시오."

이토이 부인이 급히 일어났다. 머리를 깊게 숙이고 받아 들고는 비닐봉지에서 종이봉투를 꺼냈다. 그리고 봉투를 거꾸로 해서 알맹이를 손바닥으로 받았다.

"어머!"

형사들은 놀라서 부인을 보았다.

"이거, 아니에요!"

"아니라뇨?"

나카무라 형사가 말했다.

"아니, 이것도 제 건데 비취 목걸이이고 도둑맞은 물건보다
몇 배나 고가예요. 침실 장에 넣어두었는데 이것도 도둑맞았
었구나……. 어머머."

"비취 목걸이?"

영업 사원도 놀라서 소리를 질렀다.

"도둑맞은 물건은 이게 아닙니까?"

"네, 도둑맞은 건 진주목걸이예요. 그런데 구보 씨의 주머
니에는 진주는……."

"없었습니다."

형사는 대답했다. 미타라이는 의자에 앉은 채 옆에서 즐거
운 듯이 몸을 주무르다가 나카무라의 시선이 그쪽을 향하니
정중하게 오른손을 펼쳐 연기하듯 말했다.

"이런 겁니다."

## 스톱 모션

제 작품을 첫 작품 이후 빠짐없이 읽어주신 독자 분들에게 이번 사건은 너무나 쉬울 거라 생각하지만, 시마다 소지라는 이름을 처음 보시는 분도 독자 분들 중에는 계실 겁니다. 그런 분을 위해 저는 무모하게도 여기서 다음의 말을 바치려고 합니다.

"나는 독자에게 도전한다."

이것으로 단서는 전부 제시되었습니다. 죽은 자가 질주하게 된 경위를 어떻게든 해명해보시길!

시마다 소지

# 8

"시간이 없어서 좀 서둘러 말하겠습니다."

미타라이는 일어서더니 조급히 의자 옆을 돌아가 그 뒤에 섰다.

"범인은 알고 있습니다. 그가 어떻게 했는지 설명하겠습니다."

"자, 잠시만 기다려. 무슨 소린지 모르겠는데, 범인이 누구지?"

형사는 말했다.

"저 영업 사원인 게 당연하지 않습니까?"

나무라는 눈이 휘둥그레져서 일어섰다.

"자, 잠깐, 내가 왜? 머리가 이상한 거 아냐? 나는 계속 이 집에……."

"그런 소리를 듣고 있을 시간이 없어. 그런 건 나중에 형사님 상대로 하고. 어쨌든 내가 생각한 과정을 이야기하겠습니다. 이 영업 사원이 어젯밤 속임수로 영감 놀이를 해서 여러분들로부터 좋은 값을 받을 만한 전리품을 일곱 개 모았을 때……."

"어머? 그거 속임수였어요?"

아사미가 말했다. 그순간 미타라이는 질린 듯한 표정이 되었다.

"그렇게 다 알 만한 질문은 하지 말아주시겠습니까. 시간이 없어요. 으음……, 이시오카, 그러면 네가 그 유치원 수준의 속임수에 대해 설명을 해줘."

"그거 속임수야?"

이시오카는 이렇게 말했다.

미타라이는 그를 흘겨보고 천장을 노려보았다.

"이래서는 늦는다고. 그런 건 설명할 것도 없는데! 아사미가 수첩을 찢은 종이에 글을 씁니다. 영 능력자인 그는 마찬가지로 찢은 백지 종이를 똑같이 접어 처음부터 감춰 들고 있었습니다. 바닥에 종잇조각이 떨어져 그가 그것을 주워 그녀에게 돌려줄 때 바꾼 겁니다. 그리고 이것저것 나오는 대로 말을 하면서 몰래 무릎 위에서 그녀가 쓴 종이를 펼쳐 훔쳐 읽었습니다."

아하! 그래서 한쪽 모서리가 깨끗하게 뜯기지 않은 첫 장은 버렸구나. 나는 납득할 수 있었다. 작게 접었을 때 크기나 모양이 미묘하게 다를 우려가 있기 때문이다.

"어쨌든 이런 속임수 놀이를 해서 값나가는 물건을 모은 이유는 그중에서 제일 비싼 물건을 한두 개 훔칠 계획이었던 겁니다. 그러면 어떻게 훔칠까. 생각해보면 아무래도 방법은 하나밖에 없습니다. 그러니까 정전을 만들어 그 사이에 훔치는 겁니다. 사람들이 많으니까요. 그러면 이것은 당연히 팀플레이일 겁니다. 파트너인 구보가 시기를 봐서 화장실에 가서 차단기를 내려 정전을 만들 계획이었던 게 아닐까요. 저는 그렇게 생각합니다. 하지만 다행히 훔쳤다 해도 주머니에 감추면 경찰이 왔을 때 어차피 신체검사를 당하기 때문에 소용이 없습니다. 그렇게 되면 어딘가 안전한 장소에 전리품을 재빨리 감출 필요가 있는데 대체 어떻게 할 생각인지, 어디에 숨길 생각인지 이것저것 상상해봤습니다. 그러다가 재미있는 사실을 알아차렸습니다. 이 맨션은 T자형이고 복도는 난간이 있을 뿐 노출되어 있습니다. 이 집은 T자의 왼쪽 날개 끝입니다. 그리고 T의 제일 밑 부분에 영업 사원은 자기 차를 세워두었습니다. 게다가 구보를 쫓아 방으로 들어온 그의 몸은 비에 흠뻑 젖어 있었습니다. 그래서 이건 혹시, 하고 알아차린 겁니다."

어떻게 알아차렸을까, 다들 숨을 죽이고 듣고 있었다.

"11층의 T자 제일 밑 부분에 해당하는 복도 끝 난간과 이 집 동쪽 베란다 난간에 미리 로프를 걸쳐둔 겁니다. 폭풍우 속에서 그런 준비를 하고 있던 바람에 늦게 온 거지요. 그림을 그리면 이렇습니다."

그는 나무라가 영감 놀이에 쓴 종이에 사인펜으로 그림을
그렸다.

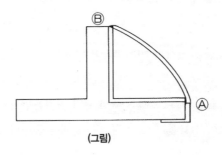
(그림)

"이런 식으로 고리를 만들어 걸쳤습니다. 고리 모양으로 하
면 나중에 회수하기 편하기 때문입니다. 설명의 편의상 기호
를 달까요. 이 방의 베란다를 ⓐ라고 하고 T자 밑 부분을 ⓑ
라고 합시다. 이 맨션은 복도가 노출되어 있어서 이런 작업
도 쉽게 할 수 있습니다. 로프 끝에 누름돌을 달아 그 누름돌
을 이 집 문 앞에서 여기 동쪽 베란다 ⓐ에 던져 넣은 게 아닐
까요. 약간 소리가 나지만 어차피 태풍 때문에 여기에는 들리
지는 않으니까. 누름돌은 나중에 얼마든지 강에 버릴 수 있
습니다. 미리 이런 준비를 해놓고 전리품을 손에 넣으면 특
기인 달변으로 어떻게든 핑계를 대어 베란다에 나가는 겁니
다. 그리고 목걸이에 로프를 통과시켜 누름돌을 풀어 로프의

양끝을 묶어 거대한 고리로 만들어 ⓐ에서 풀면 바로 그의 자가용 바로 옆 ⓑ로 목걸이가 내려간다는 계산입니다. 아마 평소라면 그 집 베란다의 밑에 늘어뜨리는 단순한 수법을 썼겠지만, 이번에 이렇게 복잡한 짓을 한 이유는 아마 이 집 베란다 바로 밑이 강이라서 그런 것 같습니다. 강 위에 늘어뜨리면 나중에 가져가기 어렵거든요. 그래서 ⓑ지점까지 들고 가려고 한 거죠. 어쨌든 이렇게 해두면 아무리 신체검사를 당해도 괜찮습니다. 나중에 차에서 뭔가 가져온다고 하면서 ⓑ 밑으로 가서 매듭을 풀고 목걸이를 차에 감춥니다. 그리고 로프 한쪽을 당겨 회수하고 로프도 감추는 뭐 이런 계획이었던 게 틀림없습니다. 그런 연유로 저는 신이 나서 영감 놀이를 보고 있었어요. 솜씨를 좀 보려고 했습니다. 그런데 기대를 배반하고 영감 놀이는 평화롭게 끝나 목걸이도 까르띠에도 전혀 없어지지 않았어요. 구보는 정전도 일으키지 않고 정치가의 재난 지역 시찰처럼 아무것도 하지 않고 돌아온 겁니다. 내 예상이 틀렸나 잠시 반성하고 있었더니, 그런 게 아니라 영 능력자 선생도 역시 의외라는 얼굴인 것이 내심 열 받은 것을 알 수 있습니다. 즉, 구보가 배신한 겁니다. 차단기를 내리지 않았어요. 그 이유도 구보가 정의에 눈떠서 그랬나 했지만, 그런 물렁한 이유가 아니라 몰래 더 고가의 전리품을 손에 넣고 독점하려고 한 것이었습니다. 솔직히 말하면 이 시점에서 저도 여기까지는 생각을 하지 못했어요. 그래서 느긋하게 연주를 시작한 거죠. 그러나 영업 사원님은 화를 참을 수가 없었겠죠. 왜 협력하지 않은 거냐고 베란다에서 구보와 말싸움을 시작했습니다. 도둑끼리의 말싸움은 마치 일본 학부모 교사 협회의 언쟁처럼 과격했을 겁니다. 그러다 열을 받은 영업 사원님이 결국 파트너의 목을 졸라 죽여버린 거죠. 퍼뜩 정신이 든 영업 사원님은 난처해졌습니다. 시체를 베란다에 놓아둘 수도 없고, 그럼 강에 던질까? 그러면 같이 베란다에 있던 사실을 다들 아니까, 당연히 자신이 의심받겠지요. 어떻게 할까……. 그때 바로 하늘의 계시가 내렸습니다. 전리품을 이동시키려고 준비해둔 로프가 있던 겁니다. 이것의 한쪽을 @의 난간에 묶고 다른 한쪽에 구보의 몸을 묶어서 @에서 시체를 던집니다. 그렇게 해두고 구보가 저쪽 편 ⓑ에 매달리면 로프를 당겨 그를 11층까지 들어 올려서 흔드는 겁니다. 그러면 그의 몸은 로프에서 벗어나 땅 위로 떨어집니다. 그렇게 되면 구보는 11층 복도에서 투신한 게 되지 않을까……. '그거 좋은 생각인데.'라고 생각하고 구보의 모자를 벗기고(이때 모자뿐 아니라 하는 김에 주머니의 비취도 꺼내면 좋았겠지만 구보가 비취를 훔친 것은 몰랐습니다.) 어쨌든 모자를 벗기고 이 방법을 실행했습니다. 그런데 해보니 계획대로는 되지 않아서 매달아 던졌더니 구보의 몸은 로프에서 사라졌습니다. 게다가 이때 뭔가 전선을 끊어버렸는지 갑자기 맨션 전체가 정전이 되었습니다. 그래서 그도 구보의 시체가 어디로 갔는지 확인할 수 없었지만, 당연히 ⓑ지점 즉 차 근처 바닥에 떨어졌을 거라고 판단하고 로프를 회수해서 강에 버린 후 다음 계획으로 옮겼습니다. 그것은 구보의 모자를 쓰고 이 방을 곧장 가로지르는 겁니다. 즉 구보가 살아서 여기서 도망쳐서 11층 ⓑ의 복도에서 잘못해서 밑으로 뛰어내렸다고 꾸미기 위해서입니다. 다행히 그와 구보는 같은 색 정장을 입고 있었습니다. 회사원의 유니폼은 모두 비슷합니다. 키도 별로 차이가 나지 않습니다. 구보의 털모자를 쓰면 어두운 정전 속에서는 구보로 보일 겁니다. 이 트릭을 더 완전하게 하기 위해 베란다에서 구보의 이름을 우선 부르고, 그는 방에 뛰어들었습니다. 이때 원래 계획대로 진주목걸이를 훔쳤습니다. 그리고 현관으로 뛰쳐나갔죠. 예상대로 연주를 즐기던 우리는 무슨 일이 일어났는지 잘 몰라서 바로 쫓아가지는 않았습니다. 복도로 나간 영업 사원은 집 앞 난간에서 필사적인 각오로 동쪽 베란다 ⓐ의 난간으로 뛰어 이동했습니다. 실패하면 떨어져 죽지만 하지 않을 수 없었죠. 그러나 거리는 2미터쯤입니다. 젊은 남자라면 못할 것도 없고, 실제로 그는 성공했습니다. 베란다로 뛴 그는 구보의 모자를 강에 버리고, 태연한 얼굴로 나무라로 돌아와 방으로 들어왔습니다. 이때 그는 동쪽 베란다에 오래 있어서 흠뻑 젖었을 겁니다. 얼굴에 묻은 물은 손수건으로 닦았겠지만 몸은 젖어 있었을 겁니다. 그러나 정전으로 깜깜해서 다들 알아차리지 못했습니다. 저도 복도로 나가서 겨우 알았습니다. 어쨌든 그는 방에서 사정을 듣는 척을 하다가 있지도 않은 구보를 쫓아 복도로 뛰어나갔습니다. 그렇게 해서 계획대로 ⓑ 방향으로 11층 복도를 달렸습니다. 그것은 말할 것도 없이 그때까지 구보 시체는 ⓑ 바로 밑에 떨어져 있을 거라고 생각했기 때문입니다. 그래서 그는 뒤따라간 우리에게 구보는 복도 끝인 ⓑ의 난간을 뛰어넘어 밑으로 떨어졌다고 주장한 겁니다. 그래서 우리는 서둘러 밑으로 내려갔습니다. 그러나 그곳에 구보는 그림자도 보이지 않았습니다. 이 사실에 가장 놀란 것은 바로 영업 사원님이었을 겁니다. 여우에 홀린 심정이었던 게 아닐까요. 시체가 어디로 갔는지 누구보다도 열심히 찾았습니다. 그러면 실제로 시체는 어디로 갔을까요? 그러니까 시체는 진자의 원리로 크게 흔들려 로프에서 빠져서 공중으로 떴고 ⓑ를 훌쩍 통과해서 고가선 선로 위까지 날아간 거죠. 이 현실과 그의 예상의 차이 때문에 구보는 ⓑ지점 11층 복도에서 낙하 도중 공중에서 사라져버리는 신기한 현상이 일어난 겁니다. 그러나 나무라 자신은 바로 자신의 실수를 깨달았습니다. 머리 위에서 전철이 급브레이크를 거는 소리가 들렸기 때문입니다. 그래서 구보의 시체는 거기까지 날아갔다고 겨우 알아차린 거지요. 들어보니 그 근처에 마침 물웅덩이가 있어 시체가 잘 안 보여서 치어버렸다고 운전수는 말했습니다. 전철에 치인 시체에서 당연히 나타나야 하는 타박상 종류는 전혀 눈에 띄지 않게 되었습니다. 그리고 구보의 시체가 모자를 쓰고 있지 않은 것도 이러한 영업 사원님의 사정에 따른 거겠죠. 구보의 모자는 지금쯤은 도쿄 만에 있을 겁니다. 나무라는 우리가 방으로 돌아간 다음 진주 목걸이를 차에 숨기고 나서 돌아왔습니다. 그러니까 부인은 걱정 마시길. 진주목걸이는 밑의 차 안에 있습니다. 자, 설명은 이상입니다. 이런 경과에 의해 시체가 전력 질주를 해야 했던 겁니다. 아니, 설사 전력 질주를 했다 해도 현장에는 시간에 맞게 도착할 수 없었던 이상야릇한 현상이 일어난 겁니다. 설명은 이러면 됐겠지요? 저는 이제부터 집에 가서 텔레비전을 봐야 합니다. 어라, 형사님, 뭘 그리 멍하니 계십니까? 빨리 수갑을 채우지 않으면 도망갑니다. 제법 눈치가 빠른 남자거든요."

나카무라 형사는 나무라에게 다가가서 수갑을 채웠다. 영업 사원은 이미 체념한 듯 아무 말도 하지 않고 저항도 하지 않았다.

미타라이는 안으로 가서 코트를 가지고 나왔다. 재빨리 돌아갈 채비를 하기 시작했다. 우리는 모두 어안이 벙벙해서 말을 할 수 없었다.

"자네, 뭐하는 사람이야? 이름을 물어둬야겠어."

나카무라 형사가 말했다.

"미타라이. 어떤 한자를 쓰는지는 직접 생각해주세요. 자, 이시오카, 가자!"

"잠깐 기다려. 자네 지금까지 왜 말을 안 한 거야? 어제부터 전부 알고 있었던 것 같은데."

"저는 다른 분들과 달리 시간이 많아서 모처럼 뭔가 재미있는 마무리라도 할 수 있을까 했습니다. 하지만 나무라 씨가 서두르는 것 같았고 칙 코리아의 라이브가 6시부터이니까 별로 느긋하게 있을 수 없었네요."

"그런 프로그램이 없는 날에 다시 한 번 느긋하게 만나고 싶군. 어디에 살고 있나?"

"이분들에게 물어보십시오. 오늘 사건보다 조금 더 어려운 사건이 있으면 언제라도 부탁드립니다."

레인코트에 팔을 끼운 그는 재빨리 현관을 향했다. 이시오카는 허둥지둥 쫓아갔다.

"기다려! 언제 내가 한 건지 알았어? 언제? 내가 뭘 실수한 거지?"

나무라가 소리쳤다. 미타라이는 문 앞에서 돌아보며 다시 남을 깔보는 듯한 표정을 지었다.

"좋아, 반성하는 태도에 감탄했어. 잘 반성하고 다음부터는 더 잘하면 좋겠네. 그래, 특별히 실수한 건 없지만 7이라는 숫자가 어쩌고 했던 것 같은데, 그건 좋지 않아. 자기가 범인이라고 말하는 거잖아."

"어째서?"

나무라 나쓰키가 말했지만, 그건 우리 모두의 질문이기도 했다.

"너의 성과 이름의 머리글자를 하나씩 따보면 돼."

나는 서둘러 머릿속에 그의 이름 한자를 떠올렸다. 나무라 나쓰키. 성과 이름의 머리글자를 하나씩? 나무라의 나, 나쓰키의 나쓰, 나와 나쓰, 아! 나나쓰구나, 과연!(나나쓰는 일본어로 7을 뜻한다.-옮긴이)

그러나 얼굴을 들어 미타라이의 모습을 눈으로 좇았지만 그의 모습은 이미 사라져 현관문이 천천히 닫히고 있었다.

# 시덴카이
# 연구 보존회

(시덴카이 : 일본 해군이
2차 대전 때 개발한 전투기)

I

"그건 무슨 주문이야?"

부장은 카운터에 올려놓은 내 두 손을 보며 물었다. 엄지손가락을 뺀 내 여덟 개의 손톱에는 사인펜으로 작게 숫자가 쓰여 있었다.

"아니, 그냥 낙서입니다."

나는 그렇게 말하고 바텐더에게 솔티 도그를 주문했다.

"솔티 도그가 뭐야?"

"아마 보드카겠죠."

"여기 올 때마다 같은 술을 주문한 적이 없잖아. 요전에는 요코하마 칵테일이었고, 그전에는 뭐라더라, 다이키리라고 했는데."

"특이한 게 좋습니다. 흔해빠진 건 싫어서."

그렇게 말했더니 부장은 정말 납득이 간다는 얼굴로 끄덕였다. 그리고 매번 마시는 물 탄 위스키를 홀짝였다.

"아니, 그만큼 일상은 지루하니까. 나는 올해 4월로 딱 오십 년 사람을 했어. 월급쟁이를 시작한 지도 이미 삼십 년 가까이 지났고. 그런데 태어나고 나는 일상에서 **이해하기 힘든** 일을 겪은 적이 없어."

나도 바로 맞장구를 치려고 했지만, 잠깐 뭔가가 생각이 나서 그만두었다.

"아니, 겪어보고 싶어, 이해하기 힘든 일을. 불가사의가 참 좋아. 난 불가사의를 정말 좋아하는 사람이야. 매일 그런 이상한 일 없을까 기다리고 있지. 하지만 없더군. 사람 행동 같은 건 재미도 뭐도 없어. 득을 보거나 손해를 보는 것뿐. 득을 본다고 생각하면 움직이고, 손해 볼 것 같으면 안 움직이고. 그뿐이니까 너무 단순해. 그래서 여자처럼 시시한 게 세상에서 제일 불가사의한 것, 이해할 수 없는 게 됐잖은가."

부장은 흘끗 나를 보았다. 그리고 당연히 끄덕일 거라 생각했던 내 머리가 가만히 있는 것을 봤다.

"어이, 너도 그렇지? 너무 지루하니까 이런 가게에 와서 이름이 복잡한 술을 마시고, 손톱에 숫자를 쓰면서 노는 거지?"

나는 일단, "예, 뭐 그렇습니다만……."이라고 했지만, 바로 이렇게 덧붙였다.

"하지만 부장님, 저는 여태껏 딱 한 번 **이해할 수 없는 일**을 경험한 적이 있습니다."

"호오."

그러자 부장은 도전적인 표정을 지었다.

"정말 이해할 수 없는 일 맞아? 도망갔던 여자가 수수께끼 같은 소리를 내뱉었다든지, 그 정도지?"

"아니, 전혀 아닙니다. 그건 정말 이해할 수 없는 경험이었습니다. 벌써 칠 년이나 지났는데 아직도 이유를 모르겠습니다."

"허어."

"때때로 떠오를 때마다 그 이유를 생각해봐도 모르겠습니다. 정말 영문을 알 수 없어요. 부장님이 이유를 아신다면 물어보고 싶을 정도니까요."

"들어보고 싶네, 그 이야기. 정말 이해하기 힘든 이야기라면 말이야."

"틀림없습니다."

"좋아, 그럼 집중해서 들어볼까."

부장은 스툴에서 자세를 바로잡았다. 나는 이야기를 시작했다.

## 2

분명 1978년의 일이었을 것이다. 그러니까 벌써 칠 년 전의 일이다. 내가 다케바시의 M신문사 영자 신문부에 근무한지 육 년쯤 지난 어느 여름날 오전이었다. 늘 그다지 의욕이 없는 내가 잠이 덜 깬 눈으로 출근해 의자에 앉아서 평소처럼 일단 신문이라도 펼치고 오늘 발표한 복권 당첨번호라도 볼까 했을 때, 전혀 모르는 사람이 날 찾아왔다.

"실례하겠습니다! 세키네 씨 되시죠?"

갑자기 천둥 같은 목소리가 머리 위에서 내려왔다. 나는 깜짝 놀라 본능적으로 목을 움츠리고, 조심조심 위를 보았다.

칠 년이 지난 지금도 나는 이 남자의 용모를 생생하게 떠올릴 수 있는 것을 보면, 이때 무척 놀랐던 모양이다. 나는 정말로 시선을 집중했다. 거리에서 자주 보이는 KFC 할아버지가 찾아온 줄 알았다.

흑백 영화에서나 나올 듯한 하얀 밀짚모자를 쓰고 송알송알 땀이 맺힌 커다란 코 위에 둥근 안경을 얹고 있었다. 코 밑과 이마에 곱슬곱슬한 반백의 수염을 갈기처럼 기른 덕분에

이 인물의 얼굴 윤곽은 분명하지 않았다.

그러나 쉽게 짐작할 수 있었다. 둥근 얼굴일 것이다. 이 인물의 체격은 맥주 통도 기가 막혀서 길을 비키지 않을까 싶을 정도로 풍채가 좋았기 때문이다.

"뭐, 뭡니까? 누구십니까?"

나도 기가 막혀서 말했다. 주뼛주뼛 주위를 둘러보니 예상대로 다들 나를 주목하고 있었다.

"저는 이런 사람입니다."

흰 신사복, 흰 바지의 켄터키 프라이드 치킨은 낭패한 내 모습은 개의치도 않고 그렇게 말하며 명함을 내밀었다.

"오자키 젠키치 씨 되십니까?"

명함을 읽으면서 그렇게 묻다가 오른쪽 위에 쓰인 직함에 다시 고개를 갸우뚱거렸다.

"시덴카이, 연구 보존회, 회장······?"

"그렇습니다, 시덴카이 연구 보존회라는 것을 주재하고 있어서 말이죠."

나는 손바닥을 세차게 아래위로 흔들고 싶어졌다. 목소리를 낮춰달라는 말이 목구멍까지 올라왔지만 참았다.

"무슨 용무이십니까?"

"좀 복잡한 이야기입니다. 여기서는 서로 좀 그런데 어디서 차라도 하시면서."

그런 사정으로 나는 밑의 찻집으로 오자키를 데리고 가게 되었다.

"시덴카이라는 비행기는 말이죠."

오자키는 자리에 앉아 커피를 주문하고는 갑자기 이야기를 시작했다. 그래서 나는 시덴카이는 역시 전투기를 뜻하는 거라고 납득할 수 있었다.

"2차 세계 대전 당시 세계 최고, 그것도 타의 추종을 불허하는 그야말로 한층 뛰어난 전투기라고 할 수 있을 겁니다!"

남자는 마치 찻집 안의 사람들을 계몽하려는 듯이 대 연설을 시작했다.

"그것은 뭐, 공랭(空冷)식 발동기, 아니 엔진 말인데 공랭이라는 것은 아무래도 고성능을 이끌어내기 어렵습니다. 지금 이 근처를 달리는 자동차 대부분이 수랭식 엔진을 단 걸 보면 알지요. 태평양 전쟁 때도 메서슈미트, 스핏파이어, 머스탱, 명기라 불린 비행기는 전부 수랭식입니다. 그러나 시덴카이는 공랭임에도 불구하고, 아니 그런 단서를 붙일 필요도 없습니다. 액체로 냉각하는 발동기를 실은 전투기 아니, 그 이상으로 충분히 어깨를 나란히 할 수 있습니다. 대개 수랭식은 메커니즘이 너무 복잡해집니다. 공랭은 심플합니다. 심플 이즈 베스트. 기계라는 것은 구조가 단순하면 다소 무리를 해도 됩니다. 오토바이를 보십시오, 라디에이터 물을 점검할 필요도 없고, 추위도 얼 걱정도 없습니다. 아까 당신은……."

"저, 오자키 씨. 시덴카이에 관해서는 대충 알겠습니다. 저
도 어린 시절에 잡지에서 읽어서요. 실례지만 일하는 중이라
느긋하게 이러고 있을 수 없습니다. 용건을 얼른 말씀해주시
면 감사하겠습니다만……."

그러자 프라이드 치킨은 황송해하는 것 같더니 뻔뻔하게
오른손을 느긋하게 들고 이런 말을 했다.

"어허, 실례했습니다. 신문사 분이시니까 타임 이즈 머니,
시간은 정말 귀중합니다. 그러나 이 말을 신문사 분들만큼 잘
이해하는 인종은 또 없을 겁니다. 그러나 이제 여러분들에게
이 격언도 고리타분해졌을지도 모릅니다. 지금은 이렇습니
다. 타임 이즈, 어……, 모어 프레셔스 댄 머니……, 이거면
되나? 영자 신문을 만들고 계시죠, 한데 저는 학식이 없어서
잘 모릅니다. 자신은 없지만, 시간은 금보다 귀중하다. 그렇
지요? 이제 그런 시대입니다. 와하하하하!"

그것을 안다면 얼른 용건을 말하라고 생각하며 나는 속으
로 이를 갈았다.

나처럼 학생 때부터 게으른 습관이 뼛속까지 스며든 인종
은 매일 찻집에서 호흡을 하고 있는 거나 마찬가지다. 이렇게
커피를 홀짝이는 건, 말하자면 수면에 올라와 숨을 쉬는 고래
와도 같다. 이제부터 숨을 죽이고 서류정리 일 속으로 잠수해

야 한다.

"당신은 아까 제로센(ゼロ戦) 쪽이 좋다고 하셨죠. 아니 우리 세대는 제로센이라고는 하지 않아요. 레이센(零戦)이라 하지. 제로라는 건 영어입니다. 전후의 이름이야."

시간은 금보다 귀중하다면서 오자키는 아직도 연설을 계속하고 있다. 한데, 나는 제로센 쪽이 좋다고 했던가? 그럴지도 모른다. 아무래도 확실하지 않다.

나는 점점 이상하게 기분이 나빠지기 시작했다. 대체 이 남자는 정체가 뭘까. 나이는 겉보기에는 예순은 된 것 같았다. 이 정도로 시덴카이에 홀딱 반한 것을 보면 2차 대전 때 시덴카이를 탔을지도 모른다.

성실한 느낌은 별로 없다. 대체 왜 얼굴도 모르는 나 같은 사람을 찾아온 것일까. 아까부터 나는 열심히 생각해내려고 했지만 오자키 젠키치의 얼굴은 전혀 기억에 없었다. 이렇게 특징 있는 얼굴의 남자라면 한 번 만나면 기억에 남는 게 당연했다.

어쩌면 취재 의뢰일 수도 있다. 그러나 그렇다면 한 층 위의 M신문에 가야한다. 나는 영자 신문부에 기자도 아니다. 헛다리를 짚어도 크게 짚었다.

어쩐지 요즘 일의 진행 상태가 소름 끼칠 정도로 좋았다, 역시 슬슬 안 좋은 물결이 밀려오겠구나, 나는 남자의 연설을 건성으로 흘려듣다가 어느새 그런 생각을 하기 시작했다.

내 인생을 돌아보면 좋을 때와 안 좋을 때의 기복이 뚜렷하다는 특징이 있는 것 같다. 아니, 이렇게 말하면 너무 막연하다. 내 경우 더 두드러지는 특징이 있다. 나는 내가 행운의 별 밑에서 태어났는지, 아니면 불행의 별 밑에서 태어났는지 아직도 잘 모르겠다. 내게는 때때로 엄청난 행운이 날아든다. 그런데 그 직후에 반드시 나락의 밑바닥으로 떨어지는 것이다. 언제나 이런 일의 반복이다.

예를 들어 대학입시도 그랬다. 나는 고등학생 시절에 자랑은 아니지만 공부라는 것을 한 기억이 전혀 없다. 아마 고등학교 시절 집에서 공부한 시간을 하루 평균을 내면 기껏해야 몇 초쯤일 것이다. 자나 깨나 수영부 연습이었다. 그래서 일류대학은 처음부터 포기하고 있었다. 그리고 도쿄의 열등생들이 다들 보험으로 지원하는 삼류 사류 대학들에 지원했더니 깜짝 놀랄 정도로 전부 떨어져버렸다. 그럼 그렇지 하고 남들처럼 일단 낙담을 했는데, 붙을 리도 없다고 생각해 장난으로 지원했던 사학 명문 W대에 잘못해서 붙어버린 것이다.

하늘에 오를 듯한 기분으로 마음을 고쳐먹고 공부하자고 입학 전에 천 번쯤 굳게 다짐하고 엄청난 의욕을 가지고 캠퍼스에 들어갔더니 입학식 다음 날부터 교문에 책상이나 의자로 된 바리케이드가 생겼다. 강의는 전혀 시작할 기미가 없었다. 학원 투쟁이 한창이던 시절이었다.

헛물을 켠 기분으로 매일 책상의 산 앞에서 멍하니 있었더니 마작 멤버가 모였다. 교수보다 마작장 여주인과 사이가 좋아졌다.

이 M신문사도 그렇다. 유급을 할 만큼 한 내가 이런 큰 신문사에 들어갈 수 있었던 것은 기적이었다. 그러나 입사 다음 날부터 회사는 기울기 시작해 현재 도산 직전이었다. 도쿄에서 그 사실을 모르는 사람이 없다. 덕분에 나는 신문사에 다니는 주제에 하숙집에서 신문도 받아보지 못했다. 월급이 적기 때문이다.

이것이 나다. 행운 뒤에는 언제나 불운, 매번 이런 반복의 연속이었다.

# 3

레이센과 시덴카이는 최고속도에서 100킬로미터나 차이 난다, 20밀리미터 기관포 두 문과 네 문은 파괴력이 완전히 다르다, 등등 열변을 토하는 오자키의 이야기를 나는 억지로 자르며 말했다.

"오자키 씨."

"아, 깜빡했습니다. 바쁘신 몸이신데. 아무래도 사람이 나이를 먹으면 자기 생각만 하게 되네요. 그러면 본론으로 들어갈까요. 뭐 대단한 건 아닙니다. 명함은 드렸지요? 제 명함을 보시고 뭔가 떠오르는 게 없습니까?"

"오자키 젠키치 씨…… 입니까? 글쎄요, 전에 만난 적이 있나요?"

"아니, 만난 적 없습니다, 첫 대면입니다. 그쪽이 아닙니다. 제가 보셨으면 하는 것은 이름이 아니라 오른쪽 위입니다. 직함."

"시덴카이 연구 보존회, 말입니까?"

역시 취재 의뢰인가?

"예, 시덴카이! 이겁니다. 제가 평생을 다 바친 전투기입니다. 이 이름을 보고 뭔가 떠오르는 게 없습니까? 있겠지요."

"시덴카이……? 아뇨, 없는데요."

"자, 잠깐! 곤란합니다, 신문사 분이 이러시면. 바로 얼마 전인 7월에 시덴카이에 관해서 빅 뉴스가 있지 않았습니까!"

"아하! 시코쿠 앞바다에서 인양된 것 말입니까?"

당시 그런 사건이 있었다. 바다 속에 가라앉았던 시덴카이가 우연히 발견되어 인양되었다.

"이제야 생각이 나셨습니까? 맞습니다, 그겁니다."

"그게 뭐가 어쨌다는 말입니까?"

"아니, 이런! 놀라운데, 그러면 그 파일럿 일도 모르십니까?"

"무슨 파일럿 말입니까?"

"설마 경비행기가 인양 현장에 추락한 것을 모르시는 건 아니겠지요?"

"아, 기억합니다. 크레인선이 시덴카이를 인양하는 곳에 취재 배 같은 게 가득 나와 있었는데 그 앞에서 무슨 일인지 취재를 하고 있던 경비행기가 추락한 사건 말이죠?"

"맞습니다. 경비행기는 민간 것이었지만, 전세를 낸 것은 댁 M신문사 계열 지방지였습니다. 그래서 모르실 리는 없다고 생각했지요."

"하지만 저는 영자 신문부라서 본지 사람들과 송년회 말고는 이야기를 한 적도 없습니다. 게다가 기자도 아니고."

사실 나는 일에 전혀 매력을 느끼지 못했다. 그래서 신문사 사원인 주제에 뉴스를 관심 있게 주목하는 습관이 없었다.

"그날은 쾌청했습니다. 바람 한 점 없었죠. 면허를 어제 딴 풋내기라도 너끈히 안전하게 날 수 있는 날씨였습니다. 그런데 어떻게 된 영문인지 추락했지요. 게다가 파일럿은 풋내기가 아니라 몇백 시간이나 날았던 베테랑이라고 합디다. 대체 어떻게 된 일이랍니까?"

"확실히 이상하네요. 저도 뉴스를 들었을 때 이상하다고 생각했습니다. 하지만 도메이 터널 사고 같은 것 때문에 별로 주목받지 못하고 끝났죠."

"인양된 시덴카이를 보셨습니까? 굴이 잔뜩 붙어서, 커다란 문어 항아리 같았습니다. 프로펠러도 휘어졌더군요. 몰골이 말이 아니었습니다. 이것이 그렇게 빠르고 강하던 시덴카이의 말로라 생각하니 눈물이 났습니다. 하지만 기쁘기도 했습니다."

"예에."

"바퀴는 접혀 있었지요. 하지만 조종석에 시체는 없었습니다. 그리고 방풍창은 꼭 닫혀 있었고요. 게다가 동체에는 큰 구멍도 뚫리지 않았던데, 이상하다고 생각하지 않습니까."

"왜요?"

"바퀴를 접었다는 것은 비행 상태였다는 뜻입니다. 비행하면서 발동기 부전인가 뭔가로 활공(엔진을 끄고 비행하는 것 – 옮긴이) 착수(着水)했습니다. 전쟁이 끝난 후 미국의 명령으로 폐기 처분된 기체일 가능성도 없지는 않은데, 그런 경우 대개 소각되어 바다에 버린 예도 전혀 없지는 않지만 바퀴는 꺼내지요. 뭐, 아무튼 조사해보니 시덴카이는 마쓰야마 기지에서 특공으로 날아오른 비행기(비행기 등으로 육탄 공격했던 일을 뜻함 – 옮긴이)라고 판명됐습니다. 그러면 이 비행기는 특공기 중 하나인데 날다가 발동기 부전으로 착수했다, 이런 겁니다. 공중전 중에 당했다면 조종석에 시체가 있을 겁니다. 그런데 없지요. 신발이니 비행모, 일본도, 뭐 그런 조종사가 갖고 있을 만한 것도 없었습니다. 어떻게 생각하십니까?"

"탈출했겠죠."

"예, 맞습니다. 탈출했겠지요. 저도 그리 생각했습니다. 그러나 탈출했다면 방풍창도 원래대로 닫습니까? 비행기는 금속이니까 바로 잠깁니다. 발동기 부전이라면 불을 뿜을지도 모르고요. 느긋하게 그런 걸 할 여유가 있으려나."

"그렇다면 착수의 충격에 머리를 부딪쳤다거나 기절했다?"

"그러나 시체가 없지요."

"상어한테 먹혔다거나."

"그렇다면 뼈쯤이야 남아 있겠지요. 아니, 그보다 방풍창이 제대로 닫혀 있었으니 상어는 머리를 밀어 넣지 못했을 겁니다. 아니면 동체의 어딘가로? 아니, 동체 어디에도 구멍은 뚫려 있지 않았습니다."

"이상하네요."

"이상합니다. 실로 흥미진진하지요. 유령 비행기 같지 않습니까?"

"그런 말씀을 하시니 분명히 이상하기는 해도……."

그러나 나는 이 남자가 무슨 말을 하고 싶은지 아직도 전혀 알 수 없었다. 분명히 묘한 이야기였지만 그것이 어쨌다는 말인가. 왜 그런 이야기를 내게 일부러 할 필요가 있을까.

"게다가 하필이면 시덴카이가 삼십 년만에 인양된 날 그곳에 베테랑 파일럿이 모는 경비행기가 원인불명의 추락을 한 거지요. 조종 실수라고 발표되기는 했지만 아까도 말한 대로 하늘은 쾌청무풍, 이런데 어쩌다 쉰을 넘긴 베테랑 파일럿이 조종 실수를 할 수 있겠습니까?"

"말씀하신 것은 다 지당합니다. 왜 그런 말씀을 저한테 하십니까? 무슨 관계가 있나요? 그 사고에 이상한 점이 있다면 경찰에게 그렇게 말씀하시면 되잖습니까."

나는 말했다. 그러자 오자키는 묘한 말을 꺼냈다.

"그거야 당신에게도 결코 좋은 결과가 생기지 않을 거라 생각하니까."

"예? 무슨 뜻입니까? 말씀하시는 의미를 모르겠습니다만."

"놀랍네요. 그 파일럿이 당신의 먼 친척이라는 사실을 모르셨습니까?"

"그 파일럿이?"

나는 적잖이 충격을 받았다.

"다카마쓰 출신이시죠. 하시모토 시로라는 경비행기 파일럿의 주소도 다카마쓰로 되어 있는데 당신의 먼 친척에 해당하는 사람이지요. 게다가 조사해보니까, 아무래도 전쟁 때 마쓰야마 해군 기지에 있었던 것 같습니다. 마쓰야마에는 시덴카이의 기지가 있으니까 당연히 하시보토도 시덴카이에 탔을 겁니다."

"……."

"마쓰야마에서 날아오른 시덴카이가 특공 작전 중에 발동기 부전으로 착수했다. 인양해보니 조종석은 텅 비어 있고 방풍창은 닫혔다. 그리고 인양 작업이 한창일 때 시덴카이의 예전 조종사가 조종하던 경비행기가 추락했다……. 어떻습니까? 이렇게 되면 어떤 추리를 할 수 있지 않습니까? 저처럼 문학적 재능이 전혀 없는 사람에게도 자연스럽게 이야기를 떠올릴 수 있지요. 이런 건 어떻습니까? 그 시덴카이가 경비행기 파일럿이 과거에 탔던 애기(愛機)였다는 상상은 너무 감상적입니까? 삼십삼 년 전 특공으로 날았던 그는 어떻게 해서도 죽을 수 없는 이유가 있었다. 그래서 동료로부터 떨어져 혼자 바다에 착수했다. 그런데 이것은 출격이 아니고, 돌아갈 연료가 없는 특공이니까 그의 부정을 고발할 동료는 존재하지 않았던 거지요. 장소는 시코쿠 앞바다 바닷속입니다. 그리 깊은 바다가 아니니 수영에 자신이 있으면 헤엄쳐서 돌아올 수 있는 거리입니다. 하시모토는 탈출할 때 평소 훈련 때의 버릇으로 그만 방풍창을 원래대로 닫았다……. 어떻습니까? 이 이상 방풍창이 닫혀 있던 사실에 대한 적확한 설명이 존재할까요? 그러면 그가 요전에 경비행기를 타고 추락한 이유도 보이지 않습니까. 상공을 선회하다가 양심의 가책을 견디지 못한 거지요. 특공으로 죽어간 전우를 부르는 목소리가 눈 밑에서 들린 거지요."

과연, 있을 수도 있는 일이라고 생각했다. 어쩌면 사실일지도 모른다.

"아무리 삼십 년 전의 기체라도 전문가가 보면 발동기에 아무런 이상도 없었던 것을 알아낼지도 모릅니다. 아니 그런 것은 아무래도 상관없지요. 그렇게 되면 정말 엄청난 문제가 일어납니다. 경비행기에는 하시모토 파일럿이 혼자 타고 있었던 게 아니라 기자와 카메라맨도 타고 있었습니다. 원래는 그들이 전세를 냈으니까요. 그러면 하시모토 시로는 전혀 관계 없는 두 사람을 끌어들여 자살한 게 됩니다. 일이 좀 번거로 워지는데. 사실을 말하자면 죽은 카메라맨인 요시다는 제 친구 아들입니다. 마쓰야마의 전우회에도 제기 좀 연줄이 있는데, 요시다에게 부탁을 받고 사건을 조사하는 동안 많이 알게 되어서 당신에 대해서도 알게 되었지요."

그제야 남자가 말하려는 것이 희미하게나마 조금씩 보이기 시작했다.

"당신은 도쿄의 다케바시에서 일하고 제 사무소가 있는 나카노에서는 지하철로 금방이지요. 그래서 잠깐 찾아가보는 것도 좋을 것 같아서 이렇게 찾아온 겁니다. 요시다에게는 방금 말씀드린 사실은 아직 선하지 않았습니다. 일이 복잡해지는 게 싫어서. 뭐, 요시다는 정말 재판을 좋아하는 남자라서 말이죠, 사실을 알면 당신들 모두를 상대로 아마 소송을 할 겁니다. 하지만 뭐, 그렇게 되어도 말이죠, 요시다는 친한 친구라서 제가 설득하면 그만두게 할 수가 있지요."

하하, 이때 겨우 나는 이 남자가 내게 온 이유를 알았다. 이 맥주 통 남자는 나를 **등쳐 먹으려고** 하는 것이다. 하필이면 이런 가난한 사람을 말이다. 아니면 내 친척한테 돈을 갈취할 작정인가?

나는 내심 전율했지만 애써 침착하게 말했다.

"협박하시는 겁니까?"

그러자 갑자기 오자키 젠키치는 맥주 통 같은 배를 흔들며 웃음을 터뜨렸다. 정말 호쾌한 웃음이라서 음침하고 빈틈없는 요령으로 돈 이야기를 꺼낼 것 같다는 내 예상은 크게 어긋났다. 그러나 다음에 그가 한 말은 더 기묘하고 별나서, 어안이 벙벙해지고 정신이 멍해졌다. 오자키는 얼굴과 말에 웃음의 여운을 남기면서 말했다.

"아니, 아마 그리 말씀하시지 않을까 생각했지요. 분명 협박이라고 하면 협박입니다. 하지만 그리 번거로운 게 아닙니다. 봉투에 받는 사람 이름 쓰는 것을 도와주시지 않겠습니까?"

"받는 사람 이름 쓰기?"

나는 의자에서 미끄러져 떨어질 뻔했다. 봉투에 받는 사람 이름 쓰기라니, 대체 무슨 이야기일까?

"아무래도 또 놀라게 해드렸네요. 저는 정말 비상식적인 남자인 모양입니다, 뭘 해도 사람을 놀라게 하네요. 아니, 사실 제가 주재하는 시덴카이 연구 보존회에서 이번 시덴카이의 인양을 기록한 팸플릿을 만들었습니다. 이것을 전국의 유지에게 송부해야 하는데, 아시다시피 날짜가 상당히 지나버려서 오늘 중으로 봉투에 받는 사람 이름 쓰는 것 정도는 끝내지 않으면 큰일이 나서요. 그런데 도쿄의 회원은 저와 남자 한 명밖에 없습니다. 아르바이트 학생에게 부탁하려고 해도 예산도 없고. 그럴 때 마침 당신 생각이 나지 않습니까. 요시다에게 소송을 걸지 않게 하겠다는 교환 조건으로 하루 정도 받는 사람 이름 쓰는 것을 부탁해도 되지 않나, 이렇게 생각한 거지요. 정말 무례하게 굴어 죄송하지만 농담이라 생각하고 잠깐 같이 가주시지 않겠습니까?"

"허어⋯⋯."

나는 맥이 빠져버렸다.

"아니, 회사 일도 있는데⋯⋯, 오늘이 아니면 안 됩니까?"

"안 됩니다. 반드시 오늘 중에 받는 사람 이름 쓰는 것을 마치지 않으면 큰일 납니다."

"하지만 방금 출근했는데 조퇴하는 건 좀⋯⋯."

"하루 쉬기보다 오히려 낫죠. 일의 진척 상황에 따라 오후 2시나 3시에는 아마 돌아가실 수 있을 겁니다. 조퇴 사유는 친척에게 일이 생겼다고 하면 됩니다."

"만일 거절하면 하시모토 시로의 동반 자살을 요시다 씨에게 알리실 겁니까?"

"그렇게 되면 요시다가 물어보면 입을 다물 이유는 없지요, 저로서는."

그의 설득은 상당히 능숙했다.

"받는 사람 이름을 쓰면 요시다 씨에게 알리지 않을 거라는 보증은 있습니까?"

"보증이라고 하시면 어렵겠네요. 믿어주실 수밖에 없습니다. 하지만 그렇게 되면 당신을 배신하는 일은 없을 겁니다. 맞다, 그리고 앞으로 성가시게 할 일도 절대 없습니다. 맹세코 이번 한 번뿐입니다. 만일 제가 약속을 깨면……, 아니, 소송이 걸리면 요시다에게 물어보면 제 소재를 알 수 있습니다. 그러면 어떤 수를 쓰든 제게 보복하시면 되겠지요."

결국 나는 일어섰다. 그리고 친척에게 일이 생겨 오후 3시까지 자리를 비우겠다고 회사에 연락하려고 공중전화 쪽으로 걸어갔다.

# 4

오자키 젠키치는 유머 감각이 있는 남자로, 의표를 찌르는 익살로 끊임없이 나를 웃겼다. 애당초 아무것도 하지 않아도 이 남자는 웃음을 부추기는 특이한 풍모였다. 나는 이 맥주 통 남자가 점점 마음에 들었다. 그러나 물론 완전히 신용할 정도로 경계를 푼 것은 아니다. 믿기는 힘들지만, 어쩌면 그는 내 유괴를 꾀했다고 할 수도 있다. 가난한 우리 집이지만 외아들이 유괴당했다고 하면 백 만은 무리겠지만 오십 만 정도는 어떻게 마련할지도 모른다.

"귀중품은 항상 들고 다니는 타입이지요?"

지하철 안에서 오자키 젠키치는 안경 건너편으로 눈을 동그랗게 뜨고, 얼굴을 한껏 가까이 대고 말했다.

"왜 그렇게 생각합니까?"

"윗옷 주머니가 불룩합니다. 필요 이상으로 불룩해요. 저는 전쟁 중에 육군 정보부에 있어서 압니다."

"이것은 열쇠고리와 라이터입니다. 이건 담배. 귀중품은 방에 놓아두지요. 별로 대단한 스파이는 아니었나 봅니다."

"최근에는 실무에 손을 떼서 말이죠. 젊은 시절에는 우수했습니다. 아니 정말입니다. 실제로 과장이 아니라, 나라의 운명을 좌우하는 커다란 일을 몇 번이나 했습니다. 주로 대륙에서 말이죠."

도자이 선을 타고 나카노에서 내려 꽤 걸어 도착한 곳은 갓 신축한 맨션이었다. 문을 들어선 순간 당할지도 모른다고 생각해서 일단 경계했지만, 별로 그런 기색은 없었다. 방은 책상이 두 개 있을 뿐 텅 비었고 사람은 없었다. 다만 에어컨이 없어 찌는 듯이 더웠다.

오자키는 책상 서랍에서 질릴 정도로 두꺼운 명부와 봉투 다발을 꺼내어 내게 보였다.

"이게 명부, 이게 봉투입니다. 이 사인펜을 쓰세요. 이쪽이 화장실입니다. 가능한 한 서둘러 써주세요. 열심히 하면 빨리 끝납니다. 저도 도울 테니까요. 윗옷을 맡아두겠습니다. 아, 라이터는 꺼내두는 편이 낫겠죠. 걱정이 되시면 지갑도 꺼내십시오. 여기에 보이는 곳에 걸어두겠습니다."

오자키 젠키치는 옷걸이에 내 윗옷을 걸어 화장실 문 옆에 걸었다.

"조금 더울지도 모르겠네요. 창문을 여는 편이 좋겠지요."

그 후 나는 오자키 젠키치의 지시대로 땀범벅이 된 채로 받는 사람 이름 쓰기를 시작했다. 화장실도 가는 둥 마는 둥 펜

을 놀렸다. 봉투는 아주 많았지만 시덴카이의 팸플릿이라는
것은 아무데도 보이지 않았다. 오자키의 말로는 여기에 놓아
두지 않는다고 했다. 옆 책상에서 오자키 젠키치도 땀을 닦으
며 열심히 펜을 놀리고 있었다. 살이 찐 그는 나 이상으로 힘
들 것이다.

우리는 책상을 나란히 놓은 사이좋은 수험생처럼 오로지
봉투 다발과 씨름했다. 때때로 손을 쉬면서 어째서 이렇게 되
었을까 생각하기도 했다. 모르는 방에 모르는 아저씨와 나란
히 일을 하고 있다. 도쿄에 살면 이런저런 일도 있는 법이다.
이 남자는 몇 시간쯤 전까지는 한 번도 본 적이 없는 완전한
타인이다. 그런데 지금은 마치 십 년 이상 알고 지내는 집안
친척 같았다. 뭐, 이런 일도 가끔은 괜찮겠지.

"어, 벌써 시간이 이렇게 됐나!"

갑자기 오자키 젠키치가 옆에서 소리쳤다.

"점심 식사 시간이 지나버렸네. 노인에게는 불규칙은 금물
입니다, 치명적이지요. 밑의 국수집에서 주문해야겠어. 뭐가
좋습니까? 저는 돈가스 덮밥으로 할 텐데, 뭐든 상관없습니
다."

"그러면 저도 같은 거면 됩니다."

"알겠습니다. 어차피 전화가 아직 연결이 안 됐습니다. 얼
마 전에 이사를 와서요. 잠깐 주문하고 오겠습니다. 바로 돌

아오지요."

돈가스 덮밥이 오고 나서 우리는 밥을 먹으면서 두서없는 이야기를 나눴다.

오자키는 젊은 회원이 또 한 사람 있는데 지금은 팸플릿 일로 인쇄소에 갔다고 말했다. 이제 슬슬 돌아올 겁니다, 이 녀석도 비행기광인데 나이도 당신과 비슷하니까 마음이 맞을 겁니다, 제법 괜찮은 녀석입니다, 같은 말을 늘어놓았다.

"아까 레이센 쪽이 좋다고 말씀하셨지요. 레이센이라면 몰라도 하야부사라든지 히엔 같은 건 정말 싫습니다. 그런 비실비실한 건 싫단 말이지요, 미덥지 못해서. 만일 당신이 그런 것을 좋아한다고 하시면 즉시 협력을 거절했을 겁니다."

아깝다. 그렇다고 말할걸. 이 남자는 아마 자신이 땅딸막한 체형이라서 땅딸막한 모양의 비행기를 좋아하는 것이리라.

"오자키 씨는 시덴카이에 타셨습니까?"

그렇게 말하니 오자키는 떨떠름한 얼굴을 했다.

"음, 그런 질문을 하시니 힘들군요. 저는 해군이 아니었지요. 제게 시덴카이는 멀리서 그리워하는 이상형의 여자 같은 겁니다. 애 잘 낳고 푸근한 서민 타입의 관음보살님인 겁니다. 그 관음님에게 올라타면 안 됩니다. 올라타는 것은 꿈속이면 충분하지요. 멀리서 보고 있으면 곰보 자국도 보이지 않는답니다."

"전쟁 때는 정보부에 계셨지요?"

"예, 지금의 구단 회관에 대기하고 있었습니다."

"대륙이 아니었습니까?"

"그야 대륙에도 항상 갔습니다. 만주는 집 앞마당에 나가 듯이 드나들었지요. 다롄에도 잠시 있었고요. 안타깝습니다, 그런 웅대한 거리를 볼 기회가 없으니. 우리는 그런 거리에서 청춘을 보냈으니까, 아무래도 성격이 느긋해지지요. 그래서 저는 지극히 자연스럽게 행동하는 것뿐인데, 도쿄에서 아담 하게 사는 사람들에게 제가 기인으로 비치는 모양입니다."

그것은 틀림없는 사실이다.

"만주는 일본인이 남의 정원에 떡하니 만든 국가입니다. 대 단한 것은 틀림없지만 항간에서 종종 말하는 대로 괴뢰 국가 입니다. 그저 일본인의 이익을 위해 만들었지요. 그런 의미 로는 역사의 수정 작업도 뭐도 아닙니다. 인류의 이상이 낳 은 산물이 아닌 거지요. 그것도 히틀러가 한 짓의, 그래, 십 분 의 일 정도겠지요. 만주를 통해서 일본인이 대륙에서 저지른 죄는 뿌리가 깊습니다. 어떻게 갚아도 다 갚을 수 없어요. 그 러나 말이죠, 그건 그렇다 쳐도 일방적으로 아첨하는 것 같은 휴머니즘도 좋아 보이지 않아요. 일본인은 얌전한 민족이에 요. 쌀을 먹어온 농경민족이니까, 소나 돼지고기를 주식으로 하지 않았습니다. 그런데 어째서 그런 잔혹한 짓을 중국인에게 할 수 있었을까요. 그럴 필요가 있었다고 생각해보는 것도 가끔 필요합니다. 중국은 말이죠, 그야말로 잔인한 역사를 갖고 있어요. 고문 하나만 예로 들어봐도 중국인은 그런 잔인한 피를 타고났습니다. 일본 따위와는 비교도 안 되지요. 일본인은 안간힘을 썼다고 생각합니다. 하지만 저는 그 시절에 젊었고, 다른 사람보다 정의감도 강했습니다. 대륙에서 저지른 일본인의 행태를 보고 뭔가 속죄하지 않으면 안 된다고 항상 생각했지요. 인류나 역사에 대해서 말입니다. 그러지 않으면 이대로는 언젠가 보복을 당한다, 역사의 의지에 반한다고 생각했습니다. 이스라엘 건국 계획이라는 것을 아십니까? 모르겠지요. 유태인은 히틀러에게 학대받았습니다. 그건 분명 대학살이었지요. 그렇다면 유태인을 전부 만주로 이주시켜 나라를 만들게 하면 어떨지 생각했습니다. 유태인은 유랑민족이니까, 분명 그들은 그래도 될 겁니다. 그렇게 생각하니 만주야말로 그들이 꼭 와야 할 운명의 종착역처럼 여겨졌습니다. 대륙에 토지는 얼마든지 있지요. 게다가 만주 북쪽에 유태국을 만들면 북쪽 러시아의 위협에도 완충지대를 설치한 결과가 됩니다. 그러나 그보다는 낭만이지요. 이런 낭만이 어디 있습니까! 안 그렇습니까? 일본인이 모세를 대신하는 겁니다!"

오자키 젠키치는 흥분해 주먹을 휘둘렀다.

"이것이야말로 정말로 역사의 수정 작업이라는 이름에 어울리는 거지요. 역사는 유태인 위에 균열을 만들었다. 그것을 보수하려는 겁니다. 우리 일본인은 그때 마침 그곳에 있는 거라고 저는 생각했습니다. 일본인으로 태어난 것을 하늘에 감사했지요. 저는 이 꿈에 몰두했습니다. 젊었어요, 몸도 마음도 젊었어요. 이 아이디어는 저 혼자 만든 게 아니지만, 이 일을 위해서라면 평생을 바쳐도 여한은 없다고 생각했어요. 히틀러가 저지른 일의 뒤치다꺼리를 하는 겁니다. 일본인이기 때문에 할 수 있는 일이지요. 이 시대에 태어난 일본인이라서 할 수 있는 일이니 하지 않으면 안 된다고 생각했어요. 또⋯⋯, 해야 했고."

오자키는 거기서 말을 멈추고, 한숨을 한 번 살짝 내쉬었다. 그러자 생각지도 않게 열변을 토한 자신이 갑자기 쑥스러워진 것 같았다. 실제로 열변을 토하는 오자키의 눈은 진지했다. 그 눈에 다시 여유가 돌아왔다.

"뭐, 그 시절은 그런 웅대한 스케일의 꿈을 그릴 수 있었던 좋은 시대였지요. 실제로 꿈이 있는 시대였습니다."

"결국은 이루지 못했습니까?"

"어느 세상에도 머리가 딱딱한 벽창호는 있어요. 그 시대는 특히 그랬습니다. 젊은 꿈도 품을 수 있었지만, 철저한 저능

아들 또한 많았지요. 그 무렵의 모반은 바로 죽음을 의미했으니까. 뭐, 옛날이야기입니다. 어, 가토 군이 돌아왔네."

방에 들어온 젊은 남자는 머리가 길고 쾌활한 인상이었다. 오자키 젠키치가 나를 바로 그 세키네 씨라고 간단하게 소개했다.

"재난을 만나셨네요."

가토는 말했다.

"젠키치 씨는 얼토당토않은 일을 생각해내서 여러 사람들에게 폐를 끼칩니다. 하지만 이제 괜찮습니다, 제가 돌아왔으니까. 이다음은 제가 하겠습니다. 어라, 상당히 많이 하셨네요."

나는 가토에게도 호감을 느꼈다. 그리고 조금 더 도와주고 나서 2시 반이 되어서야 일어섰다. 그 시간이면 3시 넘어서 회사에 돌아갈 수 있었다. 오자키 젠키치는 내게 윗옷을 입혀 주고 외국인처럼 내 손을 잡았다.

"감사합니다, 세키네 씨, 갑자기 묘한 부탁을 했지요. 덕분에 오늘 중에 받는 사람 이름 쓰기를 마칠 수 있을 것 같습니다."

"그거 잘됐네요. 도움이 되어서."

"저는 말입니다, 언젠가 일본의 하늘에 시덴카이를 날게 하고 싶어요. 요전에 레이센이 날았지만, 미국에는 시덴카이도 있습니다. 이스라엘 건국에 비하면 소소한 꿈이지만, 저는 반드시 해보이겠습니다. 그러지 않으면 전후는 끝나지 않는다고 생각하니까. 그때는 초대장을 보내드리겠습니다."

"그거 영광이네요, 꼭 보러가겠습니다. 그러나 상당히 재미있는 모임이네요, 여기. 근처에 올 일이 있으면 또 들러도 됩니까?"

"오, 언제나 환영입니다. 다음번에는 받는 사람 이름 쓰기 같은 것은 시키지 않겠습니다. 그런데 또 이사할지도 모르겠어요. 여기 좀 좁아서. 그래도 이사하면 다시 연락드리겠습니다."

오자키 젠키치는 말했다. 나는 젠키치의 어깨 너머 가토에게도 살짝 머리를 숙이고 에어컨도 전화도 없는 시덴카이 연구 보존회의 사무소를 나갔다.

# 5

"그렇게 된 겁니다."

나는 카운터 옆자리에 앉은 부장에게 이야기를 끝냈다. 부장은 무척 흥미가 동했는지 한마디도 끼어들지 않고 진지하게 듣고 있었다. 말없이 고개를 두세 번 끄덕이고 나서 이렇게 말했다.

"흠, 이상한 할아범인데. 언제 이야기야?"

"벌써 상당히 예전 일이라 잘은 생각나지 않습니다. 아마 1978년 여름, 8월 말이나 9월의 초순이었던 것 같네요. 아직 더웠던 기억이 있어서."

"그래그래, 그 무렵 시덴카이가 발견되어 인양되었지, 맞아. 그러면 그것도 벌써 칠 년 전 일인 건가. 참 이상한 이야기네. 그 할아범은 멀쩡한 건가, 이거 아냐?"

부장은 숱이 없는 머리 옆에서 검지를 빙글빙글 돌렸다.

"아니, 멀쩡했습니다."

"그래도 상당히 이상한 남자야. 봉투에 받는 사람 이름을 써야 하는데 어떻게든 그날 중으로 마치고 싶다면 일부러 지하철을 타고 다케바시에 찾아와 너한테 장황하게 시덴카이 이야기 따위를 할 필요는 없지. 그럴 시간에 부지런히 쓰면 되잖아. 그게 오히려 빠른 거 아닌가?"

"맞습니다, 그 할아버지는 시끄러운 사람이라서 혼자서 받는 사람 이름 쓰는 그런 우울한 일은 하고 싶지 않았던 게 아닐까요."

"그런가, 도쿄에는 별 이상한 사람이 다 있구먼. 그게 끝이야? 후일담은 없어?"

"없네요. 제 일상은 젠키치 할아버지에 비하면 평범함, 지루함, 이 단어로 끝입니다. 방금 한 이야기가 요 십 년간 제 생활에서 제일 이상한 체험입니다."

"사무소가 이사하면 연락한다고 했잖아? 연락은 없었나?"

"없었습니다. 다만 후일담이라고 할 정도는 아니지만 열흘쯤 지나서 나카노에 갈 일이 있어서 사무소에 잠시 들러봤거든요."

"흠흠, 그랬더니?"

"텅 비었더군요. 이사 가버렸습니다."

"호오, 그런데 이전한 장소를 연락해주는 것을 잊어버렸다⋯⋯."

"그렇겠지요, 어차피 고작 서너 시간 받는 사람 이름 쓰기를 도왔을 뿐이니까."

"그래서 본가는 그 후에 요시다 뭔가가 소송을 걸지는 않았나?"

"예, 그런 일은 없었습니다. 약속은 지킨 것 같기는 한데, 약간 이상한 이야기가 있습니다."

"뭔데?"

"어머니에게 전화로 몇 번이고 물어봐도 우리 집안에 하시모토 시로라는 친척은 없다는 겁니다. 무슨 착오일거라고."

"어이쿠!"

"그때는 약간 맥이 빠졌지요."

"그냥 일만 한 게 되는구먼."

"그렇죠, 하지만 대단한 손실도 아니고. 그 할아버지라면 그런 덜렁대는 착각도 할 만하다 해서 웃고 말았습니다."

"아하하하, 그럴 수도 있겠네. 완전히 아쿠타가와잖아. '지루하고 하등한 인생이다(아쿠타가와 류노스케의 〈귤〉에 나오는 말 – 옮긴이).' 그걸로 이삼일은 지루하지 않았겠지? 잘된 거야."

"그러네요, 잘됐습니다. 사실 제 일상은⋯⋯, 아, 맞다, 잊어버리고 있었네. 또 하나 재미있는 일이 있었습니다. 그 후 얼마 지나지 않아 이상한 엽서가 어디서 왔는지도 모르게 날아들어서요, 이 가방에 넣었는데 어쩌면 아직 들어 있지 않을까⋯⋯."

나는 카운터 발치에 놓아둔 가방을 들어 올려 바닥을 더듬었다. 무심코 큰 소리를 질렀다.

"있다! 칠 년 동안 애용한 가방에 들어 있었네요."

엽서는 구깃구깃했고 살짝 변색되었다.

"이겁니다. 이런 기묘한 엽서가 무슨 영문인지 모르지만 왔더군요."

내가 엽서를 부장에게 내밀자 부장 건너편에 앉아 있던 남자도 얼굴을 들이대고 들여다보았다.

부장은 말없이 눈으로 읽었다. 엽서의 내용은 다음과 같다.

일전 귀하의 기부를 삼가 수령하였음을 감사히 보고드립니다. 탑 보존 자금의 일부로 쓰도록 하겠습니다. 귀하는 로마 가톨릭 교회의 비호 하에 있는 것을 당회가 보증하겠습니다. 또한 이 서한은 영수증을 겸하고 있습니다. 우선 급한 대로 감사의 말씀 올립니다.

피사의 사탑 구제위원회

부장과 나는 무심코 얼굴을 마주 보고 웃음을 터뜨렸다. 그러나 제일 크게 웃은 것은 부장 건너편에 있던 처음 보는 젊은 남자였다. 그 남자는 다 웃었는지 스툴에서 미끄러져 내려가 안쪽으로 비틀거리며 걸어갔다.

"금액은 안 나와 있는데 대체 얼마나 기부한 거야?"

"1엔도 안 했습니다. 애당초 '피사의 사탑 구제위원회' 같은 이름도 처음 들었으니까요."

"뭐지 이건? 활자로 타이프 인쇄가 되어 있잖아. 받는 사람 이름도 확실히 네가 맞고. 무슨 실수인가? 걸작인데! 별별 일이 다 있군. 걸작이야. 확실히 이건 '이해할 수 없는 일' 맞아. 이해할 수 없는 체험 중의 걸작이야."

"맞죠?"

"나한테도 올까. 한때 행운의 편지라는 게 유행한 적은 있지만, 이번에는 이런 것이 유행하는 건가."

부장 옆에 있던 남자가 안쪽에서 동료에게 의미를 알 수 없는 연설을 시작했다. 거리가 있어서 잘 들리지 않았지만 내용은 대충 다음과 같다.

인생이 지루하다고 다들 말하고 싶어 하지만, 그것은 자신이 안목이 없어서 그래. 박쥐를 봐. 낮에는 동굴 안에서 자다가 아무것도 보이지 않는 밤에 하늘을 날 뿐이잖아. 이런 소리를 하는 인간이 박쥐가 되면 너무 지루해서 죽어버리겠지. 뭐 그런 내용이었다.

"저런 것도 그 할아범과 같은 수법인데."

부장은 그를 살짝 손가락으로 가리키며 내게 말하고는 빙긋 웃었다. 그리고 잠시 진지한 얼굴로 뭔가를 생각했다.

"그런데 아까의 시덴카이 할아범은 참 수수께끼야."

그때 연설을 하던 남자가 자리로 돌아오면서 부장이 한 말을 따져 물었다.

"수수께끼라니 설마 아까 그 빤한 이야기 때문에 고민하는 건 아니겠죠?"

스툴에 걸터앉으면서 그는 그렇게 말을 걸었다.

"빤한 이야기?"

부장과 나는 무심코 입을 모아 소리쳤다.

"당신은 아까의 이야기가 빤한 이야기라는 겁니까?"

부장이 물었다.

"그런데요?"

그는 태연한 얼굴로 말했다.

"그러면 당신은 칠 년 전에 내가 만난 시덴카이에 미친 할아버지라든지, 이 엽서가 온 이유도 다 알겠네요?"

내가 말했다.

"당연히 알죠."

미친 사람은 미친 사람을 알아보는 건가.

"오호! 오, 오호! 꼭 물어보고 싶군요."

부장은 몸을 앞으로 내밀었다.

"우리는 실컷 머리를 굴려도 이유를 모르겠습니다. 당신은 아시겠습니까?"

나는 칠 년간 계속 찾고 있었다.

"배 위에서 바다를 찾는 거나 마찬가지입니다!"

남자는 자신에 가득 차 말했다. 단순한 주정뱅이의 무책임한 말인가? 나는 남자의 진의를 헤아릴 수 없었다.

"하지만 심정적인 설명은 안 됩니다. 제대로 된 합리적인 이유가 아니면."

부장도 오기가 생긴 것 같다.

"지극히 간단하죠. 초보의 속임수입니다. 당신 속은 겁니다. 털린 거죠."

남자는 내게 말했다. 나는 무심코 웃음을 터뜨렸다. 역시 주정뱅이가 맞는다고 생각했다.

"하하하, 그야 저도 물론 그런 생각은 했습니다. 그런데 뭐가 털렸다는 겁니까? 속아서 털린 물건은 아무것도 없습니다. 지갑 안도 무사했고 면허증도 라이터도. 게다가 상관없지만 하숙방에서도 아무것도 없어진 물건은 없었습니다. 도둑맞은 게 없어요. 게다가 저도 이런 생각까지 했거든요. 회사의 내 책상을 몇 시간쯤 공석으로 해둘 필요가 있었던 게 아닌가. 하지만 생각이 지나쳤던 겁니다. 회사에 돌아가 동료에게 물어봐도 자리를 비웠을 때 제 책상에는 아무 일도 없었답니다. 누구 하나 제 책상으로 온 사람은 없었다고 했어요. 전화도 딱히 걸려온 것도 아니었고. 애당초 저는 당시 사내에서 그렇게 중요한 자리에 있지 않았습니다. 그 후 칠 년이나 평온무사하게 지내고 있어요. 무슨 계략이 있었다면 벌써 어떻게 되었을 겁니다. 제 주위에 이상한 일이 있어났을 겁니다."

"아무 것도 잃어버리지 않았다는 것부터 이상한 겁니다. 만일 당신이 오자키 젠베에게……."

"젠키치."

부장이 옆에서 정정했다.

"젠키치 할아버지를 만나지 않으면 어쩌면 지금쯤 이런 가게에 오지 않았을지도 모릅니다."

"그럼 어디에 가 있었다는 겁니까? 천국?"

나는 반쯤 놀리듯이 말했다.

"그야 잘 모르지만, 긴자라든지."

"긴자의 보행자 천국?"

부장이 옆에서 야유했다.

"아무것도 도둑맞지 않았다면 피사의 사탑 구제위원회의 영수증은 왜 왔을까요?"

"그러니까 물어보는 거잖습니까?"

"그러니까 당신은 낸 겁니다, 큰돈을요."

"그런 돈이 어디 있습니까? 자랑은 아니지만 저는 정말 가난합니다. 칠 년 전에는 더 가난했고요. 싸구려 월급쟁이였으니까. 어디 그런 돈이 있다는 겁니까?"

그러나 남자는 짜증이 난다는 듯이 혀를 찼다.

"좀! 좀! 당연히 **복권** 아닙니까!"

# 6

나는 그 말을 들은 순간 본능적으로 등골이 서늘해졌다. 취기는 일순 어딘가로 날아가고 충격으로 멍해졌다.

칠 년 전의 상황을 떠올리려고 필사적으로 기억을 되살렸다. 그래, 나는 그때 복권 마니아였다. 도산해가는 회사의 싸구려 월급쟁이로 그나마 꿈을 복권에 걸고 있었는데…….

"그러면 그때 내 복권이 당첨됐다고 하시는 겁니까?"

"그것 말고는 생각할 게 없잖습니까. 1천만 엔이니 있으면 술을 마시러 긴자로 가지 않아요?"

나는 목이 바싹 말랐다. 부장도 유리잔을 든 손을 멈추고 망연자실해 있었다.

"그날 신문을 펴고 복권 당첨번호를 보려고 하는데, 직전에 그 뚱뚱한 남자가 나타났다……."

기억을 더듬으면서 나는 중얼거렸다. 충격으로 내 말소리가 다른 사람의 목소리 같았다.

"그때 재빨리 번호를 봐둘걸 그랬네……."

"젠타로 씨는 복권의 소재를 찾으려고 당신에게 귀중품을 들고 다니는지 그런 것을 물었어요."

그렇군! 그런 거였구나!

"그래도 돌아가니까 방안 서랍에 복권이 분명히 있었는데……."

"하지만 당첨되지 않았죠?"

"예……."

"가토가 대신 놓아둔 겁니다, 그건."

"가토가……, 하지만 언제 방 열쇠를 훔쳤습니까. 당신 말대로라면 내 방 열쇠를 도둑맞은 게 되는데?"

"당연히 그렇습니다. 당신은 젠타로 할아버지의 계략에 고스란히 넘어가서 방 열쇠를 윗옷 주머니에 넣어두었다고 말해버렸죠. 윗옷은 에어컨이 없는 방에 들어가서 벗었잖습니까?"

그렇구나, 에어컨이 없는 것은 그런 의미가 있었구나!

"하지만 윗옷은 계속 보이는 곳에 걸려 있었습니다."

"화장실에 가지 않은 건 아니시죠? 그쯤이야 어떻게든 할수 있습니다. 윗옷에서 빼서 돈가스 덮밥을 주문하러 나갈 때밑에서 대기하던 가토에게 건넸다……. 아니 그럴 필요도 없지. 보내지도 않을 봉투에 받는 사람 이름을 열심히 쓰고 있을 때 몰래 눈앞의 열린 창을 통해 밑으로 던졌을지도 모릅니다. 그때 아마 당신의 면허증도 함께 떨어뜨렸을 겁니다. 그렇게 해서 가토는 밑에서 행동 개시에 들어갔던 겁니다. 주소는 면허증에 나와 있으니까 바로 가는 거죠. 방에 열쇠로 들어가 복권을 찾았습니다. 방에 없으면 다음에는 회사 책상으로 가야 하니까 최대한 서둘렀을 겁니다."

나는 그 말을 듣다가 울고 싶어졌다.

"복권을 찾아서 떨어진 복권으로 바꾸고 가토는 나카노로 돌아왔다. 그다음 당신은 경사스럽게 회사로 돌아가게 됐고, 젠베에가 윗옷을 입혀줄 때 재빨리 열쇠와 면허증을 원래대로 넣어놨을 겁니다."

나는 자신의 멍청함을 저주했다.

"재미있는 놈이네요, 젠사쿠(善作)는. 잘도 해냈습니다. 또 이름이 좋네요. 사기꾼이 젠사쿠라고 하니까. 제법 남을 우습게 알고. 유머를 아는 인물이네요. 다음에 만나면 꼭 저도 소개해주시죠. 이 영수증이 또 좋군요. '피사의 사탑 구제위원회'라, 제법 시적이기도 하고. 이 남자는 이렇게 여러분들에게 돈을 갈취한 후 영수증을 보내주는 게 예의라고 생각했을 겁니다. 신사의 소양을 갖춘 놈입니다."

나는 완전히 풀이 죽어서 말했다.

"하지만 제가 복권에 당첨된 걸 어떻게 압니까? 제가 산 복권이 당첨된 것을 알았다는 말이잖습니까. 그 할아버지가."

"아마 당신이 광고를 하고 다녔기 때문일 겁니다."

"제가요?"

"그 손톱 말입니다, 그거 지금 사서 갖고 있는 복권 번호죠? 복권은 조 번호를 넣으면 숫자는 여덟 자리니까 딱 양손의 엄지손가락을 뺀 숫자입니다."

"아아……."

나는 금방이라도 울음이 터질 것 같아 한숨을 쉬면서 숫자가 쓰인 손톱을 보았다. 옛날 대학생 때 이런 장난을 했는데 우연히 그 복권이 1만 엔에 당첨되었다. 그 후로 나는 올해까지도 이 버릇을 고칠 수가 없었다. 그때도 분명히 써놓았다.

"당첨 복권을 판 곳은 대개 알 수 있다고 하더군요. 그놈은 그 주변을 조사했는데 우연히 복권 번호를 손톱에 써놓고는 싸돌아다니던 기특한 사람이 있었고 그 번호가 정말 당첨됐다는 거죠. 그날 아침, 당신 옆에 다가와 손톱을 유심히 보고 있던 인물이 있지 않았나 싶은데……."

그러나 나는 더 이상 떠올리기가 귀찮아졌다. 화만 더 날 것이다.

"손톱에 쓴 번호와 서랍 속 복권 번호를 대조해보지는 않았습니까?"

남자는 말했지만 나는 그런 기억은 없었다. 왜 그럴 필요가 있다는 말인가. 계속 방에 있던 복권이 바꿔치기 당했을지도 모른다는 생각을 도대체 누가 하겠는가!

그 후 어디를 어떻게 해서 돌아갔는지 전혀 기억에 없었다. 정신을 차려보니 아파트에 돌아와 있었다. 술값은 나를 동정한 부장이 어떻게든 내준 모양이다.

이쩌면 이렇게 얼간이 같을까! 나는 좁은 방 안에 주저앉아 새삼스레 자신에게 욕을 퍼부었다. 가토가 내 방에 들어와 여기 저기 뒤지는 사이 나는 얼간이처럼 순순히 보내지도 않을 봉투에 받는 사람 이름을 부지런히 쓰고 있었다.

복권의 당첨번호는 보통 석간에 나온다. 그러나 그때 발표만은 달랐다. 점보 복권이라고 해서 추첨은 오후 늦게 커다란 회장에서 거행되었다. 그래서 텔레비전 뉴스에서는 즉각 당첨 번호가 나왔지만 신문에 실린 것은 다음 날 조간이었다.

나는 일을 하니까 텔레비전 뉴스는 볼 수 없었고, 어차피 신문사에 일하니까 신문도 받지 않았다. 사기꾼 녀석들은 충분히 작전을 짤 시간이 있었을 것이다.

잠이 올 것 같지도 않아서 나는 싸구려 아파트 방 가운데에 불을 끄고 큰 대자로 누웠다. 계속 그러고 있었더니 점점 창문이 희끄무레해졌다. 허탈해서 견딜 수 없었다. 역시 나는 한없이 운이 좋았다가 다시 운이 나쁜 남자인 것을 절실하게 느꼈다. 이해할 수 없는 그때 체험은 사실 이러한 반복 중 가장 큰 일이었다. 행운이 코앞까지 다가왔다가 홀쩍 옆구리 사이로 빠져나간 것이다.

만일 칠 년 전 1천만 엔에 당첨되었다면 어땠을까. 그 당시라면 어엿한 맨션 하나라도 샀을 금액이 아닌가. 그것은 무리였더라도 계약금 정도는 쉽게 낼 수 있었을 것이다. 어쩌면 그것을 자본으로 회사를 그만두고 장사라도 하지 않았을까. 아니면 결혼이라도 했다든지.

일어나서 싸구려 아파트의 창문을 열어 바깥을 보았다. 푸르스름한 냉기 속에서 대도시가 슬슬 눈을 뜨려 하고 있었다. 하늘을 보니 비행기 한 대가 작은 빨간 불빛을 홀로 밝히며 날고 있었다. 경비행기일까.

주머니에 손을 넣으니 사각형의 딱딱한 종이가 만져졌다. 뭘까 하고 꺼내보니 명함이었다. 언제 받았을까 생각해보니 바로 떠올랐다. 아까 카페에서 만난 남자다. 헤어질 때 감탄한 부장이 명함을 달라고 남자에게 말했다. 아무래도 내게도 준 것 같다. 멍해서 의식이 없었다.

가로등 불빛에 비춰 읽었다. 그러자 이름으로 보이는 곳에 의미를 알 수 없는 글자가 있었다.

"미타라이 기요시!"

나는 무심코 크게 웃었다. 뭐야 이건? 이게 이름인가. 아니면 그 남자 방식의 농담일지도 모른다. 피사의 사탑 같은 종류일까. 정말 이 거리에는 사람을 업신여기는 인종들이 이렇게나 많구나, 라고 생각했다. 화장실을 깨끗하게 하자는 의미의 표어일지도 모른다. 아니면 무슨 비유이거나.

웃음을 터뜨린 탓에 기분이 금세 편해졌다. 결혼, 맨션, 장사, 참 작은 것이다. 칠 년 전 복권이 내게 가져다주었을지도 모를 행운이란 놀랍게도 고작 그 정도에 지나지 않는 것이다. 오자키 젠키치가 내게 말한 만주의 이스라엘 건국 이야기에 비교하면 얼마나 쩨쩨한 것인가!

나는 그 이야기에는 감동했다. 다른 것은 일체 믿지 않는다고 해도 그 이야기만은 믿고 싶다고 생각했다. 그 사기꾼이 청춘에 꾸었던 그 꿈 말이다.

점점 상쾌한 기분이 돌아왔다. 그렇다면 뭐 1천만 엔쯤 이야기를 들려준 대가로 치자고 생각했다. 젠키치는 요즘 도쿄 사람은 스케일이 작아졌다고 말했었다. 그렇지 않다, 그렇게 갖고 싶으면 천 만 엔 정도의 푼돈은 줄 수 있다. 대신에.

"시덴카이를 꼭 날려봐."

나는 상공의 붉은 점을 바라보면서 중얼거렸다. 오자키 젠키치가 코안경을 걸친 머리 위로 흰 모자를 살짝 들어 올리며 내게 인사를 보내는 것이 보였다.

그리스
개

### 프롤로그

간다가와 강은 교외에서 야마노테를 빠져나와 거의 도쿄의 중심부를 꿰뚫는 듯이 흐르다가 스미다가와 강으로 흘러들면서 끝난다.

간다가와 강이 끝나는 지점 약간 윗부분에 아사쿠사바시 다리가 강 좌우로 펼쳐져 있다. 이곳은 에도 시대부터 놀잇배를 빌려주는 가게들로 번성했던 곳이다. 간다가와 강을 따라 배 대여점이 늘어서 있어서, 에도 시대에는 좀 논다 하는 사람들이 불빛에 이끌려 모여드는, 에도에서도 으뜸가는 환락가였다.

강이 오염되어 뱃놀이도 자취를 감추면서 옛날 모습 그대로의 환락가는 잠시 등불이 꺼진 듯 보였지만, 요즘 도쿄 사람들에게 삶의 여유가 생긴 탓인지 조금씩 부활하기 시작했다. 지붕을 인 놀잇배를 타고 튀김에 입맛을 다시면서 데운 술과 함께 스미다가와 강을 오르락내리락하는 멋쟁이 손님들도 최근에 점점 늘어났다.

그러나 그 시류를 타지 못한 배 대여점도 있었다. 아사쿠사바시 다리 부근에서 아키하바라에 조금 가까운, 간다가와 강 상류에 위치한 '요코제키'도 그중 하나였다. 그곳은 다리에 가려져 평소에 해도 잘 들지 않았다. 가게의 배는 한 척뿐이 지만, 그것도 좀처럼 스미다가와 강으로 나갈 기미가 없었다. 최근 놀잇배를 한 척 더 어딘가에서 가져왔지만 도저히 손님을 태울만한 물건은 아니었다. 반쯤 가라앉을 정도로 지독하게 볼품없는 다 부서져가는 배였다.

상부에 어색하게 얹힌 지붕의 문도 부서지고 기둥도 낡아서 거무스름한 기분 나쁜 색으로 갈라져 있었다. 요즘 근처에서는 이 배가 유령선이라는 소문이 떠돌게 되었다. 동네 악동녀석들이 이 배 안에서 기괴한 것을 본 탓이다.

아이들에게 폐선은 정말 좋은 탐험 장소이다. 깨끗한 배에 숨어드는 건 왠지 주눅이 드는 일이다. 그러나 이런 배라면 전혀 그런 생각 따위는 들지 않기 때문에 말썽꾸러기 세 명 정도가 발판을 건너 안개비가 내리는 어느 저녁 무렵에 배에 올라탔다.

배는 무척 기묘한 모양을 하고 있었다. 일반적인 배보다 약간 폭이 넓었다. 그리고 지붕 부분은 밑에 잘 고정되어 있지 않고 그저 얹혀 있을 뿐이어서 밀어보면 얼마든지 움직였다.

게다가 실내에는 다다미라도 깔려 있나 했더니 변변치 못한 널빤지가 그대로 노출되어 있고 어떻게 된 영문인지 그 위에 낡은 타이어가 흩어져 있었다.

아이들은 배 위 탐험을 한차례 끝내고 타이어에 앉아 놀고 있었다. 그런데 갑자기 우지직하고 어딘가가 부서지는 소리와 함께 뒤쪽에서 거대한 동물이 으르렁거리는 이상한 소리가 났다.

놀라서 아이들이 돌아보니 널빤지의 일부가 들려 올라갔고 그곳에서 기괴한 물체가 상체를 내밀고 있었다.

머리는 어깨까지 내려와 더럽게 헝클어져 있었다. 그러나 아이들을 놀라게 한 것은 그게 아니라 타는 듯 붉은 머리카락의 색이었다.

분노에 가득 차 아이들을 쳐다보는 눈은 이상하게 크고 깊게 패였고, 볼이나 코나 이마 부분의 피부는 마치 분을 바른 듯이 하얀색이었다. 코는 커다랗게 둥글었고 그 밑에는 역시 불그스름하게 퇴색한 기괴한 색깔의 수염이 뻣뻣하게 자라 있었다. 입 근처의 털이 빼꼼 갈라지듯이 열리고 시뻘건 내부에서 뭔가 큰 소리가 튀어나왔다.

그러나 그 목소리는 전혀 사람의 말이 아니었다. 아이들은 거대하고 기묘하게 생긴 주정뱅이가 잘 돌아가지 않는 혀로 고함을 지른다고 생각했다.

그러나 그렇게 생각할 수 있었던 것은 안전한 땅 위로 도망쳐 돌아와 상당히 멀리까지 달린 후였고, 괴물을 본 그 순간

에는 다들 큰 소리로 비명을 지르며 서로를 밀치면서 간신히
달아났던 것이다.

# I

"그리스 신화의 이 이야기 알아?"

미타라이는 그렇게 말하며 낡은 영어책 한 권을 내 무릎 앞으로 내밀었다. 한 페이지 모서리가 접혀 있었다. 페이지를 넘기며 잠시 문장을 눈으로 훑어본 후에야 영어책이라는 걸 알 수 있었다. 표지에는 그리스어가 적혀 있었다.

"내가 영어 못하는 거 알잖아."

"그러면 번역해줄까?"

미타라이가 내 손에서 책을 집어 들었다.

"트로이 전쟁의 '아가멤논과 헥토르의 장'에 나오는 이야기야. 트로이군의 맹 반격을 만난 그리스 군이 눈사태처럼 패주해 해변으로 몰려 절체절명의 위기에 직면했을 때의 일이야. '제우스신의 불길한 천둥소리가 울려 퍼지는 어두운 오후, 등이 은색인 검은 개가 바위 뒤에서 뛰어나와 트로이의 맹장 헥토르에게 덤벼들었다. 헥토르는 거울처럼 닦인 검과 방패를 휘둘러 힘껏 응전했지만, 무거운 갑옷과 투구 때문에 마음대로 움직일 수 없어 트로이군은 큰 혼란에 빠졌다. 그 틈을 타

그리스군은 해안을 따라 간신히 아군의 배로 도망칠 수 있었다', 이런 이야기."

미타라이는 책을 덮었고 나는 한숨을 쉬면서 말했다.

"그런 책은 어디서 났어?"

"아까 항구를 산책하는데 그리스에서 온 배에 탄 사람과 알게 됐거든. 그 배의 젊은 부인이 준 거야."

미타라이는 말하면서 로비 한쪽을 보고 있었다. 근처 대리석 기둥 뒤 잘 닦인 아이보리색 석조 복도에서 가만히 얌전하게 주인을 기다리는 듯한 커다란 셰퍼드가 있었다. 셰퍼드가 대개 그렇듯 배 근처의 털은 옅은 갈색이었고, 머리나 등의 털은 검었지만 검은 털에 유럽 노부인의 머리카락과 같은 은색털이 섞여 있었다.

"저 셰퍼드를 보는 거야?"

내가 말하자 미타라이는 넋을 잃은 듯이 가늘게 뜨던 눈을 이쪽으로 되돌리면서 한번 끄덕였다.

"응, 이 신화에 나오는 개는 저런 개였을까 하고."

1987년 6월, 우리는 모나코에 있었다. 미국에 사는 영국 부호 알렉슨 씨가 수정 피라미드 사건의 답례를 겸해 우리를 모나코의 호텔 드 파리에 초대해준 것이다.

모나코는 멋진 곳이었다. 레니에 공의 주 수입원이라는 카지노와 길을 사이에 두고 격조 있는 아이보리색 호텔 테라스가 늘어서 있었고, 그곳에서는 남프랑스의 아름다운 바다가 내려다보였다. 초여름 햇살 아래로 모래 해변은 희게 빛났고, 물결치는 앞바다는 두꺼운 유리의 단면처럼 아름답고 깊은 녹색이었다. 적어도 나는 이런 바다를 처음으로 보았다.

더할 나위 없는 모나코의 휴일이었지만 우리는 호텔 드 파리의 격식 있는 티룸이 어색해서 산책하는 김에 모나코의 포석 위를 어슬렁어슬렁 걸어 다녔다. 그러다가 근처 로즈 호텔의 티룸에서 차를 마시는 것을 일과로 삼았다. 이 호텔이 훨씬 신식이었고 뉴욕이나 도쿄풍 같아서 약간 편안한 분위기였다. 그런 이유로 우리는 그날도 로즈 호텔 티룸에 있었다.

이 티룸의 한쪽 벽면은 유리로 되어 있어서 지중해에 떠다니는 부자들의 흰 요트가 띄엄띄엄 보였다. 그리스나 이탈리아에서 부자들은 이렇게 모나코로 모여드는 것이다.

우리가 호텔 현관을 나와 포치 밑에 아무렇게나 세워둔 테스타로사나 롤스로이스 옆을 걷고 있을 때였다.

"미타라이 기요시 씨 아니십니까?"

갑자기 뒤에서 일본어가 들렸다.

돌아보니 코밑에 백발이 섞인 수염을 기르고 대모갑 테 안경을 쓴 제법 깐깐해 보이는 중년 일본인 신사가 서 있었다. 그리고 아까 본 셰퍼드가 발치에 있었다. 그러나 아무리 기억을 더듬어도 본 적이 없는 얼굴이었다.

"그렇습니다만, 누구신지?"

미타라이가 물었다.

"아오바 데루타카라고 합니다. 이런 곳에서 만날 줄은 꿈에도 생각 못 했습니다. 성함과 활약상은 때때로 잡지 등에서 봤지만요. 사진을 봐서 알아봤습니다."

"황송합니다."

미타라이가 대답했다.

"언제까지 여기 계십니까?"

"내일은 일본으로 갈까 합니다."

"그거 잘됐습니다. 실은 여동생이 꼭 상담하고 싶은 일이 있다고 해서, 근일 찾아뵐 겁니다. 아니, 이러는 중에도 이미 몇 번쯤 방문했을지도 모르겠군요."

"멋진 개네요, 이름은 뭐라고 합니까?"

미타라이는 제대로 듣지도 않고 개 앞에 쪼그리고 앉아 머리를 쓰다듬고 있었다.

"그리스입니다. 제가 그리스에 살고 있어서."

"해운업으로 성공하셨지요. 성함은 애독하는 재계 월보 등에서 봐서 잘 알고 있습니다."

"아, 그렇습니까! 영광입니다."

아오바는 풍채가 좋은 배를 흔들며 호쾌하게 웃었다.

"그러나 최근에는 활약하신 사건을 별로 읽지 못했습니다만, 쉬고 계십니까?"

"천만에요. 눈이 돌아갈 정도로 바쁩니다."

"어떻습니까? 저쪽에서 식사라도 하시죠. 그런 이야기를 들을 수 있으면, 팬으로서 그 이상 기쁠 수는 없을 텐데요."

"안타깝지만 선약이 있어서, 기회가 있으면 일본에서 뵙죠."

"그렇습니까, 저도 곧 일본에 돌아갑니다. 분명히 약속하신 겁니다."

아오바는 그렇게 말하고 그리스의 줄을 끌면서(실제로 그렇게 말하고 싶을 정도로 그리스의 몸은 컸다.), 호텔 앞 언덕을 올라갔다.

"저 사람이 일본의 오나시스라 불리는 아오바 데루타카야. 성공하려고 상당히 악랄한 짓도 한 것 같더군."

미타라이가 나를 보고 말했다.

# 2

그 사건은 그렇게 모나코에서 시작되었다. 떠올려보면 그 사건이 가진 이해할 수 없는 요소에 옛날 생각이 떠올라 그리움도 있었다. 하지만 일종의 공포도 느꼈다. 정말 기묘한 사건이었다.

아오바도 그렇게 물었지만, 그 후 우리는 미타라이는 뭐하고 있느냐며 미지의 독자로부터 빈번히 편지를 받게 되었다. 자는 건지 죽은 건지, 살아 있다면 근황을 알려달라고 하는 편지들이었다. 게다가 이런 편지 대부분이 어찌된 일인지 여성이었다. 출판사 쪽에도 이러한 편지가 보내진 듯해서, 편집자도 내게 재촉을 했다. 전화까지 몇 번 걸려왔다고 한다. 게다가 전화의 경우 100퍼센트 여성이라고 했다.

일이 이렇게까지 되자, 미타라이의 팬 중에 여성이 많다는 실로 놀라운 사실에 나는 깜짝 놀랐다. 왜냐하면 당사자인 미타라이는 여성에 대해 조금도 흥미를 보이지 않기 때문이다.

물론 실제로 여성을 보면 그도 신사답게 행동하며 '빈틈없는 여성들의 배려는 참 멋지다.' 같은 입에 발린 소리를 하기도 한다. 하지만 뒤로 돌아서 내가 곧 결혼하는 친구의 화제를 꺼내려고 하면 그는 바로 코웃음을 치며 빈정거렸다.

"용기 있는 사람이네. 나라면 밑에 깔린 매트리스를 향해 오십 미터 상공에서 다이빙하는 남자 쪽이 훨씬 더 이해가 잘 가지만 말이지."

또 농담인지 진심인지 알 수 없는 말을 하기도 했다.

"결혼한다면 개 쪽이 나아."

사실 그는 엄청나게 개를 좋아해서, 영리한 개가 있다며 1킬로미터도 아랑곳 않고 산책하러 가기도 했다. 독자 분들도 이 별난 남자의 그런 점이 더 궁금하실지 모르겠다. 그래서 이런 에피소드도 소개해둔다.

도쿄 역 지하를 걷고 있을 때였을까.

"어, 미타라이 아니야?"

그때도, 누군가 우리를 불러 세웠다. 내 친구는 이상한 인간이긴 해도 의외로 친구가 많았다. 그는 미타라이의 학창 시절 친구 같았다.

이때 미타라이는 열차에 타려고 서두르는 중이라서 우리는 서서 이야기하다가 서둘러 헤어졌지만, 내가 이 친구의 명함을 착실히 받아두었다가 나중에 연락을 했다. 그를 만나면 미타라이가 말하고 싶어 하지 않는 과거도 알 수 있을지 모른다고 생각했기 때문이다.

며칠 후 명함 주소로 찾아가보니 병원이었다. 즉, 미타라이의 친구는 의사였다. 그리고 거기서 미타라이가 과거 의대를 다녔고 이 년 만에 그만둔 것을 알았다. 아주 오래전 이야기이지만, 내가 미타라이를 알게 된 사건에서 그가 무척 자세하게 정신 의학 지식을 풀어놓았던 적이 있었다. 나는 언제나 그게 이상했는데 그 수수께끼가 풀렸다. 그는 의대생이었던 것이다.

게다가 미타라이의 성적은 과장할 것 없이 빼어났다고 한다. 그런데 3학년이 된 봄에 갑자기 대학을 그만두었다. 동물실험이 싫다는 이유였다. 시체 해부 등은 희희낙락하며 했던 모양인데, 개 생체 실험하는 날에는 교실에 가까이 가지 않았다고 한다. 그리고 의무실에서 극약이나 수면제 종류를 슬쩍한 후, 밤새도록 고통에 신음하는 개의 집에 가서 의학에 희생된 가여운 개들을 몰래 편히 보내줬다고 했다.

"우리가 재학했던 시절은 이상한 해여서 말입니다."

미타라이의 친구인 의사는 말했다.

"미타라이가 대학에 있던 동안에 두 사람이나 학교 옥상에서 투신자살을 했습니다."

"호오……."

"그래서 뭔가 생각하는 게 있었겠지요. 저는 미타라이가 틀림없이 명의가 될 거라고 생각했는데."

그는 차분한 말투로 말했다.

헤어질 때 나는 그 이후 그는 어떻게 되었는지 물었다.

"어라? 줄리어드에 간 거 아닙니까?"

그는 의외라는 듯이 내게 되물었다. 의대를 그만둔 후의 일은 내가 알고 있을 거라 생각한 것 같았다. 그러나 나는 그에 대해 아무것도 모른다. 아는 것은 점성술에 밝고 여성을 싫어하는 이상한 사람이라는 것 정도였다.

악수를 하고 헤어질 때 나는 문득 생각나서 이렇게 말했다.

"그런데 어느 대학 의학부였습니까?"

"교토 대학입니다."

조심스럽게 그는 대답했다. '점성술 살인사건' 때 미타라이가 교토를 잘 알고 있었고, 살았던 적도 있다고 말했던 이유도 드디어 알았다.

자, 다시 이야기로 돌아가자. 스토리의 전개와도 관련이 있어서, 미타라이 기요시라는 남자가 얼마나 여성보다 개에게 더 관심이 있는지를 독자, 특히 여성 독자 여러분은 마음에 담아두셨으면 좋겠다.

그리고 또 한 가지, 미타라이의 모험담을 자주 발표하지 못했던 사과도 겸해 쓰지만, 이것은 내가 특별히 게으른 탓도 미타라이가 사건과 관계없이 놀면서 사는 탓도 아니다. 내가 상당히 바빴고, 미타라이가 발표하기 싫어하는 탓이다. 내 친구는 자기를 드러내고자 하는 욕구는 강한 주제에, 묘하게도 세상에 널리 이름이 알려지는 것을 지독히 싫어하는 뒤틀린 성격을 가지고 있다.

다만 이 이유는 나도 최근에 겨우 알게 되었다. 너무 이름이 알려지면 때로는 일에 방해가 되는 것이다.

# 3

우리가 모나코에서 요코하마로 돌아오고 사흘쯤 지난 어느 가랑비 내리는 오후였다. 모나코는 장마는 없는 듯 연일 맑은 날이 계속되었지만, 일본의 6월은 비가 계속되어 우리는 정말 지긋지긋해하고 있었다. 그런 중에 아오바라는 중년 부인이 우리를 찾아왔다. 처음에 이 사건은 우리가 다룬 것 중에서 제일 시시한, 농담과 종이 한 장 차이 정도의 느낌이었다.

부인은 이미 쉰을 넘은 나이로 보였지만, 보기에 따라서는 약간 아니꼽게도 느껴지는 옅은 갈색 선글라스를 쓰고 있었다. 나는 밖은 비가 내리는데 묘하다고 생각했다.

레인코트를 천천히 벗어 입구 옆 옷걸이에 걸고 미타라이가 권하는 대로 우리 앞 소파에 앉았다. 그 동작도 묘하게 어색했지만, 나는 그녀의 나이 탓일 거라고 생각했다.

"비도 오는데 오시느라 힘드셨죠? 이시오카 군이 바로 따끈한 차를 끓여드릴 겁니다."

어쩔 수 없이 나는 일어섰다.

"아니, 택시로 왔어요. 저, 야마테 쪽에 친척이 있어요. 여기는 찾기 쉽더군요, 바샤미치 길가라서."

"그렇습니까. 몇 번쯤 찾아오신 거 아닙니까? 집을 비워놓아서 죄송합니다. 상담은 어떤 겁니까? 모나코 쪽에서 오라비님을 만났으니까, 곧 오실 때가 됐다고 생각은 하고 있었습니다."

미타라이는 그때 약간 급한 일을 떠안고 있어서 좀 마음이 조급했을 것이다.

"저는 아오바 도시코라고 합니다. 아사쿠사 쪽에서 남편 연금으로 생활하는 사람입니다. 남편과는 사별했고요. 자식은 없지만, 오라버니의 아들을 제가 키우고 있습니다. 오라버니도 저와 마찬가지로 홀몸이고, 아이가 일본어를 했으면 좋겠다고 해서요. 오라버니의 아들은 야스오라고 하는데 올해 초등학교에 올라갔습니다."

"그렇군요."

나는 테이블에 차를 놓고 미타라이 옆자리로 되돌아갔다. 부인은 내가 찻잔을 놓는 소리에 순간 놀란 듯했지만, 바로 가벼운 인사를 하고 말을 계속했다.

"그런 우리의 일상은 정말 지루해서, 제 유일한 즐거움이라고 하면 오후의 차 시간에 근처에서 다코야키를 사와서 먹는 것 정도입니다."

"예에……."

미타라이는 점잔 빼는 듯한 얼굴로 끄덕여 보였지만, 내심 안 좋은 예감을 품기 시작한 것 같았다.

"그런데 지지난주 어느 날, 평소대로 다코야키 가게에 가보니, 미타라이 씨, 웬일인지 다코야키 가게가 없어진 거예요."

침묵. 머지않아 엄숙하게 미타라이가 입을 열었다.

"이사를 간 게 아닙니까?"

"미타라이 씨, 그렇지 않습니다. 다코야키 가게의 주인과는 매일 이야기를 하는데, 장사를 계속한다고 분명히 말했어요. 게다가, 미타라이 씨, 이사한 게 아니라, **가게가 통째로** 없어졌습니다. 도둑맞았어요."

"하하, 그런데 도둑맞은 것은 확실합니까?"

"확실하고말고요. 가게의 주인이 그렇게 말했거든요. 가게를 열려고 왔더니 없어져서 깜짝 놀랐다고."

"그런데 훔칠 수 있는 겁니까? 가게잖습니까?"

"가게라고 해도 아주 작아요. 작은 판잣집 같은 거예요, 널빤지로 만든. 옛날에는 자동판매기가 잔뜩 들어가 있었습니다. 그것을 그 아저씨가 빌려서 다코야키 가게를 시작했어요."

"그러면 제가 어떻게 하면 좋을까요?"

미타라이는 질렸다는 듯이 의자의 등받이에 기댔다. 내심 상당히 실망한 것을 알 수 있었다.

"별것 아닌 사건일지 모르겠지만 제게는 중대한 일입니다. 저한테도, 다코야키 가게 주인에게도요. 게다가 미타라이 씨는 이상한 사건이나 별난 사건일수록 흥미를 갖고 계시다고 들있습니다. 그래서 어떻게 해주실 수 없을까 해서 이렇게 찾아뵀습니다."

"하지만 말입니다, 아오바 씨, 제 일은 아닌 것 같습니다. 다코야키 가게를 도둑맞았으니까 찾아달라고 부탁하는 건 경찰에 말할 일이죠."

"아, 그렇죠. 하지만 경찰 쪽에는 다코야키 가게 주인이 이미 신고했을 거예요."

"그러면 결과를 기다려주십시오. 그래도 결말이 나지 않으면 다시 한 번 와주십시오. 이야기는 그때부터입니다."

미타라이는 잘라 말했다.

"예에, 그렇습니까, 그렇겠네요, 정말 실례했습니다."

부인은 사과하고 일어섰다. 그때 그녀의 몸이 테이블 어딘가에 닿아 내가 끓인 차를 뒤엎었다.

"어머! 죄송합니다, 멍하게 그만."

"눈이 불편하시면 왜 맹도견을 데리고 다니지 않으십니까?"

나는 미타라이가 그렇게 말한 후에야 부인이 눈이 잘 보이지 않는 것을 알았다.

"맹도견은 있었지만 죽었습니다. 게다가 오늘은 지팡이도 깜빡했고."

"맹도견이 왜 죽었습니까?"

미타라이가 물었다.

"살해당했습니다."

"살해당했다?"

"예, 독을 먹고."

"누가 그랬습니까?"

"다코야키 가게를 훔쳐간 범인입니다, 분명히. 구로가 짖어서 다코야키 가게를 훔치는 데 방해가 됐을 겁니다. 그래서 처음에 독을 먹이고, 그리고……, 아니, 정말 실례했습니다."

"잠깐 기다려주십시오."

미타라이의 안색이 변했다. 그리고 약간 진지한 목소리로 말했다.

"그 일 받아들이겠습니다."

미타라이가 의욕이 생긴 것은 이때부터였다. 부인은 다시 의자에 앉았고, 나는 차를 다시 끓여야 했다.

"조금 더 자세히 말해주십시오, 그 개의 이름은 구로라고 합니까?"

"그렇습니다. 등이 검은 셰퍼드로, 오라버니가 그리스에서 데리고 돌아왔습니다. 맹도견 훈련을 받은 정말 멋진 개였습니다. 구로의 동생은 지금 오라버니가 기르고 있고요. 구로가 죽어서 불편할 테니까 다른 개를 기르라고 사람들이 말하지만, 저는 구로 같은 개는 만날 수 없을 것 같다고, 구로 때문에 도저히 당분간 다른 개를 기를 마음이 들지 않습니다."

"그렇게 영리한 개였습니까?"

"정말 멋지고 똑똑한 개였습니다. 제 말도 전부 이해했지요."

"그렇다는 것은 다코야키 가게를 훔쳐간 범인은 그런 멋진 개를 독살해서까지 가게인 판잣집을 훔칠 필요가 있었다는 말이군요?"

"그렇겠지요. 저는 이해할 수 없습니다."

"그것 말고 다른 단서는 없습니까? 다코야키 가게를 찾을 만한."

그러자 부인은 가방을 열고 종잇조각 하나를 꺼냈다.

"가게가 도둑맞은 후에 이런 종잇조각이 떨어져 있었다고 해요. 다코야키 가게 주인이 발견한 건데요. 저는 희미하게밖에 보이지 않지만, 뭔가 이상한 기호가 잔뜩 쓰여 있네요. 혹시 뭔지 아시겠어요?"

미타라이는 종이를 받아들고는 들여다보았다. 나도 옆에서 얼굴을 들이밀었다.

"암호구나."

나는 말했다.

"그런 것 같군. 깜빡하고 떨어뜨리고 갔나."

"그럴 겁니다."

"고의적이지는 않은 것 같아."

"의미를 아시겠습니까?"

"지금은 모르겠습니다. 다만 위의 로마자, 이것은 '포타모스'일 겁니다. 그리스어로 '강'이라는 의미입니다. 생각 이상으로 재미있는 사건 같습니다. 바로 조사에 착수하겠습니다. 여기 주소와 전화번호를 적어주십시오."

부인은 다이토 구 고마가타 3초메라고 주소를 말했고 나는 그걸 수첩에 적었다.

# 4

다음 날은 날씨가 좋았다. 나와 미타라이는 오후에 아사쿠사로 가서 다코야키 가게가 있었던 곳과 그 옆의 아오바 가를 조사해보았다. 과연 다코야키 가게 판잣집이 있었다고 생각되는 곳은 사각형의 공터로 변해 있었다. 상가 빌딩으로 보이는 낡은 건물 모퉁이가 L자형으로 움푹 팬 곳으로, 다코야키 가게를 열었던 사각형의 커다란 나무 상자가 딱 들어맞을 것 같았다.

미타라이는 이 작은 사각형의 공터를 맹렬히 오갔다.

"대충 2미터 사방의 공터구나, 높이도 최저 2미터는 됐겠네."

그 후에 탐문해보니 이웃사람이 높이는 4미터 가까이 되었다고 말했다.

"어느 쪽이든 엄청나게 큰 나무 상자네. 해체해서 가져갔다고 해도 상당히 큰일이었을 텐데. 심야에 트럭으로 왔을 거야. 이 주변에는 인가가 밀집되어 있는데 상가라고 할 정도는 아니니까. 밤중에 살짝 하면 들키지 않을지도 모르겠군. 딱

한 가지 방해가 있었는데 그게 아오바 가의 개였어."

아오바 가의 담은 블록이 아니라 생 울타리였다. 가지 사이로 살짝 보이는 정원에는 구로의 집이었던 것 같은 커다란 개집이 있고, 안은 텅 비어 있었다.

"어떻게 할 거야? 아오바 씨 집, 들러볼까?"

내가 물었다.

"아니, 나중에 가면 돼."

미타라이는 대답했다.

다코야키 가게 주인집의 주소지를 근처 책방에서 물어보니, 강 건너의 혼조 1초메라고 했다. 항상 자전거로 다녔던 것 같다.

주소를 찾아가보니 시멘트로 된 낡은 아파트였다. 가게 주인은 머리카락이 거의 없고 키는 작지만 풍채는 좋은 남자로, 우리 질문에 시원시원하게 대답해주었다.

"그날 출근해보니 가게가 없어져서 깜짝 놀랐습니다."

"이런 일은 처음이지요?"

"물론입니다."

"언제부터 고마가타의 그곳에서 장사를 하셨습니까?

"오 년쯤 전부터입니다. 전에는 우에노의 백화점에서 했는데 다니기가 멀고 백화점 쪽에서 상당히 많이 떼어가거든요."

"가게를 도둑맞은 이유는 짐작이 가십니까?"

"전혀."

우리가 아오바 가 근처의 골목길까지 돌아왔을 때였다. 청량음료 배달원 같은 요란한 유니폼을 입은 남자 둘이 커다란 트렁크를 메고, 종종걸음으로 우리를 앞질러갔다.

"어라, 다케고시 씨가 아닙니까?"

미타라이가 괴상한 목소리를 냈다. 요란한 유니폼을 입은 남자가 재빨리 이쪽을 돌아보았다. 그 험상궂은 표정은 틀림없이 다케고시 형사였다.

"앗, 이거 미타라이 선생님."

그는 표정을 찌푸린 채로 그렇게 말했다. 다케고시는 직업 때문인지 좀처럼 붙임성 있는 표정을 짓지 못하는 남자였다. 그런 표정으로 배달원 일을 한다면 그날 바로 잘릴 것이다.

"아니, 무척 닮은 분이 있나 했더니. 상당히 잘 어울리시네요. 이직하셨습니까?"

"선생님, 그런 농담을 할 때가 아닙니다."

다케고시 형사는 청량음료의 이름이 커다랗게 쓰인 등을 굽히고 얼굴을 미타라이에게 가까이 대고 목소리를 낮췄다.

"요 앞 아오바라는 집 아이가 유괴당했습니다."

"이거 놀랍네요. 지금 우리도 거기로 가는 참인데."

"마침 잘됐습니다, 먼저 갈 테니 나중에 와주십시오."

그렇게 말하고 다케고시 형사는 동료를 턱짓으로 재촉해

다시 종종걸음을 걸었다.

미타라이는 여전히 어슬렁어슬렁 걸으면서 내 귀에 입을 가까이 대고 말했다.

"다코야키 가게가 도둑맞아서 찾아달라고 했을 때는 충격으로 울 뻔했어. 얼른 이런 일에서 손을 씻고 별점 일이라도 열심히 해볼까 생각했지. 하지만 덕분에 겨우 사건 같아졌군."

불경스럽게도 미타라이는 기뻐하는 것 같았다.

"그런데 저 두 사람 변장한 것 좀 봐. 오히려 눈에 더 띄는데."

"하지만 경찰차로 사이렌을 울리며 가는 것보단 낫겠지."

"뭐 그렇긴 해, 하지만 두 배달원이 집에 들어가서 뿌리를 내린 것처럼 안에서 나오지 않아도 괜찮을까."

"우리가 저 옷을 입고 나가면 돼."

"그거 좋은 생각이네, 이시오카."

미타라이는 만족스러운 듯이 끄덕였다. 그리고 이렇게 덧붙였다.

"하지만 두 사람에게는 절대 말하지 마."

# 5

아오바 가의 현관을 들어서니 걱정스러운 듯한 얼굴의 부인과 찌푸린 표정의 형사 둘이 우리를 기다리고 있었다. 다케고시 형사의 파트너는 가져온 카세트덱을 계속해서 전화기에 연결시키려고 애를 쓰고 있었다.

"미타라이입니다."

"아, 미타라이 씨, 다행이네요."

부인은 기쁜 듯이 말했다. 이런 사소한 것이 미타라이를 가장 분발케 한다는 것을 오래 사귄 나는 잘 알고 있었다.

"미타라이 선생님, 이쪽은 동료인 깃카와라고 합니다."

그러자 깃카와는 작업하던 손을 멈추고 바로 우리에게 빈정거리는 웃음을 보였다. 재미있게도 우리가 경찰 관계자라는 인종을 만날 때마다 100퍼센트 이런 시선을 견디는 것부터 교제가 시작된다.

"어떻게 된 일입니까? 경위를 설명해주시면 좋겠는데요."

미타라이가 말했다.

"경위라고 하셔도 방금 시작된 일이라, 이쪽 아드님인 야스오 군이……."

"오라버님의 아들입니다."

"아, 그렇습니까, 정말 선생님이 더 잘 아시는군요. 야스오 군이 하굣길에 유괴된 듯해서 말입니다. 아까 이쪽으로 전화를 했다고 해서 우리가 일단 이렇게 변장을 하고 곧장 달려온 거죠."

"전화 목소리는 남자였습니까?"

"예."

부인은 떨리는 목소리로 대답했다.

"외국어 억양은 없었습니까?"

"잘 모르겠습니다만."

"터무니없는 금액을 요구했지요?"

"예. 1억이라고……."

"그런 돈이 이런 일반 가정에 있을 리는 없잖습니까. 약간 과대망상에 머리가 이상한 녀석일까요?"

다케고시가 말했다.

"아니면 이 집 부지를 서둘러 팔아서 내라는 걸까."

그러자 깃카와 형사가 영리해 보이는 말을 했다.

"그게 아니라 이 금액은 이쪽 오라버님한테 요구한 겁니다."

미타라이가 깃카와의 말을 자르듯이 말했다. 미타라이는 경위를 완전히 파악한 모양이었다.

"이쪽 오라버님, 즉 유괴된 소년의 아버지는 아오바 데루타카 씨라고 그리스에서 성공한 일본인입니다. 적어도 그리스의 부호 오십 인 중에는 들어갈 겁니다. 즉, 이런 사실을 아는 사람입니다. 그래서 이번 유괴 범죄는 적어도 2인조 이상, 그중 하나는 그리스인일 겁니다."

"하지만 선생님, 고작 그것만 가지고 범인이 그리스인이라고······."

"범인 중에 그리스인이 있다는 말입니다."

"예, 뭐 그렇습니다만, 그것만 가지고."

"그것뿐만이 아닙니다, 이거요."

미타라이는 어제 부인으로부터 맡은 암호 같은 문자가 적힌 종이를 보여주었다.

"미타라이, 그러면 이 옆 다코야키 가게가 도둑맞은 건과 이번 유괴 사건이······."

"정치와 부패처럼 따로 생각할 수 없는 것 같아."

"자, 잠깐 기다려주십시오, 무슨 일입니까?"

다케고시가 아우성쳤다.

"부인, 설명해주시죠."

미타라이가 이렇게 말해서 아오바 도키코가 더듬더듬 이야기했고, 부족한 부분을 내가 보충하면서 둘이서 이럭저럭 설명했다.

"그렇군요, 그래서 이게 그리스문자, 그리고 이쪽 밑에 있는 것은? 역시 그리스문자입니까?"

다케고시가 내게 물었다

"아니, 암호입니다."

"암호?"

일이 끝난 듯 깃카와도 다가와서 옆에서 들여다보았다. 다시 한 번 들으라는 듯이 코웃음을 치더니 이렇게 중얼거렸다.

"암호라, 탐정 놀이가 시작됐군."

"암호입니까. 그러면 누구에게 보낸 암호입니까?"

다케고시가 말했다.

"그래, 그 말대로야!"

갑자기 미타라이가 이 자리에 어울리지 않게 괴상한 큰 소리로 대답해서 우리는 모두 놀랐다.

"암호라는 생각은 근본적으로 이상해. 왜냐하면 이 종이는 일부러 떨어뜨리고 간 게 아니야. 깜빡 잊어버렸다고 생각해야 하는 거겠지? 그렇다면 이것은 같은 편에게 쓴 메모 정도일 거야. 일부러 암호화할 정도는 아니야."

"하지만 이런 식으로 깜빡 떨어뜨리기도 하니까. 그럴 때……."

"그래, 그럴 때 누가 읽어도 금방 내용을 알면 곤란하지. 그래서 어느 정도 내용을 감추지 않으면 안 돼. 하지만, 암호는 역시 곤란해. 메모니까. 귀찮은 난수표로 일일이 대조하지 않고는 읽을 수 없다면 메모의 역할을 할 수 없겠지. 양배추를 사러 슈퍼에 간다고 쓴 메모를 암호화하는 인간이 있을까? 아니 하지 않아. 그러나 양배추를 사러 간 것을 감출 필요가 있다고 하자. 이럴 때, 가장 고마운 것은 전치법(강조하기 위해 단어 등의 배열을 바꾸는 수사법-옮긴이)이지만, 그것도 번잡스러워. 메모하기에 적당하지 않아. 이 방법을 택한다면 옮겨놓은 문자나 암호가 다시 그 자체로 일반적 시인성(視認性)을 가질 필요가 있어. 그거라면 앞에 말한 조건을 완전히 충족시키니까."

이때 전화가 울렸다. 부인은 겁에 질려 울음을 터뜨릴 듯한 표정으로, 잘 보이지 않는 눈으로 매달리듯이 나와 미타라이 그리고 다케고시 형사를 둘러보았다.

깃카와가 재빨리 헤드폰을 귀에 대고 카세트를 돌렸다. 그리고 부인에게 이렇게 말했다.

"천천히 말해주십시오. 우리가 있는 것을 눈치채지 못하도록. 그리고 당신, 이 아무것도 모르는 선생님에게 전화가 걸려오는 동안 입 다물고 있으라고 말해줘."

미타라이가 고개를 숙이고 이마에 대고 있던 손을 내리더니, 이렇게 말했다.

"아무것도 모르는 선생님이 가르쳐주겠는데, 돈을 강으로 가져오라고 할 거야. 배를 수배하는 편이 좋을걸."

부인이 떨리는 손으로 수화기를 들었다.

"네, 네, 그렇습니다……, 네."

부인은 말다운 말은 거의 하지 않았다. 마지막에 알겠습니다, 라고 말하고 수화기를 놓았다.

깃카와도 아무 말 하지 않고 말없이 테이프를 감았다. 헤드폰의 잭을 뽑아 볼륨으로 보이는 손잡이를 잡은 채 이걸 일반인들에게 들려줘도 될까, 라는 눈빛으로 동료를 보았다. 괜찮다는 듯이 다케고시가 턱을 내밀었고, 깃카와는 마지못해 플레이 버튼을 누르고 볼륨 손잡이를 돌렸다.

"아오바 씨?"

"네."

"아오바 씨 댁이죠?"

"네, 그렇습니다."

"지금부터 내가 하는 이야기를 잘 들어. 한 번밖에 말하지 않을 테니까."

"네."

"야스오 군은 무사해. 반드시 이 아이를 무사히 돌려보낼 거야. 당신이 약속을 지켜준다면. 절대로 위해는 가하지 않아. 식사도 좋은 것을 줄 거고. 그리스에 있는 오빠에게 연락해서 오늘 밤까지 1억 엔을 준비해. 그 돈을 손잡이가 달린 트렁크나 보스턴백에 넣고 아사쿠사바시 다리의 배 대여점 '후지오'라는 가게에서 배를 한 척 빌리는 거야. 그리고 오전 0시 정각에 출항시켜. 이 가게라면 심야에도 배를 빌려주니까. 아사쿠사바시를 출항해서 스미다가와 강으로 나가. 그리고 오른쪽으로 진로를 잡아 바다 쪽으로 향한다. 그 후의 지시는 이쪽에서 배에 할 거야. 알겠나?"

"네."

"어떻게 지시할 거라 생각하나? 당신 제대로 듣고 있어?"

"네."

"정원의 개집을 봐. 그 안에 작은 종이봉투가 들어 있을 거야. 그 안에 핸디토키가 있을 테니까, 0시에 출항하면 그 스위치를 켜. 지시는 그걸로 보낸다. 알겠지?"

"알겠습니다."

찰칵, 하고 전화가 끊어지는 소리. 깃카와가 테이프를 정지했다. 그리고 몹시 불쾌한 표정을 지으며 미타라이 쪽을 외면했다.

"핸디토키라고 했나, 그렇군."

미타라이는 중얼거렸다. 팔짱을 끼고 방안을 걸어 다녔다. 그 모습이 깃카와의 비위를 무척 거스르고 있는 것을 훤히 알 수 있었다.

"강이다, 강이라고. 강에는 뭐가 있지? 물이다. 물과 배. 그중 그림 기호화 할 수 있는 것이다, 있을까……? 그건 아니야. 그 외에, 그 외에 뭐가 있나……? 앗! 아, 그렇구나!"

미타라이는 고함을 질렀다. 우리는 달리 할 것도 없어서 가만히 그 모습을 보고 있었다.

"이 사람 대체 무슨 말을 하는 거야?"

깃카와가 결국 히스테리를 일으켰다.

"우리는 눈에 띄지 않도록 조용히 이렇게 둘이서 왔어. 일부러 넷이나 눈에 띄게 할 필요는 없는 거 아닙니까? 다케고시 선배. 게다가 그중 한 사람은 이렇게 심하게 눈에 띄는 양반이니, 시끄러워서 참을 수가 없어요. 아드님이 무사하게 돌아오지 않아도 책임 못 집니다, 부인."

부인은 잘 보이지 않는 눈을 여기저기로 돌리며 당황했다.

"아오바 씨, 오라버님에게는?"

미타라이가 물었다.

"이미 연락했습니다. 돈을 마련해서 바로 온다고 했어요. 오늘 밤에는 전용기나 친구의 제트기를 갈아타고 하네다에 돌아올 겁니다."

"대단하네요, 우리라면 빨라야 다음 날 돌아올 텐데. 그래서 도쿄에서는 어디에 묵으십니까?"

"아사쿠사뷰 호텔 스위트룸에 묵는다고 했습니다. 저는 몸값도 드니까 스위트룸 같은 건 잡지 말라고 했지만요."

"뭘요, 스위트룸에 묵으시면 좋죠."

미타라이는 속편한 말투로 말했다.

"아니, 왜 그렇습니까?"

"따히 이유는 없지만, 굳이 말한다면 몸값을 내지 않아도 될 테니까요."

"네?"

"왜냐하면 그래서 저한테 의뢰하신 거죠? 자, 방해되는 것 같으니까 저는 실례하겠습니다."

"선생님, 하지만……."

다케고시가 말했다.

"맞아, 미타라이, 고집 부릴 건 없잖아?"

"어이 어이, 이시오카, 내가 고집 부릴 이유는 없지 않나? 고집을 부리는 건 대등한 상대에게 하는 일이지. 조사하고 싶은 내용이나 장소가 있어서 나가는 거야. 이쪽 프로 분들과는 다르게."

"하지만 미타라이 씨, 그러시면 더더욱……."

부인이 매달리듯이 미타라이에게 손을 뻗었다. 손을 뻗은 곳은 미타라이가 선 위치에서 조금 비켜나 있었다.

"미타라이 씨, 들어주세요. 제가 이렇게 눈이 보이지 않으니까, 오라버니가 부탁한 소중한 아이가 유괴당했습니다. 제가 얼마나 책임을 느끼고 얼마나 불안한 심정인지 분명 모르실 겁니다."

선글라스 뒤에서 부인의 뺨으로 눈물이 흘러내렸다.

미타라이는 옆으로 손을 뻗어 그 손을 쥐었다. 그리고 조용한 어조로 이렇게 말했다.

"제가 모른다고 생각하십니까? 받아들인 일은 반드시 해결합니다. 조카님과 돈을 되찾아드리겠습니다."

"괜찮습니다, 돈은 됐습니다. 야스오만 돌아온다면."

"아오바 씨."

미타라이는 엄격한 어조로 말했다.

"그렇다면 다른 사람에게 부탁하십시오."

일동은 순간 침묵했다.

"괜찮아요, 반드시 해결하겠습니다. 해결하는 김에 원수도 갚아드립니다. 하지만 그렇게 걱정되시면 여기에 이시오카를 남기고 가겠습니다. 나와 연락을 담당할 겁니다. 저도 이제부터 아사쿠사뷰 호텔의 제일 싼 방을 잡기로 하겠습니다. 이시오카, 무슨 일이 있으면 그쪽으로 부탁해. 나갈 때는 메시지나 지시를 프런트에 남길게. 그러면 여러분 안녕히. 이시오카, 이쪽 프로 분의 뛰어난 솜씨를 잘 보고 공부해둬."

미타라이는 그렇게 말하고 현관 쪽으로 향했다.

"어이 미타라이, 원수를 갚는다니 누구 원수?"

내가 미타라이에게 물었다.

"구로의 원수!"

미타라이는 그렇게 한마디 말을 남기고 현관을 나갔다.

# 6

미타라이의 빈정거림대로, 우리 아오바 가에 남은 프로페셔널 두 명은 오늘 밤 0시의 활극에 대비해 수상경찰을 수배한 다음, 1억 엔을 들고 올 아오바 데루타카 씨의 귀국과 오전 0시가 되기를 가만히 기다리고 있었다. 그게 전부였다.

기다리는 동안, 형사 두 사람이 작전을 짜고 있었다. 적은 아무래도 배로 올 작정인 것 같다, 현금을 주고받을 장소를 스미다가와 강 내지 그 하류, 도쿄 만으로 지정했다는 것은 수상 운재를 잘 아는 사람, 해운업자 등이 수상하다, 등등 제법 괜찮은 예상을 하고 있었다.

"어느 쪽이든 말이지."

깃카와가 말했다.

"물 위에서의 승부를 건다면 오히려 우리도 유리하다고 할 수 있지. 만일 일이 스미다가와 강 범위 내에서 일어난다면, 즉 돈을 건네고 그 후에 범인을 잡을 때 말입니다. 이런 **소동**이 강의 범위 내에서 일어난다면 녀석은 독안에 든 쥐가 됩니다. 오늘 밤 우리가 출발하는 아사쿠사바시 다리, 여기는 즉

간다가와 강과 스미다가와 강의 합류 지점인데, 아사쿠사바시 수상경찰이 있으니까 간다가와 강은 문제없이 봉쇄할 수 있습니다. 그곳에서 배를 몇 척쯤 스미다가와 강 상류로 보내도록 의뢰해두었으니까, 스미다가와 강 상류도 봉쇄할 수 있습니다. 남은 것은 하류인데, 이것도 시바우라 수상경찰에 연락을 해뒀으니까, 얼마든지 경비 보트를 계속 투입해서 하류도 막을 수 있습니다. 범인들은 독안에 든 쥐입니다."

깃카와는 자신만만하게 단언했다.

"흠, 남은 것은 일이 도쿄 만 한가운데라든지, 외해에서 일어나는 경우인데……."

다케고시가 말했다.

"그거야말로 수상 경비 보트가 나설 차례죠. 우리 쪽에는 발이 빠른 배가 얼마든지 있습니다. 시바우라의 수상경찰과 몰래 연락을 해서 더 필요하다면 헬리콥터도 띄울 수 있고요. 기동력에서 크게 차이가 납니다."

"그렇지, 그렇게 잘되기만 하면 좋지만……, 그런데 놈들은 아이를 어떻게 돌려주려고 하는 걸까?"

"아마 배를 바싹 갖다 대고 돈을 내놔, 그러면 아이를 돌려준다, 라는 거 아닐까요."

"그래, 뭐 대충 그런 거겠지. 적이 육지에 있을 가능성은 없을까……."

"육지에 있으면서 아이를 이쪽에 건네고 돈을 잽싸게 가로챌 방법은 없습니다. 아사쿠사바시 다리 근처에서 스미다가와 강 하류는 상당히 높은 제방이 있으니까요. 배를 세워두었다고 해도, 로프라도 써서 내려오는 것밖에 방법이 없습니다. 그렇게 태평한 짓을 하면 그야말로 더 좋죠. 바로 무선으로 연락해서 육상의 경찰을 그곳으로 급파합니다. 그렇게 해주는 편이 우리는 훨씬 쉽죠. 하지만 아마 그렇게는 하지 않을 겁니다."

"흠, 그러면 수상경찰만 있어도 괜찮을까."

"아니, 물론 육상의 각 경찰서에도 사전에 통지를 넣었습니다. 스미다가와 강가의 각 파출소에 경찰차를 대기시켜두면 되겠지요. 만일 제방 위에서 돈을 가져가려 한다면, 이것으로 충분히 대처할 수 있습니다."

"그렇군……."

다케고시는 끄덕이고, 팔짱을 꼈다.

"그런데 이 종이 말이야. 특별히 의미는 없는 걸까?"

"만일을 대비해서 경관에게 종이를 가지러 오라고 해놨습니다. 그리고 그리스어 전문가에게 보이도록 하겠습니다."

"이것은 역시 그리스어일까요, 이 알파벳. 상당히 특이한 알파벳인데."

다케고시가 나에게 미타라이가 놓고 간 종이를 보여주면서 물었다. 미타라이는 어제 복사를 했으니까 그에게는 복사본이 있을 것이다.

"어떨까요, 저는 모르겠습니다. 그리스문자처럼 보이지만, 그리스어를 전혀 몰라서."

"전문가에게 보이면 되겠지요."

깃카와가 옆에서 대수롭지 않게 말했다.

"그것이 최선책입니다."

그러나 나는 아무래도 그렇게 생각되지 않았다.

그 후 곧 제복 경관이 암호 종이를 가지고 돌아갔고, 몇 시간 지난 후 전화 연락이 온 결과는 예상대로였다.

'그리스어 전문가에게 해독을 의뢰했지만 의미 불명'이라고 했다.

"그런 종이, 별로 상관은 없을 겁니다."

깃카와가 말하기 시작했다.

"도둑맞은 이웃의 다코야키 가게 터에 떨어져 있지 않았습니까? 그런 종이가 이 사건과 어떻게 관계가 있다고 할 수 있습니까?"

그런 말을 듣고 보니, 나도 그 의견이 맞는 것 같았다.

계속해서 이 자리의 화제는 구로의 개집에서 가져온 핸디토키로 옮겨갔다.

"이 핸디토키는 배터리가 하나밖에 없는 싸구려로 기껏해야 수백 미터 범위밖에 전파가 닿지 않습니다."

깃카와가 전문가다운 지식을 피로했다.

"수상에서도?"

다케고시 형사가 물었다.

"가로막는 게 하나도 없는 해상이라면 무척 멀리까지 닿을 겁니다. 4, 5킬로미터쯤은 닿을지도 모르겠네요."

"강이라도?"

"강에서는 그렇게는 안 될 겁니다. 고작 1킬로미터 정도가 한계 아닐까요? 어쨌든 이 핸디토키를 적이 준 것도 우리한테 엄청나게 유리한 겁니다. 적의 행동 범위가 한정되니까. 아까 이야기한 범위 내에 상대가 반드시 있다는 겁니다. 뭐, 우리가 스미다가와 강에서 배를 타고서 상대와 계속 대화를 나눈다면 상대도 틀림없이 스미다가와 강에 있다는 말이니까요. 그렇게 생각하면 틀림없죠."

창밖이 저물어갔다. 하지 무렵으로 짧은 밤의 시작이다. 그때, 타다닥 하고 물방울이 창유리를 때리는 소리가 났다. 비가 다시 내리기 시작한 것 같았다.

나는 미타라이가 마음에 걸려 아사쿠사뷰 호텔에 전화를 해보았다. 미타라이는 외출해서 본인과 통화는 못했지만 프런트에 내 앞으로 편지가 남겨져 있었다.

"읽어드리겠습니다, 괜찮습니까?"

호텔 직원이 말했다.

"부탁합니다."라고 하자 호텔직원은 다음과 같은 의미 불명의 문장을 읽었다.

"고토토이바시 다리 옆에 있는 '마리나'라는 수상 레스토랑의 유리 코너에서 반드시 차를 마셔둘 것. 그리고 끌과 쇠망치, 쇠지레를 들고 배에 타라, 미타라이. 이상입니다. 아시겠습니까?"

"예에……?"

종잡을 수 없어서 나는 그렇게 대답할 수밖에 없었다.

수화기를 놓고 내가 방금 들은 것을 두 형사에게 보고하니, 다케고시는 고개를 갸우뚱했고 깃카와는 또다시 코웃음을 쳤다. 그러나 나도 이번에는 무리도 아니라고 생각했다.

"끌과 쇠지레, 쇠망치? 뭡니까, 우리한테 목수 일이라도 시킬 작정입니까? 대체 그 사람은 뭡니까?"

깃카와는 말했다.

"선배가 아는 사람 같은데, 무슨 선생입니까? 뭐 이렇게 말하면 좀 그렇지만, 확실히 말해서 머리가 이상하다고 생각합니다, 저는."

"뭐, 다들 그렇게 말하지, 처음에는."

다케고시 형사가 난감한 듯이 말했다.

"하지만 터무니없어 보여도 의외로 철저하게 이치에 닿고 있는 경우가 많아, 여태까지의 예를 봐도. 어때, 응원을 더 부르고 우리는 제대로 된 옷으로 갈아입고 마리나에 가서 차를 마셔볼까? 어차피 어딘가에서 쉰다면 마리나라도 상관없잖나?"

"저는 사양하겠습니다. 이곳이 걱정되니까요. 범인한테서 다시 전화가 올지도 모르고."

깃카와는 그렇게 말했지만 범인으로부터 전화는 두 번 다시 오지 않았다. 범인의 목소리는 핸디토키를 통해서 다시 들을 수 있었다.


나와 사복으로 갈아입은 다케고시 형사는 근처에서 택시를 타고 고토토이바시 다리까지 가보았다. 그랬더니 마리나라는 가게는 바로 찾을 수 있었다. 아사쿠사 쪽에서 고토토이바시 다리를 건너자마자 오른쪽에 있었다.

고토토이바시 다리 옆 아사쿠사 쪽에서 택시를 내려 안개비 속에서 다리 하류 쪽 포장도로를 걸어가니, 마리나는 다리 위에서 바로 눈에 들어왔다. 수면에 돌출돼 있는 찻집은 이 주변을 통틀어 이 가게 한 곳뿐이었기 때문이다. 아니, 이 주변만이 아니다. 내가 아는 한 스미다가와 강뿐 아니라 다마가와 강이나 아라카와 강에도 수상에 만들어진 찻집은 여기밖에 없었다.

찾아낸 후에는 깜짝 놀랐다. 상당히 느낌이 좋은 가게였기 때문이다. 가게 대부분은 제방 위에 있었지만, 천장 부분까지 굽은 통유리로 덮인 테라스가 수중에 세워진 말뚝 위에 위치해 수면 위까지 돌출돼 있었다. 커다란 유리 너머로 보이는, 테라스에 늘어선 하얀 의자와 테이블은 손님에게 기분 좋은 시간을 약속하는 듯 보였다. 이렇게 독특한 가게인데, 유리를 끼운 테라스에 손님의 모습은 보이지 않았다. 다리 위를 다케고시와 나란히 걸으면서 빨리 저 자리에 앉고 싶어서 안달이 날 것 같았다.

다리 난간 너머로 가게를 내려다보니, 아무래도 이 가게는 보트 선착장도 겸한 것 같았다. 가게 바로 발밑 물 위에 직사각형의 목제 플랫폼이 떠 있었다. 폭 2미터, 길이 3, 4미터쯤 될까. 플랫폼 사방에는 낡은 타이어가 몇 개나 매달려 있었다. 배가 접안할 때의 완충용이다. 지금은 플랫폼에 묶인 배는 없었다. 이 작은 선착장 바로 근처, 수중에 세워진 말뚝들 중 하나에 작은 하늘색 모터보트 한 척이 묶인 채 천천히 아래위로 흔들리고 있을 뿐이었다.

다리를 다 건너고는 다시 우회해서 가게 앞까지 나온 후, 가게 안 계단을 내려가니 유리를 끼운 곳이 나왔다. 테이블에 앉으니 예상대로 기분 좋은 경치였다.

비가 통유리 바깥을 천천히 타고 내려갔다. 강의 수면이 소름 돋을 정도로 자세히 보였고, 안개비가 부드럽게 쏟아지고 있었다. 아니, 쏟아지는 것 같았다. 유리에서 얼굴을 떼고 의자에 몸을 젖히니 강 위는 하얗게, 마치 가스 때문에 부예져 있는 것 같았다.

그 건너편, 낡아서 거무스름한 아사쿠라 거리가 서서히 그림자로 바뀌고 있었다. 비구름 저편으로 해가 저물고 있었다. 내가 주문한 홍차가 테이블에 도착할 무렵에 테라스의 천장에 빛이 들어왔다. 그러자 갑자기 창밖 어둠이 짙어진 것 같았다. 천장에 걸린 소형 스피커에서 조용히 샹송이 흘러, 나는 오랜만에 이 여유 있는 시간 속에서 내가 속한 비극을 깜빡할 지경이었다.

그러나 내 앞에 앉아 있는 말없는 엄격한 남자가 가차 없이 나를 현실로 되돌렸다.

"미타라이 씨는 왜 우리를 이 가게에 가보라고 한 걸까요?"

그렇게 내게 물었지만, 나로서도 "글쎄요……."라고 대답할 수밖에는 없었다.

# 7

그 후 우리는 아오바 가로 돌아가서, 범인이 또 다른 요구를 할지도 모른다고 생각해 계속 대기했지만 아무런 연락은 없었다. 바깥에서는 비가 점점 거세져서 우리의 불안을 부추겼다. 뭘 하는 건지 미타라이로부터도 아무 연락이 없었다.

깃카와는 수상경찰 수배가 끝나서, 쓸 수 있는 수단은 다 썼다, 물도 새지 않는 포위진이다, 라며 의기양양해했다. 눈에 띄면 곤란하니까 아오바 가에는 이 이상의 지원은 부르지 않았다.

그 이상 뭘 할 수도 없어서, 우리는 아오바 가의 낡은 응접실에서 바깥의 정원수에 비바람이 치는 소리를 들으면서 가만히 앉아 있었다. 머지않아 벽시계가 오후 11시를 가리켜, 슬슬 나가야 할 것 같은 생각이 들던 때였다. 밖에 차가 멈추는 소리가 났다. 형사 두 사람과 한 여성의 눈이 재촉해서 내가 일어나 현관에 나가보니 아오바 데루타카가 창백한 얼굴로 서 있었다.

"아, 이시오카 씨, 다행입니다. 아무래도 늦지 않은 것 같네요."

그렇게 말하고 그는 커다란 와인색 가죽 가방을 현관 마루 위에 놓았다.

"서둘러 돈을 마련했습니다."

그는 급하게 구두를 벗었다. 깃카와가 응접실에서 얼굴을 내밀었다.

"현금을 만들어 오셨습니까? 그럴 필요는 없었는데. 저희 쪽에서 가짜를……."

"무슨 소립니까!"

일본의 오나시스는 이때 격한 목소리를 냈다. 먼 이방의 땅에서 여기까지 올라온 그의 수완이 이 모습에서도 엿보였다.

"당신들은 범인 잡는 것을 게임처럼 즐길지도 모릅니다. 하지만 내게는 둘도 없는 육친의 생명이 걸려 있어요. 하나밖에 없는 목숨입니다. 나는 여동생도 나무랐습니다. 경찰한테 알리는 게 아니었다고. 알겠습니까, 앞으로 아들이 무사히 돌아오기까지 잠시 손을 떼주셔야겠습니다."

이 말에 깃카와가 발끈한 것 같았다.

"아오바 씨, 그런 말씀은 현명하시지 못한 것 같습니다. 가만히 돈을 건네도 아드님이 무사히 돌아온다는 보증은 무엇하나 없습니다."

"당신들이 우리와 함께 돈을 가지고 가지 않으면 야스오가 무사히 돌아온다는 가망은 있습니까?"

"적어도 확률이 올라갑니다."

"반대지. 떨어집니다!"

"아오바 씨, 기분은 알겠지만, 범인은 경찰에 알리지 말라고는 한마디도 하지 않았습니다."

"그게 어쨌다는 거야. 그러면 알리라고 했습니까?"

"그러면 어떻게 하실 겁니까? 혼자서 하실 겁니까?"

"그렇습니다. 만일 최악의 사태가 벌어진 경우, 후회는 하고 싶지 않으니까. 게다가 나도 나름대로 손을 써두었고."

미타라이를 말하는 것은 명백했다. 그러나 깃카와는 미타라이 따위 생각도 하지 않았기 때문에 바로 물어봤다.

"대체 어떻게 손을 써놨다고 하시는 겁니까?"

"대답은 할 수 없는데."

"그러면 우리도 손을 뗄 수 없습니다. 어쨌든 아오바 씨, 마음에 안 드실지도 모르지만 이미 일은 시작됐습니다. 이제 와서 그만둘 수는 없습니다. 후회한다면 우리에게 전화한 것을 실컷 후회하시든가요. 이런 말다툼을 하고 있을 때가 아닙니다. 시간이 없어요."

깃카와는 손목시계를 쳐다보는 시늉을 했다. 나도 시계를 보았다. 벌써 11시 하고도 십 분이 지났다. 아오바도 입을 다물었다. 우리는 준비를 해서 현관을 나갔다.

"미타라이 씨로부터는 뭔가 연락이 있었습니까?"

아오바가 내게 창백한 얼굴을 가까이 대고 말했다.

"뭐, 아시다시피 영문을 알 수 없는 소리를 이것저것 했습니다."

"그게 뭡니까?"

"고토토이바시 다리 옆에 있는 마리나라는 찻집에 가서 차를 마셔라, 끌이나 쇠망치, 쇠지레를 들고 배에 타라……."

"그래서 그 말대로 하셨겠지요?"

"마리나에는 갔지만, 끌이나 쇠지레는 좀……."

"준비하지 않았습니까?"

"예, 말할 수 있는 분위기도 아니고……."

"무슨 소리를 하시는 겁니까! 전부 그분이 말한 대로 하지 않으면 안 됩니다! 어이, 형사님!"

아오바는 앞장서서 현관을 나가려는 형사 두 사람의 등에 큰 소리를 질렀다.

"급히 끌과 쇠망치와 쇠지레를 준비해주시지 않겠습니까. 아사쿠사바시 파출소에 연락해서 선착장에 가져다주시면 될 겁니다. 시간이 없어요, 바로 부탁드립니다!"

다케고시는 생각에 잠긴 듯 봉당에 멈춰 섰고, 깃카와는 바로 옆을 보고 비웃은 후 말했다.

"왜 그러십니까. 끌에 쇠지레라니. 뭐 때문입니까? 무슨 주문입니까."

"주문이라고 생각하셔도 됩니다. 바로 부탁드립니다."

아오바는 단호하게 말했다. 이 실업가의 내 친구를 향한 두터운 신뢰에 나는 감동했다.

깃카와는 한숨을 쉬었다.

"그런 걸 하고 있을 시간은 없는데요."

"그러니까 서둘러 주시면 좋겠습니다."

"내가 하지."

다케고시가 응접실의 전화로 되돌아갔다.

우리가 탄 작은 배는 끌과 쇠지레에 1억 엔의 돈도 싣고, 비를 뚫고 조용조용 아사쿠사바시 다리의 선착장을 출항했다. 승객은 나와 아오바 데루타카 씨, 그의 여동생인 아오바 도키코, 거기에 프로용 고급 핸디토키를 무릎에 껴안고 있는 깃카와, 거기에 다케고시까지 합이 다섯 그리고 선장인 니시바타였다. 범인이 보낸 핸디토키는 아오바 씨가 들고 있었고 출항과 동시에 전원을 켰다.

배는 지붕 달린 놀잇배인 줄 알았는데, 의외로 서양식 배였다. 지붕 위에 돛대가 하나 서 있다. 작지만 1층에 살롱풍의 파티장이 있고 세련된 의자나 소파, 호화로운 음향 설비까지 갖추고 있었다. 주위는 유리를 끼워, 빛을 가득 밝히면, 아마

사방에서 안이 훤히 보이게 될 것이다. 그래서 우리는 불은 켜지 않았다. 그러나 배가 간다가와 강을 내려가 스미다가와 강과 합류하는 수상 파출소 바로 앞에 다다랐을 때, 갑자기 아오바 데루타카의 무릎에 놓인 핸디토키에서 범인의 목소리가 들려왔다.

"스미다가와 강 하류를 향해 우회전해. 그리고 살롱의 불을 전부 켜."

아오바 데루타카는 희끗희끗한 수염 밑의 입술을 한일자로 굳게 다물고 창밖을 천천히 통과하는 아사쿠사바시의 수상 파출소를 바라보며 범인의 목소리를 듣고 있었다. 거기에는 발이 재빠를 것 같은 소형 경비 보트 두 척이 불을 끄고 아무렇지 않은 척 물결에 흔들리고 있었다. 안에 탑승한 수상경찰이 깃카와의 연락을 기다리며 가만히 숨을 죽이고 있을 것이다.

나는 순간 주저했지만 아오바에게 눈짓을 하고는 불을 켜기 위해 일어섰다. 그 모습을 보고 옆에 있던 형사 두 명이 살금살금 서둘러 배 밑으로 이동했다.

배 밑은 방이 하나 더 있는 게 아니라, 계단을 내려간 장소에 화장실이 있을 뿐이라서 그들은 화장실 문 앞바닥에 신문지를 깔고 앉았다. 그러나 이 위치는 바깥에서는 충분히 사각이었을 것이다.

형광등이 깜빡거리고 눈부시게 불이 켜졌다. 그러자 검게 보이는 주위 유리 전체에 빗줄기가 느릿한 폭포처럼 타고 내려가는 것이 보였다.

"뭐야, 불을 켜고 파티라도 하라는 거야?"

아오바가 핸디토키에 대고 말했다. 작은 체구이지만 이 남자는 상당히 담력이 있었다.

"그렇게 방자한 소리를 하는 게 아니야, 아오바 씨, 우리는 당신 회사 사원이 아니니까."

"그럴까? 내 회사에서 잘린 일본인이 요 삼 년간 몇 명이나 있는데."

"시시한 소리 하지 마! 그렇게 뭐든 잘 안다는 소리를 하는 점이 당신의 나쁜 버릇이지. 세상이 전부 당신 생각대로 되는 건 아니거든."

선장 니시바타가 앞쪽 조종실에서 이쪽을 돌아보고 어느 쪽으로 갈지 묻고 있었다. 조종실 문은 열려 있었다.

"오른쪽으로!"

아오바가 손짓도 섞어서 지시했다.

"당신 옆에 있는 남자는 누구야? 설마 형사는 아니겠지."

나를 가리키는 말이다.

"이 남자가 형사로 보이나? 내 비서다."

"흥, 뭐 됐어. 우리는 흔한 유괴범과는 급이 달라. 경찰에 알리면 아이의 목숨은 없다는 둥, 그런 얼빠진 소리는 하지 않아. 형사가 타고 있든 말든 전혀 상관없지. 하지만 아들의 목숨이 아까우면 내 심기를 거스르지는 말아야겠지."

"애는 무사해?"

"그래 무사해. 우리 배에 잘 타고 있어. 목소리를 듣고 싶나?"

"그래, 부탁하네."

"사장 버릇이 그대로 남아 있군, 당신. 부탁합니다, 라고 해봐."

"아, 알았어. 부탁합니다."

아오바의 옆얼굴에 뭐라고 할 수 없는 분한 표정이 떠올랐다. 분노로 얼굴이 벌게졌다.

찰칵하고 기계음이 핸디토키에서 들렸다. 그러나 핸디토키는 잠시 침묵했다. 찰칵하고 다시 기계음.

"뭘 가만히 있어? 아오바 씨. 귀여운 아들이지? 불러봐."

찰칵하고 기계음.

"야스오, 어이, 야스오 맞니?"

아오바가 필사적으로 소리쳤다.

"아빠? 아빠야?"

희미하게 아이의 목소리가 났다. 의외로 건강한 것 같다.

"야스오?"

눈이 불편한 부인도 소리쳤다.

"아, 그래, 맞아, 괜찮아?"

"응, 괜찮아."

작은 목소리가 가까워졌다.

"배는 고프지 않아?

부인이 물었다.

"응, 약간 고파."

"이제 괜찮아, 좀 있다가 좋아하는 거라면 얼마든지 배부르게 먹게 해줄게."

"응, 하지만 그다지 먹고 싶지 않아, 지금은."

긴장한 모양이다.

"어디야, 지금."

"흔들리고 있고, 물소리가 나니까, 배 안이라고 생각해."

사실 핸디토키에서 끊임없이 희미한 물결 소리가 들렸다.

"거기 지금 혼자야?"

"응."

"유괴범들은 없어?"

"없어, 이 방에는."

"어떤 배야?"

"잘 몰라, 아이스크림을 먹었더니 졸렸고, 눈을 떴더니 여기에 있었어. 깜깜해."

수면제인가, 나는 생각했다. 흘끗 화장실 바닥에 몸을 숨긴 형사들을 보니 그들도 살기가 등등한 눈으로 귀를 기울이고 있다.

"야스오, 무서워?"

"응, 어두우니까." ·

"조금만 더 참아, 바로 구해줄 테니까. 그 배 움직이는 것 같아?"

"잘 모르겠지만 그럴 거야. 물결 소리가 바로 밖에서 철썩 철썩 나거든."

찰칵하고 기계음.

"자, 그 정도면 됐겠지. 아들이 건강한 것은 충분히 알았겠지? 우리는 약속을 지킨다. 당신과 달리."

"내가 언제 약속을 어겼나?"

"글쎄, 자신의 가슴에 대고 물어봐. 어쨌든 당신은 죗값을 치르는 거야. 당신이 할 수 있는 방법으로. 그것은 돈이다. 당신에게 다른 방법은 없지. 당신도 우리처럼 제대로 약속을 지키는 거야."

"요코제키인가? 요코제키, 너군!"

"어허, 쓸데없는 소리는 하지 마라. 당신은 말이 너무 많아. 잠깐 벌을 줘야겠군."

그렇게 말하더니 갑자기 통신이 뚝 끊겼다.

"어이, 어이, 이봐, 대답을 해, 이대로 나가도 되는 거야?"

그러나 대답은 없었다. 포기하고 아오바는 내던지듯 핸디
토키를 무릎 위에 놓았다.

"적반하장이라는 거군."

아오바가 툭 내뱉었다. 잠시 침묵이 흘렀다. 엔진 소리만
들렸다. 우리 배는 불을 완전히 밝혀서, 아마 물가에서 보면
물에 뜬 거대한 조명 기구처럼 보였을 것이다.

"나한테 요코제키라는 무척 우수한 사원이 있었어. 나는 녀
석을 내 오른팔이라고도 생각했지만, 재기가 너무 넘쳐서 불
안하게 만드는 점도 많았지. 그래, 솔직히 말하면 나는 녀석
이 무서웠던 거야. 묘하게 정체를 알 수 없는 게 있었고, 멋대
로 내버려두면 회사를 망하게 할 것 같은 느낌이 있었어. 녀
석은 녀석대로 열심히 일한 건 인정하지만……. 녀석은 내
가 거짓말을 했다고 했지. 하지만 그게 아니야. 경영이라는
건 그리 단순하지 않아. 특히 유럽이나 중동 같은 정세 변화
가 격심한 곳을 상대로 하면 더 그렇지. 미묘한 변화를 제일
빨리 읽어내 유연하게 대응하지 않으면 안 돼. 그렇지 않으면
우리 같은 회사는 바로 망해버리니까."

자신을 타이르는 듯이 그는 말했다.

"하지만 분명 나는 너무 떠들었겠지. 저 악당들이 말한 대
로 나는 아무래도 좀 오만한 면이 있는 것 같군. 아, 이제 말하

지 않을 겁니다. 이시오카 씨."

그는 그렇게 말하고 팔짱을 끼고 입을 꾹 다물었다. 나도 입을 다물고 비에 가득 찬 바깥의 수면을 바라보고 있었다. 내 뒤 움푹 팬 곳에서 핸디토키로 지시를 보내는 깃카와의 목소리가 속삭이는 듯이 들렸다.

"그래, 아이를 데리고 배에 탔어. 범인이 보낸 장난감 핸디토키로는 전파가 닿는 범위는 기껏해야 반경 1킬로미터라고 봐도 지장은 없겠지. 물론 스미다가와 강 외의 강은 논외이고. 지금 우리 배를 중심으로 위아래 1킬로미터 범위에 있는 배는 전부 몰래 파악해줘. 조사할 수 있는 무인선은 당연히 조사하고. 아이가 혼자 타고 있을 가능성이 있으니까."

나는 그 말을 들으면서 범인이 왜 경찰이 개입하는 것을 막지 않았을까 생각하고 있었다. 그만큼 자신이 있다는 것일까. 그러나 그것은 어떻게 생각해도 묘하지 않은가.

범인과 아이가 있는 곳은 배라고 알고 있다. 게다가 핸디토키의 전파가 닿는 범위는 지극히 좁다. 이래서는 독안에 든 쥐다. 이런 상태로 경찰의 강력한 기동력을 상대로 한다는 것은 너무나 무모하지 않나. 어쨌든 경찰은 적으로 돌리지 않는 것이 일단 상책일 것이다.

아니면 아이만 배에 태운 건가. 그러나 그것이야말로 위험하다. 범인이 육지에 있으면 자기 몸은 안전하겠지만, 이런 시간에 스미다가 강에 정박한 선박은 한정되어 있다. 아이만 배에 태워 **정박시켜두면** 바로 수상경찰이 찾아낼 것이다. 아이를 되찾은 다음 1억 엔이나 돈을 줄 사람은 없다. 따라서 범인에게 이런 방법은 의미가 없을 것이다. 게다가 스미다가 강은 양쪽 강가가 높은 제방으로 길게 둘러싸여 있었다. 육지에서는 몰랐지만 이렇게 배에서 보면 마치 절벽 같았다. 그런 높은 곳에서 재빨리 돈을 받아들 방법 따위가 있을 리는 없다.

나와 같은 생각을 했는지 뒤에서 깃카와의 의기양양한 목소리가 들렸다.

"이제 괜찮습니다, 아오바 씨, 범인의 속셈은 뻔합니다. 아이를 혼자 배에 놓아두었을 가능성이 큽니다. 아이를 먼저 찾겠습니다."

그러나 아오바는 전혀 그 목소리가 들리지 않는 듯이 팔짱을 낀 채 말이 없었다.

"아오바 씨는 미타라이는 만나셨습니까?"

내가 속삭였다.

"예, 하네다에서 만났습니다."

아오바도 속삭이는 목소리로 대답했다. 그 모습은 목소리를 죽이고 있다기보다는 낙심하고 있기 때문인 것 같았다.

"미타라이가 하네다에서 기다리고 있었습니까?"

"그렇습니다."

대체 미타라이는 무엇을 생각하는 것일까.

"미타라이가 뭐라고 했습니까?"

"단 한마디, 괜찮다고 했습니다."

나는 불안한 표정으로 끄덕였다. 잠시 침묵이 흘렀다.

"오라버님, 야스오는 괜찮을까요, 그 무선 들어오지 않나요, 이제?"

아오바는 찰칵찰칵 스위치를 만졌다.

"안 돼. 그쪽 스위치가 꺼져 있어."

"오라버님이 너무 도전적으로 말씀하시니까."

"이건 성격이야, 어쩔 수 없어."

"야스오는 괜찮을까……."

"미타라이 씨가 괜찮다고 했어. 괜찮아."

부호는 강하게 잘라 말했다. 내 친구를 이런 식으로 강력하게 신뢰하는 사람은 뜻밖에도 세상에 많다. 나는 미타라이에 대한 이러한 신뢰를 접하면 언제나 놀라곤 한다.

그러나 그로부터 상당히 오랫동안 범인의 연락은 없었다. 범인이 통신을 끊을 때 말했던 것처럼, 이것은 벌인 것일까. 그렇다면 당분간 통신은 오지 않을 것이다.

배는 어느새 료고쿠바시 다리를 지나 고속도로 밑을 빠져나가, 신오하시를 통과했다. 앞쪽에 기요스바시 다리의 조명

이 줄지어 있는 게 보였다. 벌써 곧 쓰쿠다지마 섬이 보일 것이다. 열어놓은 문 너머로 선장이 뒤돌아보고 있었다. 이대로 직진해도 되는가 묻고 있다. 아오바는 말없이 진행 방향을 가리켰다.

나는 떠 있는 배는 없을까 해서 좌우를 돌아보았다. 거의 보이지 않았다. 또 우리 배 말고 움직이는 배는 없었다.

비는 여전히 계속 내리고 있었다. 아오바는 무척 초조한 것 같았다. 앉았다 섰다를 되풀이했고 눈에 띄게 심기가 안 좋아졌다.

"대체 뭘 하는 거야, 범인 놈들은!"

그렇게 우리에게 고함쳤다. 사장실에서의 그의 모습이 눈에 훤했다.

"반성하라는 거라면 이제 충분하잖아! 이 이상 뭘 바라는 거야!"

"오라버니, 진정하세요."

여동생이 타일렀다.

그러나 핸디토키는 조금도 반응할 기미가 없었다. 나까지 약간 조바심이 나기 시작했다. 배는 기요스바시 다리를 지나 스미다가와오하시 다리를 지나 에이타이바시 다리를 빠져나갔다. 선장은 불안한 듯 몇 번이나 이쪽을 돌아보았다. 곧 강이 쓰쿠다지마 섬을 만나 좌우 두 갈래로 나뉘지기 때문이다.

"오른쪽으로 가자."

아오바가 힘없는 목소리를 냈다.

머지않아 쓰쿠다오하시 다리를 빠져나가 가치도키바시 다리가 검게 보였다. 거길 빠져나가면 도쿄 만이다.

"전파가 닿지 않게 된 건가……."

무심코 나는 중얼거렸다. 만일 그렇다면 비극적인 결말도 생각하지 않으면 안 된다. 그런데 미타라이는 대체 어디로 갔을까.

그때 갑자기 핸디토키에서 소리가 났다. 우리의 몸이 동시에 움찔하고 반응했다.

"어디까지 갈 거야? 태평양까지 나갈 건가? 어이."

"어떻게 된 거야? 대체 뭘 하고 있었어?"

아오바가 큰 소리를 질렀다. 그도 단서가 이대로 사라져서 아들을 되돌릴 수 있는 **수단**이 소멸할 최악의 사태를 상상하고 있었던 게 틀림없다. 상대방을 힐책하는 듯한 큰 목소리에는 안도의 울림도 담겨 있었다.

"이대로 연락이 되지 않을 거라 생각했나?"

"그래, 그렇다."

"안심했나? 연락이 되어서."

"그래, 안심했다."

"상당히 타격을 받은 모양이군, 아오바 씨. 좋아, 그러면 두 번 다시 내 비위를 거스르지 마. 알겠나?"

"그래, 알았다."

"세상이 뭐든 당신이 생각한 대로 될 거라 생각하면 큰 오산이야. 사람을 사정없이 부려먹을 수 있을 때도 있지만 부림을 당할 때도 있지. 그게 인생이야. 실제로 지금 당신은 내 마음대로 할 수 있어. 지금부터 우리 집에 와서 바닥을 닦으라고 하면 하겠지? 아닌가?"

"한다."

"좋아, 착한 아이군, 아오바 씨. 그러면 이제부터 유턴해서 온 길을 돌아와. 그러니까 스미다가와 강을 다시 한 번 거슬러 오르는 거야."

"뭐? 다시 돌아간다고?"

"왜 그래? 싫어?"

"아니, 돌아간다."

"좋아, 나중에 또 연락하지."

"아, 어이, 잠깐만."

그러나 핸디토키는 다시 끊어졌다.

# 8

"뭐라고?"

우리는 깃카와가 지르는 큰소리에 등 뒤 움푹 팬 곳을 돌아 보았다.

"없다니 무슨 소리야!"

깃카와는 목소리를 낮추려고 했지만, 너무 놀라서 작은 소리가 나오지 않는 모양이었다. 상대가 깃카와를 향해 이야기하는 소리도 전화가 아니라서 희미하게 들을 수 있었다.

"스미다가와 강에 적어도 그쪽에서 상하 1킬로미터 이내에 뜬 배는 전부 정박 중이고 무인선입니다. 아이도 없습니다."

"무슨 소리야! 실제로 배 안에서 아이가 무선으로 우리와 이야기했어. 아이는 배에 타고 있다고 했고, 물결 소리도 들었어. 범인도 배라고 확실히 말했고."

"하지만 깃카와 씨, 죄송하지만 지금 스미다가와 강 하류에 떠 있는 배는 그렇게 많지 않습니다. 간다가와 강 하류를 포함해도 그렇습니다. 바로 배 전부를 조사했기 때문에 자신 있게 말씀드릴 수 있습니다. 범인이 실제로 배에 타고 있다면 스미다가와 강이나 간다가와 강은 아닐 겁니다."

"말도 안 돼. 다른 강에서는 전파가 닿지 않는다고!"

깃카와가 비명과 같은 소리를 질렀다. 범인은 배에 불을 켜게 해서 아오바 옆에 있는 내가 누구인지 물었다. 쌍안경으로 보고 있었다면, 상당히 가까운 곳에 있는 배라는 뜻이다. 그런데 스미다가와 강에는 그런 배가 전혀 존재하지 않는다는 것이다.

우리 배는 이미 출발한 간다가와 강을 지나쳐, 고토토이바시 다리 바로 앞까지 북상했다.

"어떻게 된 일이지……?"

그때였다. 아오바가 들고 있는 핸디토키에 범인의 목소리가 나왔다.

"수상 경비 보트가 어슬렁거리는 것 같은데. 여전히 어느 나라에서도 경찰이 하는 짓은 멍청하군. 멍청한 경찰관이 생각하는 것 따위 이쪽은 벌써 파악했다는 것쯤 모르는 건가. 우리는 확실히 배를 타고 있어. 하지만 당신들에게는 **보이지 않는 배**이지. 알겠나? 이런 수수께끼를."

의기양양한 범인의 드높은 웃음소리. 지금 안타깝게도 우리는 범인이 하라는 대로 휘둘리고 있다. 깃카와도 당초 생각했던 것처럼 일이 진행되지 않는다는 것을 깨달았다. 그의 손바닥은 범인에게 훤히 읽혔던 것이다. 이렇게 되면 믿을 것은 미타라이 하나뿐인데. 그는 대체 지금 어디에 있는 걸까.

"아들 목소리를 다시 듣고 싶나? 좋아, 기다려."

다시 스위치 소리가 났다. 그리고 아버지가 부르자 아오바
야스오 소년의 목소리가 작은 스피커에서 튀어 나왔다. 이번
에는 아주 선명한 음질이어서 거리가 가깝다는 것을 실감할
수 있었다.

"아빠?"

"아, 그래. 조금만 더 참아, 힘내. 거기, 아직 혼자니?"

"응, 혼자 있어."

물결 소리가 났다.

"선실에 혼자 있어?"

"응, 좁아."

"몸은 마음대로 움직일 수 있어?"

"응."

"문은 잠겨 있고?"

"응, 그런 것 같은데 어디가 문인지도 모르겠어. 어두워."

"좋아, 그 정도면 되겠지. 그대로 앞으로 가고 있어. 나중에
다시 연락하지."

갑자기 끊겼다. 우리는 어안이 벙벙했다.

"가까운데."

깃카와가 중얼거리는 소리가 났다.

"대체 어떻게 된 거야?"

"잠수함일 리는 없겠죠."

내가 물었다.

"물속에 잠겨서……."

"말도 안 돼! 있을 수 없는 일입니다."

아오바가 바로 말했다.

"민간인이 잠수함 따위를 마음대로 쓸 수 있을 리가 없어요."

"그러네요."

배는 어느새 고토토이바시 다리를 지나 사쿠라바시 다리 바로 앞에 다다랐다. 사쿠라바시 다리는 최근에 생긴 보행자 전용 다리로 상공에서 보면 열십자 모양을 하고 있다고 해서 잠시 화제가 됐었다.

열십자? 순간 내 사고가 묘한 자극을 받아 정지했다. 왜인지는 모르겠지만 그 말이 상당히 마음에 걸렸다. 이유를 잠시 생각했지만 모르겠다. 하지만 어떻게 된 일인지 묘하게 중요한 것처럼 느껴졌다.

"어이, 속도를 줄여. 천천히 가!"

작은 스피커에서 소리가 들렸다. 아오바가 선장에게 속도를 줄이도록 뒤에서 지시했다. 엔진 소리가 다소 작아졌다. 그 사이에 내 생각은 흩어져버렸다.

배는 사쿠라바시 다리를 빠져나간 참이었다. 다리 위에 띄엄띄엄 늘어선 형광등이 비에 부예져서 머리 위를 천천히 흘러갔다. 나는 잠시 얼굴을 들고 그 모습을 바라봤지만, 창문이 빗방울에 젖은 탓에 다리의 모습은 확실히 알 수 없었다.

"이대로 상류로 직진하면 되는 건가?"

아오바가 핸디토키를 향해 물었다. 대답 대신에 아들 목소리가 들렸다.

"아빠, 빨리 여기서 꺼내줘. 흔들려서 토할 것 같아. 나 멀미 나."

희미한 물결 소리. 아오바는 바닥에 놓은 와인레드 빛깔 가죽 가방을 고쳐 잡았다.

"기다리고 있어. 조금만 더 참으면 돼. 조금만 더. 바로 구하러 갈게. 어이 빨리 해줘. 아들이 힘들어한다고. 여기에 돈은 준비해놨어. 꼭 줄게. 그 점은 맹세하지. 나는 돈 따위 아깝다고 생각하지 않아. 얼른 지시를 해줘. 돈을 건네고 아들을 되찾아서 빨리 이걸 끝내고 싶다고!"

아오바는 비통하게 외쳤다. 아오바는 그리스에서 민간 비행기를 갈아타고 몇 시간쯤 전에 막 귀국한 참이다. 완전히 지쳤을 것이다. 그것을 무릅쓰고 기력을 짜내어 힘내고 있는 것이다.

핸디토키에서는 아무런 대답도 없었다. 잠시 동안의 침묵.

그리고 짧게 이런 목소리가 났다.

"지시가 있을 때까지 직진해."

그리고 뚝 끊어졌다.

아오비는 혀를 차고 입술을 깨물었다 아오바 도키코는 한숨을 쉬었고, 깃카와는 뒤에서 소리를 죽여 비명을 질렀다.

"정말로 배는 없나?"

"없습니다. 보이지 않습니다."

희미한 응답 소리.

"하지만 실제로 아들은 뱃멀미를 하고 있다고 하잖아!"

"……."

"배에 태워진 것은 확실해. 게다가 그 배는 스미다가와 강인 건 당연하고. 더 찾아! 정신을 차려서."

"하고 있습니다. 하지만 이 이상 어떻게 하라는 겁니까? 배가 없습니다. 떠 있는 것은 소형 모터보트뿐, 배 밑바닥에 방이 있을 듯한 배는 한 척도 없습니다. 게다가 이런 종류의 배는 전부 조사했습니다. 배 밑 물속까지 막대로 휘저어서 조사했습니다. 그쪽에서 생각해주십시오. 아니면 다른 지시를 주십시오. 여기서 할 수 있는 것은 다 했습니다, 이제."

"제길! 대체 어떻게 된 일이야? 뭐가 뭔지! 어쨌든 계속해서 찾아. 스미다가와 강에 있는 것은 확실해. 여기 말고는 전파가 닿지 않으니까. 뭔가 빠뜨린 게 있을 거야. 아사쿠사바시의 배 대여점에 있는 배는 전부 찾았나?"

"물론 찾았습니다. 한 척도 남김없이 모조리. 간다가와 강 위쪽까지도 봤습니다. 한 척도 빠짐없습니다. 이것은 확실합니다. 게다가 간다가와 강 위쪽, 스미다가와 강 상류 및 하류 쓰쿠다지마 섬 부근, 전부 다 지키고 있습니다. 범인이 물 위에 있는 한 달아날 수는 없습니다."

"좋아, 알았어. 나중에 지시를 보내지. 잠시 기다려."

배는 사쿠라바시 다리를 다 빠져나갔다. 그대로 천천히 직진해 사쿠라바시 다리를 50미터 정도 지났다. 그때 다시 핸디토키가 울렸다.

"좋아, 거기면 돼, 다시 한 번 유턴해. 다시 하류로 돌아간다."

"뭐? 다시 유턴하라고?"

"어이, 말대꾸하지 마. 말한 대로 해. 아이의 목숨이 아깝다면."

"알았어."

아오바가 조종실에 지시를 보내고 배는 천천히 유턴했다. 유리 저편 물방울에 부예진 강가의 등이 천천히 왼쪽에서 오른쪽으로 움직였다. 잠시 엔진이 윙윙거리더니 직진하기 시작했다. 다시 사쿠라바시 다리가 가까워졌다. 그러자 다시 핸디토키에서 소리가 흘러나왔다.

"천천히. 천천히 가라고!"

사쿠라바시 다리의 등이 천천히 머리 위를 통과해 느릿느릿 뒤로 움직였다. 그때 나는 위쪽 사쿠라바시 다리 난간 근처에서 흔들거리는 반딧불이 같은 작은 빛을 보았다.

그때 다시 핸디토키의 목소리.

"좋아, 아오바 씨, 거기에 있는 세 사람, 전부 조종석 앞 갑판으로 나와. 세 사람 다 같이. 물론 1억 엔이 든 가방도 잊지 말고. 핸디토키도."

그 말을 듣고 무척 긴장했다. 갑판에 늘어서서 저격이라도 당하는 게 아닌지 두려웠다. 그러나 따를 수밖에 없다. 우리는 천천히 조종석 옆 유리문으로 걸어가 문을 연 후 아오바, 나, 부인 순서로 갑판으로 나갔다. 앞쪽으로 천천히 고토토이바시 다리의 불빛들이 가까워졌다.

밖으로 나가니 엔진 소리와 파도 소리가 크게 들리고 습한 밤바람이 내 뺨을 때렸다.

물 위는 이상하게 푸르스름한 빛으로 가득 차 있었다. 나는 이때 겨우 비가 그친 것을 알았다. 하늘을 올려다보니 맑게 보름달이 떴고 검은 비구름은 어느새 사라져 밤하늘 가득 별난 비늘구름이 떠 있는 것이 보였다.

무척 아름다운 경치였다. 나는 잠시 이 하늘을 넋을 잃고 바라보았다. 여태까지 내가 본 중에서 가장 아름다운 도쿄의 밤하늘이었다. 거의 보이지 않았지만 몇 개로 흩어져서 빛나는 별은 정말로 다이아몬드처럼 응축된 강한 빛을 발하고 있었다.

"알겠나? 천천히 앞으로 가. 이제부터 신기한 일을 체험할 거야."

자신감 가득한 어조로 떠드는 핸디토키에 내 명상은 다시 깨졌다.

"신기한 일이라고?"

"곧 알게 될 거야."

고토토이바시 다리가 가까워졌다. 갑판 위에서 보니 다리는 또 다른 박력이 있었다. 시커멓고 거대해서, 마치 우리를 삼키려는 괴물처럼 천천히 드리워졌다. 나는 숨을 죽이고 그 모습을 보고 있었다.

고토토이바시 다리의 난간과 그 위에 늘어선 불빛이 거의 우리 머리 위에 걸쳐졌다. 그때였다.

끼익하고 삐걱거리는, 아니면 뭔가가 찢어지는 듯한 기괴한 소리가 근처에 울려 퍼졌다. 그리고 첨벙첨벙 격렬하게 물이 튀었다. 마치 백만 마리나 되는 물고기가 수면으로 뛰어오른 듯했다. 우리 세 사람은 약속이나 한 것처럼 앞쪽 갑판에서 양손을 꼭 잡고 있었다.

꿇어앉은 채 무심코 나는 등 뒤를 돌아보았다. 그러자 푸르스름한 달빛이 비쳤고 배 뒤에서 하얀 물보라가 잔뜩 일어났다. 그 모습은 실제로 무수한 물고기가 뛰고 있는 듯이 보였다. 이건 대체?

선장의 비명이 바로 옆에서 들렸다. 그도 무슨 일이 일어났는지 이해할 수 없는 것이다.

격렬하게 삐걱거리는 소리. 도쿄 전체의 밤공기가 진동하는 듯이 느껴졌다. 배는 더욱더 격심하게 흔들려, 우리는 일어날 수가 없었다. 기는 듯한 자세로 있다가 하마터면 수면으로 떨어질 것 같았다. 부인이 오른손을 뻗어 내 팔에 매달렸다. 그녀도 짧은 비명을 계속 지르고 있었다.

발밑으로 물이 하얗고 격렬하게 용솟음치는 것이 보였다. 거대한 부연 것이 강바닥에서 맹렬한 기세로 솟구쳐 올랐다. 갑자기 강이 끓어오른 것 같았다. 배는 전후좌우로도 흔들렸고 우리는 순간적으로 서로의 몸에 서로를 의지했다.

잠수함인가? 라고 생각했다. 거대한 잠수함이 발밑에서 올라오는 것 같아서 무서웠다. 격렬한 공포가 솟구쳤다. 침몰은 피할 수 없을 것이다.

흔들림과 소리가 한순간 사라졌다. 그리고 배가 멈추었다. 무슨 영문인지 엔진 소리를 허무하게 울리며, 배는 고토토이바시 다리 바로 밑에서 멈춘 것이다.

"어떻게 된 거야?"

바닥에서 아오바가 선장에게 소리쳤다.

"모르겠습니다. 암초일지도 모릅니다!"

선장도 소리쳐 대답했다.

"하지만 이런 곳에 암초가 있을 리 없잖아!"

"움직일 수 없나?"

"안 됩니다. 꼼짝도 하지 않습니다!"

"구로가 있어!"

이해할 수 없는 부인의 고함에 나는 옆을 보았다. 그녀는 황홀한 표정을 지으며 보이지 않는 눈으로 천천히 주위를 둘러보고 있었다.

"뭐라고요?"

"구로가 가까이 있어요. 저는 압니다!"

비명 같은 소리를 짜내어 부인이 외쳤다. 나는 그 의미를 알 수 없었다.

"하지만 구로는……."

죽은 거 아닙니까, 그렇게 말하려던 그때 뭔가가 강하게 내 옆머리, 귀 근처를 후려쳤다. 나는 고통스러워서 악하고 소리쳤다. 그러자 핸디토키에서 소리가 들렸다.

"여기에 돈이 든 가방을 걸어. 얼른!"

그 말을 듣고 방금 내 머리를 친 것이 로프였다는 것을 겨우 깨달았다. 내 바로 앞 2미터 근처에 로프가 커다란 호를 그리며 느릿느릿 흔들리고 있었다. 올려다보니 아무래도 고토토이바시 다리의 난간에서 늘어뜨린 것 같았다.

왜지? 어떻게 된 일이야?

내 머리는 혼란스러웠다. 배가 아니었나? 대체 어떻게 된 일이지!

"구로가 있어!"

다시 한 번 부인이 외쳤다. 나는 그 목소리에 떠밀린 듯이 머리 위의 다리를 올려다보았다.

이때 나는 보았다. 검고 거대한 개가 달빛을 등에 받으며 마치 질풍처럼 오른쪽에서 달려왔다. 달빛에 등의 은색 털이 순간 빛났다.

"그리스 개다!"

나는 외쳤다. 모나코에서 미타라이한테 들은 그리스 신화 이야기가 선명하게 뇌리에 되살아났다. 괴멸 직전의 그리스 군을 마지막 순간에 기적의 승리로 이끈 전설의 개다!

나는 끊임없이 흔들리는 배 위에서 가까스로 양다리로 버티며 일어선 채, 시선을 집중해 다리 위를 바라봤다.

개의 근육이 아름답게 약동하더니 다리 위의 포석에서 뛰어올랐다.

가슴이 후련해지는 광경이었다. 크게 하늘을 나는 거대한 몸이 다리 위에 서 있던 한 남자의 몸에 부딪쳤다. 남자가 큰 소리로 비명을 질렀다. 그 비명에 으르렁거리는 포효가 섞어 들었다. 매달린 로프 끝의 갈고리에 걸려고 가방을 들고 있던 아오바도 허공에서 손을 멈추고 멍하게 다리 위를 바라보고 있었다.

"구로!"

아오바 도키코가 내 옆에서 낮게 소리쳤다. 나는 그녀의 선글라스 밑으로 눈물이 한줄기 흘러 떨어지는 것을 보았다.

한층 더 큰 남자의 비명이 들리더니 검은 몸이 다리의 난간 바로 옆의 공간에 붕 떴다. 그리고 바로 다음 순간 남자의 몸은 커다란 물소리와 함께 우리 배 바로 옆으로 떨어졌다. 그러고는 바로 수면에 떠올라 첨벙첨벙 허둥지둥 물을 헤치는 소리가 들렸다. 우리는 무슨 일이 일어났는지 아직 잘 이해를 못 했고, 따라서 어떻게 하면 될지 몰라서 멍하니 서 있었다.

그때 아오바의 발 밑 바닥에 떨어져 있던 핸디토키에 다른 남자의 목소리가 터져 나왔다.

"이시오카, 멍하니 그러고 있지 마! 뒤에서 한가하게 숨바꼭질하고 있는 경관님들에게 물속의 남자를 잡으라고 해줘. 그리고 사쿠라바시 다리 위에 공범인 그리스인이 있어. 이 남자도 체포하도록, 육상 경찰을 바로 보내줘!"

놀랍게도 그 목소리는 미타라이였다.

"내가 전하고 오지!"

아오바가 1억 엔을 아무렇게나 내팽개치고 서둘러 선실로 돌아갔다.

"우물쭈물하다가는 놓쳐. 범인은 둘이다. 사쿠라바시 다리에 있는 남자는 차가 없어. 몸집은 크고 얼굴의 반이 갈색 수염으로 덮여 있어. 그리고 왼쪽의 마리나 선착장으로 바로 가. 쇠망치나 쇠지레를 들고. 나는 먼저 갈 테니까."

"자, 자, 잠깐! 너 어디에 있는 거야?"

"바로 위야! 안 보여?"

올려다보니 난간에 기댄 미타라이가 핸디토키를 손에 들고 서 있었고, 바로 옆에는 커다란 그리스 개가 있었다.

"기다려, 마리나에 가라고 해도 어떻게 된 일인지, 배가 움직이지 않아!"

나도 핸디토키를 주워 손에 들고 외쳤다.

"쳇! 쳇!"

내 아둔함을 노골적으로 욕하는 미타라이의 혀 차는 소리가 핸디토키를 통해서 들렸다.

"지붕 위의 돛대를 봐, 이시오카. 바로 올라가서 로프를 풀라고."

그 말을 듣고 돌아보니 지붕 위에 치솟은 돛대에 분명 굵은 로프가 걸려 있었다. 로프는 배 뒤쪽 아득한 저편까지 이어져 있는 것 같았다.

"이게 대체 어떻게 된 일이야?

나는 다시 한 번 큰 소리로 외쳤다.

# 9

강에 떨어진 남자는 필사적으로 헤엄쳐 배에서 멀어졌다.

"빨리, 저기다!"

소리치는 아오바의 목소리에 형사 두 사람은 코트를 벗고 과감하게 강에 뛰어들었다.

나는 지붕에 올라가 돛대에서 로프를 풀려고 열심히 당겨 봤지만 너무 팽팽해서 도저히 감당할 수가 없었다. 조종실 위 까지 돌아가 일단 후진하도록 부탁했다. 그렇게 하면 로프가 느슨해져서 돛대에서 풀기 쉬울 거라고 생각했다.

다시 돛대로 돌아가 돛대에 휘감겨 배를 멈추고 있는 로프 의 반대쪽 끝이 어디에 묶여 있는지 알아보려고 했다. 그러나 시선을 집중해도 어둠 속이라 로프가 저쪽 어디에 이어져 있 는지 전혀 알 수 없었다.

머지않아 배가 한층 더 높은 엔진 소리와 함께 후진해 로프 가 느슨해졌다. 나는 열심히 매듭에 도전했다. 그러나 역시 딱딱해서 풀 수가 없다.

"안 되겠어!"

그렇게 말했을 때 옆에 아오바가 올라왔다.

"어디, 내가 해보겠습니다."

그는 매듭에 도전했다.

"예상대로 **배를 연결하는** 매듭이군. 이건 배를 매어둘 때 사용하는 로프 매듭입니다. 배는 물결에 흔들리면 이런 식으로 몇 번이나 로프를 끌어당기곤 합니다. 보통 매듭이라면 시간이 지나면 풀려버리죠. 이 매듭을 풀려면 요령이 필요합니다."

그렇게 말하고 그는 굵은 매듭을 양손으로 잡고 양 손목을 살짝 떨었다. 그의 손가락은 굵었다. 일본의 오나시스의 손은 분명 육체노동자의 손이었다.

"풀었다. 이것은 반대쪽 어디에 이어져 있을까요."

"글쎄요, 모르겠습니다, 어두워서……."

내가 대답했다.

"야스오 군을 태운 배일까요."

"글쎄요. 어쨌든 그것은 다음 일입니다. 미타라이 씨는 마리나에 가라고 하셨죠? 마리나는 어딥니까?"

"저깁니다."

나는 고토토이바시 다리의 후카가와 쪽 끝을 가리켰다.

"흠, 하지만 범인이나 뛰어든 형사 두 사람도 내버려둘 수는 없습니다, 어떻게 된 거지."

"맞아, 핸디토키로 다시 한 번 미타라이에게 물어보죠."

내가 말했다.

핸디토키의 송신 버튼을 누르니 다행히 미타라이가 나왔다. 사정을 설명하자 미타라이는 그렇다면 범인과 형사들은 내버려두라고 했다. 내버려두고 바로 마리나의 선착장에 오라고 해서 놀란 나는 그 이유를 물었다.

"이시오카, 됐으니까 내 말대로 해. 아이를 구하는 게 먼저지. 세 사람은 어디로 헤엄쳐갔어?"

"고토토이바시 다리 밑에서 아사쿠사와 반대 방향으로 간 것 같아……."

"그러니까 마리나 방향이지?"

"어? 아, 그렇구나!"

"이 근처에 육지로 오를 수 있는 곳은 여기밖에 없어. 세 사람도 이쪽으로 오고 있어. 너도 늦지 마, 서둘러."

핸디토키는 끊어졌다.

보니 아오바는 이미 내 옆을 떠나 선장실에 머리를 처박고 외치고 있었다.

"저기 마리나로, 서둘러!"

자유롭게 움직이게 된 우리 배가 마리나 선착장에 다가갔을 때 이미 미타라이는 단정한 모습으로 떠 있는 플랫폼에 서서 우리를 기다리고 있었다. 옆에 커다란 셰퍼드가 있다. 접안을 기다리는 것도 답답했는지 얼른 이쪽으로 뛰어오라고 내게 손짓을 했다. 나는 뛰었다. 미타라이가 내 몸을 받쳐주었다.

"쇠지레랑 쇠망치는? 이시오카. 설마 갖고 오지 않은 건 아니겠지."

"아니, 갖고 왔어. 저기 아오바 씨가 갖고 있어."

쿵하고 배가 플랫폼에 닿았다.

"살살 좀 해, 선장! 당신도 뱃멀미가 나면 거칠게 취급당하고 싶지 않겠지?"

"무슨 소리 하는 거야? 미타라이, 누가 뱃멀미를 한다고 그래?"

미타라이는 내 말을 무시하고 옆으로 손을 내밀었다. 아오바를 향한 손짓이었다.

"미타라이 씨, 신세를 졌습니다."

아오바가 미타라이의 손을 양손으로 움켜잡았다. 그러나 미타라이는 조급하게 말했다.

"아니, 이제부터입니다. 쇠망치와 쇠지레는? 돈이 든 가방 따위 아무래도 상관없으니까……."

"저기, 바로 가져오겠습니다."

"아니 제가 가겠습니다."

미타라이는 가볍게 배에 뛰어올라 공구함을 들고 왔다. 그 동안에 아오바 도키코도 오빠의 도움으로 무사히 플랫폼으로 옮겨왔다.

"선장, 이제 배는 됐으니까, 이쪽으로 비켜주지 않겠습니까?"

미타라이는 뒤돌아보며 외쳤다.

"왜?"

배가 움직이길래 내가 물었다.

"이제부터 상륙할 사람에게 방해가 되거든. 아, 도착했다, 수고했어요!"

미타라이는 그렇게 말하고 선착장 끝에 한쪽 무릎을 대고 물가로 손을 뻗었다. 그리고 격렬한 물소리와 함께 흠뻑 젖은 한 남자를 플랫폼으로 끌어올렸다.

남자는 판자 위에서 엎어지더니, 쌕쌕거리며 괴로운 듯 등을 오르락내리락했다. 그는 완전히 지친 듯, 한마디도 할 수 없는 것 같았다.

"요코제키, 역시 요코제키, 너냐!"

아오바가 외쳤다.

"너, 이 자식, 뭐하는 놈이야! 적반하장도 분수가 있지."

"아시는 것 같으니까, 이 남자 소개는 아오바 씨에게 맡기기로 하고, 저는 이쪽을 돕겠습니다. 아, 깃카와 씨, 피곤하시죠. 그대로 배에 타고 있어도 됐을 텐데."

쓸데없는 소리를 하면서 미타라이는 깃카와 형사를 끌어올렸다. 이어서 다케고시도 끌어올렸다.

"다케고시 씨, 수갑은 잃어버리지 않으셨죠? 아, 그렇습니까. 그렇다면 다행입니다. 얼른 이 남자의 손에 수갑을 채워주십시오. 제가 할까요?"

미타라이는 말했지만, 이 역할만은 누구에게도 양보할 수 없는 듯 깃카와가 기어가서 수갑을 요코제키의 손목과 자신의 손목에 채웠다. 그렇게 해두고 다시 한바탕 헐떡였다. 세 사람 다 숨이 넘어갈 듯 말을 하지 못하는 사이에 미타라이는 제멋대로 떠들었다.

"요코제키 군, 시간이 없는 것은 알고 있지? 빨리 끝내고 싶어. 다시 한 번 물속에 처박히기 싫으면 바로 대답해. 출입구는 만들었나?"

미타라이는 요코제키 앞에 무릎을 꿇고 앉더니 점퍼의 목덜미 근처에 살짝 손을 가져갔다. 깃카와와 다케고시는 뭔가 영문 모를 소리를 또 하느냐는 듯, 괴로운 얼굴을 들고 나란히 입을 떡 벌렸다.

남자는 바로 고개를 옆으로 흔들었다. 두 번 다시 헤엄치기는 싫은 것 같았다.

"뭐? 그러면 못을 박았어?"

남자는 말없이 끄덕였다.

"어떻게 이런 심한 짓을 할 수 있지? 내일까지 들어가 있을래? 뭐, 죽이는 것보다는 낫지만. 그러면 어디를 부숴도 똑같아?"

다시 한 번 남자가 끄덕였다.

"천장 높이는? 충분히 있나?"

조금 생각하고 나서 남자는 다시 끄덕였다.

"미타라이 씨, 아까부터 무슨 소리를 하십니까? 얼른 아이를 구해야죠."

"그렇습니다. 야스오가 걱정입니다. 미타라이 씨."

아오바 남매가 재촉했다.

"지금 제가 생각하는 것은 그것뿐입니다. 잠깐 비켜주십시오."

말보다 빨리 미타라이는 쇠지레를 발밑의 널빤지 사이에 끼워 넣고 쇠망치로 두드려 박고는 힘껏 비집었다. 우지끈하고 널빤지가 부서지는 소리가 났다.

"미타라이, 어이, 뭐하는 거야? 돌았어?"

나는 깜짝 놀라서 큰소리를 냈다.

"장난도 정도껏 해! 이건 공공시설이야."

"보지만 말고 도와. 이시오카!"

나는 어안이 벙벙해졌다. 그러는 사이에도 판자 한 장이 기세 좋게 올라갔고 미타라이는 계속해서 두 장째로 이동했다.

"그렇게 하면 침몰하잖아? 그만둬!"

"뭐야? 쇠망치냐, 너는."

미타라이는 히죽거리면서 말하고 작업을 계속했다.

"아오바 씨, 제 친구는 잠이 덜 깨서 안 될 것 같습니다. 도와주십시오. 이 판자를 벗겨주세요, 살살."

판자가 두 장 째 올라가자 미타라이는 힘차게 웅크리고 앉더니 배를 깔고 엎드렸다. 그러고는 그 구멍에 얼굴을 가까이 대고 크게 소리쳤다.

"어이, 야스오 군! 괜찮아?"

우리는 엉덩방아를 찧을 정도로 놀랐다. 드디어 미타라이가 미쳤다고 생각했다. 하지만 안에서 목소리가 들렸다.

"응, 괜찮아."

이제는 너무 놀라 기절할 것 같았다.

"됐어, 이제 괜찮아, 계속합시다."

아오바와 도키코 부인도 무릎을 꿇고 있었다.

"야스오."

"야스오, 그 안에 있었니? 이제 괜찮아, 바로 꺼내줄게."

"다케고시 씨, 깃카와 씨도 피로가 풀리셨으면 두 분 다 도와주시지 않겠습니까. 이 판자를 걷어내주세요."

"아, 알겠습니다."

다케고시가 말했다.

"다케고시 씨, 사쿠라바시 다리 쪽으로는 연락해주셨죠?"

"했습니다."

"그러면 체포됐겠지만 생각하지만 마음에 걸리네요, 연락 안 됩니까? 경찰용 고급 핸디토키는 어쨌습니까?"

"어라? 어디 갔지?"

"강바닥입니까?"

"아니, 아, 맞다, 배에 있습니다. 가져올까요?"

"그렇게 해주십시오."

"구로, 이건, 구로가 아니야? 구로가 아니……구나."

눈이 불편한 부인은 셰퍼드에게 손을 뻗어 목덜미를 만지고 있었다.

"그리스야, 도키코, 동생이다."

여전히 손을 놀리면서 아오바 데루타카가 대답했다.

"하네다까지 데려왔어. 그랬더니 아까 미타라이 씨가 빌려달라고 하셔서 빌려드렸지. 도움이 됐습니까?"

"그렇군요, 이 기회에 분명히 말할 수 있는 것은……."

미타라이는 작업을 계속하면서 거드름 피우는 말투로 말했다.

"사람 경찰관보다 백배는 도움이 되었다는 겁니다. 멋지게 해냈습니다."

그 광경은 나도 보고 있었다. 미타라이의 빈정거림을 들어도 깃카와는 말이 없었다. 그냥 범인과 나란히 쭈그리고 앉아 있었다.

"뭡니까? 뭐가 멋지다고요?"

돌아온 다케고시가 말했다.

"아무것도 아닙니다. 사쿠라바시 다리 쪽은 어떻습니까?"

"여보세요. 여기는 다케코시, 경과를 보고하라, 오버."

"여기, 사쿠라바시입니다. 방금 외국인 부랑자로 보이는 남자가 있어서 불심검문했는데, 저항해서 체포했습니다. 오버."

"멋지군!"

양손을 비비면서 미타라이가 만족한 듯 말했다.

"방금도 일본 경찰은 세계 최고로 우수하다고 말했던 참입니다, 다케고시 씨."

"아니 그렇게 말씀해주시다니, 저로서도 책임감을 덜 수 있습니다."

"책임감은 부디 단번에 내려놔주십시오. 이것으로 전부 끝났습니다. 그리고 경찰에게 구급차를 한 대 보내달라고 해주십시오. 그리고 여러분 여기 고토토이바시 다리로 모이세요. 사쿠라바시 다리에 로프가 묶여 있을 것 같은데 증거품이니까 잘 압수해두십시오. 이 위의 다리에 주차 위반을 한 차가 한 대있는데 그것도 증거품입니다. 교통경찰이 끌고 가기 전에 1과 쪽에서 확보하는 게 좋을 겁니다. 이시오카, 야스오 군을 구출하면 얼른 집에 가서 한숨 자고 싶어."

"뷰 호텔의 스위트룸을 써주십시오."

재빨리 아오바가 말했다.

"그렇군, 아사쿠사뷰 호텔을 잡아놨었지. 지금 요코하마로 돌아가는 것은 분명히 힘드니까요, 그렇게 하기로 할까요. 하지만 스위트룸은 거절하겠습니다, 아오바 씨, 제일 피곤하신 건 당신이니까. 그리고 돈을 들인 그저 넓기만 한 방이 아니면 잠들 수 없으시죠? 그리고 우리는 좁고 싸구려 토끼장이 아니면 잠들 수 없답니다."

미타라이는 그렇게 요령 좋게 설명했다.

# 10

다음 날 오후, 우리는 아사쿠사뷰 호텔의 스위트룸 응접실에서 점심 식사를 했다. 아오바의 감사가 담긴 호텔 최고의 런치였다. 먹으면서 나는 모나코의 호텔 드 파리를 떠올렸다.

그러나 아오바가 예약한 26층 스위트룸의 커다란 창문에서는 남프랑스의 바다와는 딴판인 센소지 절의 회색 지붕과 오륜탑 등, 전통 풍경이 내려다보였다. 그것은 그것대로 또한 마음이 편해지는 풍경이었다. 그런 시타마치의 집들을 다시 안개비가 조용히 적시고 있었다.

회식을 위해서 임시로 들여온 호화로운 쪽매붙임세공의 큰 테이블에 모인 사람들은 아오바 데루타카, 아오바 도키코 그리고 아오바의 아들 야스오, 다케고시 후미히코 형사, 거기에 우리까지 총 여섯 명이었다. 이럴 때마다 깃카와 형사의 모습은 역시 그림자도 보이지 않았다.

"미타라이 씨, 어젯밤부터 몇 번이나 되풀이하는 것 같지만 어떻게 감사의 말씀을 드려야 할지. 저는 당신이 속으로 생각하신대로 돈의 노예입니다. 아니 돈의 노예**였다**고 말씀드리고 싶습니다. 분명히 돈이 얽히지 않은 세상의 일을 잘 모릅니다. 그래서 이런 경우 돈이 필요 없다고 말씀하시면 어떤식으로 감사의 뜻을 표해야 좋을지 슬프게도 짐작도 가지 않습니다."

아오바가 식후에 커피를 마실 때 그렇게 말했다.

"아, 그렇습니까."

미타라이는 홍차를 입에 가져가면서 가볍게 대답했다.

"뭐든 필요한 것이 있으면 말씀해주십시오. 아니, 꼭 말씀해주셨으면 좋겠습니다, 저로서는."

"그렇게 말씀하셔도 저는 이미 충분한 보수를 받았습니다. 이번 건은 요즘에 보기 드문 즐거운 일이었습니다. 이 사건에 관련한 순간순간이 제게는 더없이 행복한 시간이었습니다."

"저야말로 그렇습니다!"

아오바가 분명한 어조로 말했다. 이 남자는 돈의 노예라고 자신을 비하하긴 했지만, 그런 사람들 대부분이 갖고 있는 저속한 면은 오히려 적었고, 감격도 잘하고 호감 가는 청년 같은 순수함을 많이 간직하고 있었다.

"지금까지 활자로밖에 뵙지 못한 당신의 활약을 어젯밤에 가까이에서 볼 수 있었으니까요. 이 점 하나를 들어보아도 저는 도저히 이대로 가만히 있을 수 없습니다. 두 번 다시 맛볼 수 없는 귀중한 시간이었습니다."

"선생님, 저도 말씀드리겠습니다. 항상 그렇지만, 아니, 언제나 이런 말만 하지만, 어젯밤 일로 많이 배웠습니다. 오늘은 잠깐 일 때문에 못 왔지만, 후배인 깃카와도 아마 같은 생각일 겁니다."

다케고시 형사가 조심스럽게 말했다.

"바쁘신 업무에 수고가 참 많으십니다."

미타라이는 딱 한마디만 했을 뿐이다.

"그런데 선생님, 참고로 이번 사건의 구조를 대충 설명해주시지 않겠습니까. 저는 대체 뭐가 어떻게 되었는지 아직도 전혀 모르겠습니다."

"저도 부탁드립니다. 범인이 요코제키인 것을 밝혀졌고 아들도 이렇게 무사합니다. 덕분에 이 아이 건강에도 이상은 없었습니다. 남은 한 가지 부탁은 그것뿐입니다."

아오바도 말했다.

"물론 말씀드리겠습니다. 그렇게 하지 않으면 일이 전부 끝난 게 아니겠지요. 하지만 여러분도 이미 아시리라 생각하는데요."

모두 한결같이 고개를 가로저었다. 미타라이는 테이블 위에서 양손바닥을 맞댔다. 그리고 별로 할 마음이 없다는 듯이 말을 이었다.

"이번 사건은 성격이 무척 확실합니다. 아오바 씨의 예전

부하가 사사로운 원한도 있고 해서 화풀이도 하고 겸사겸사 현금을 얻으려는 목적으로 야스오 군을 유괴했다. 그리고 금전을 요구했을 뿐인 단순한 사건입니다. 성격은 이런 식으로 확실하지만 현금을 받는 방법이 제법 정교했습니다. 그리고 동료 중에 외국인이 있었다. 이 두 가지가 이번 사건을 약간 색다르게 만들었습니다. 요코제키가 과거 해운업에 관계했고 아사쿠사바시의 배 대여점의 아들로 태어났기 때문에, 그는 현금을 건네받는 장소를 스미다가와 강으로 요구했습니다. 그렇게 되면 배입니다. 경찰도 그렇게 생각할 겁니다. 당연히 수상경찰을 수배해 물 위에는 그야말로 물도 새어나가지 않을 포위망을 깔 겁니다. 범인도 머리가 있는 녀석이니 당연히 그 정도는 알 겁니다. 여러분을 배에 타라고 한 것은 수사진의 시선을 물 위로 돌리기 위한 책략이었습니다. 그렇게 해서 자신들은 육지 위에 있으면서 배에 타고 있다고 꾸민 겁니다. 수사진에게 확실하게 그렇게 믿게 만들 방법은 하나, 거짓말을 할 리가 없는 아오바 야스오 군을 실제로 배에 태워 스미다가와 강에 띄워두면 됩니다. 그렇게 해두고 핸디토키로 대화를 시키면 물결 소리나 뱃멀미 등으로 야스오 군이 물 위에 있다는 것은 좋든 싫든 우리에게 전해집니다. 고맙게도 강은 물이 흐르기 때문에 그냥 정박시켜두어도 움직이는 느낌이 납니다. 그러나 야스오 군을 태운 배는 현금을 받아들기 전까지 우리에게 발견되어서는 곤란합니다. 먼저 발견되면 돈을 받을 수 없지요. 게다가 범인도 함께 스미다가와 강 위에 있으면 돈을 받은 후에 달아날 수가 없고. 야스오 군을 혼자서 띄워 놓고, 근처에 아무리 경찰의 경비 보트가 어슬렁거려도 안에 소년이 있다고 알아차리게 하지 못할 만한 배여야 합니다. 이런 어려운 조건을 충족시키는 강 위의 부유물이 배 말고 딱하나 있었습니다. 그것이…….”

“마리나의 플랫폼!”

내가 소리쳤다.

“맞아. 안에 사람이 들어갈 만한 커다란 물체가 강에 떠 있으면 그게 뭐든 이목을 끌 수밖에 없어. 당연히 경찰이 조사할거야. 하지만 마리나의 플랫폼이라면 평소에도 거기 있으니까 딱히 수상하게 생각하지 않는 거지.”

“그러면 밤에 플랫폼에 구멍을 뚫어서…….”

“아니, 그게 아니야. 바꿔치기했어. 같은 크기, 같은 겉모습의 플랫폼을 미리 준비해서 안에 수면제로 잠든 야스오 군을 넣은 다음 핸디토키도 넣고 주위에 타이어도 매달아서, 배로 끌어와서 바꿨어. 어차피 하룻밤만 넘기면 되니까, 진짜와 똑같지 않아도 되거든. 진짜는 하류로 떠내려갔을 거야. 아마 바로 찾을 수 있겠지.”

“찾았다고 합니다.”

다케고시가 말했다.

"끌고 와서 원래대로 마리나에 돌려놓았습니다."

"아, 그거 잘됐습니다. 위에 지붕이 얹혀 있지 않았습니까?"

"얹혀 있었습니다. 배를 놀잇배로 꾸며놓아서 다소 발견이 늦었던 것 같습니다."

"놀잇배로 꾸미려고 했다?"

내가 물었다. 진짜 플랫폼을 어째서 놀잇배로 꾸밀 필요가 있었을까.

"그것은 가짜 플랫폼을 놀잇배로 꾸며서 마리나까지 끌고 왔기 때문이야. 쓸모없게 된 지붕을 마리나 앞에서 버리면 오히려 눈에 띄니까, 진짜 플랫폼 위에 올려서 하류로 흘러가게 내버려두었겠지."

미타라이가 대답했다.

"그런데 범인은 어디서 가짜 플랫폼을 만드는 작업을 했을까요?"

"간다가와 강 위입니다. 육지 위에서는 어디든 눈에 띄니까. 물 위에서 위에 지붕을 올리고 놀잇배로 가장해 작업한 겁니다. 요코제키의 집은 대대로 이어온 배 대여점인데, 간다가와 강 약간 상류에 있어서 이제 한산해지는 바람에 경영 부진으로 기우는 집입니다."

"잘도 사람 눈을 속여 마리나까지 끌고 갔네요."

"그래서 놀잇배 모양으로 가장한 게 아닙니까. 게다가 비오는 계절을 노린 겁니다. 밤비가 내리면 여러분도 이미 잘 아시다시피 무척 시야가 좁아집니다. 다른 배한테 들키기 어렵죠."

"그렇군요. 그래서 선생님, 그리스문자 암호는 뭡니까?"

그러자 미타라이는 양손을 마주 비비면서 쿡쿡하고 짓궂게 웃었다.

"그거 말입니까. 그건 암호가 아닙니다."

"암호가 아니다? 역시 그리스문자인지 뭔지 외국어입니까? 아오바 씨, 그렇습니까?"

다케고시가 물었다.

"아니, 저도 모릅니다."

아오바가 대답했다.

"아니, 문자도 아니고 '그림'입니다."

"그림?"

우리는 나란히 큰 소리로 말했다.

"무슨 그림입니까? 아니, 뭐 때문에 그림을?"

다케고시의 목소리가 커졌다.

"그것은 파트너가 외국인이기 때문입니다. 요코제키는 회사를 그만두고 일본에 돌아왔을 때, 그리스인 친구를 하나 도쿄로 데려왔습니다. 이름은 뭐라고 하는지 모르지만……."

"페루카 마이오스라고 한답니다."

"아, 그렇습니까, 그 남자가 이번 파트너입니다. 그에게 이번 유괴 사건 계획을 설명했는데, 스미다가와 강 어느 위치에 야스오 소년을 놓아두고 어느 위치에서 돈을 건네받을지, 혹은 핸디토키의 전파가 닿는 범위에 한계가 있기 때문에 어느 위치에서 소년 옆에 놓인 핸디토키의 스위치를 전환할지 등, 계획에는 세세한 계산과 순서가 필요했을 겁니다."

"아, 그렇구나, 그래서 우리가 에이타이바시 다리나 쓰쿠다지마 섬 쪽까지 가버렸을 때는 야스오의 목소리가 나오지 않았던 거군요?"

아오바가 물었다.

"그렇습니다. 요코제키 목소리만은 녀석이 땅 위에서 차에서 이동하고 있었기 때문에 어디까지나 들릴 수 있었죠. 그러나 야스오 군 쪽 전파는 닿지 않았습니다. 그래서 여러분이 소년의 목소리를 들을 수 있던 것은 반드시 료고쿠바시 다리 북쪽으로 접근했을 때뿐이었습니다. 그래서 요코제키는 여러분에게 맹렬히 그 근처를 왕복하게 했겠죠."

"그렇구나."

"또 현금을 재빨리, 그것도 육지에서 받아들기 위해서 어떤 뜻밖의 수단을 취할 필요가 있었습니다. 이런 작전 지시를 마이오스에게 상세하게 하기 위해서 스미다가와 강의 세세한 위치 관계를 그에게 설명할 필요가 있었는데, 그가 일본어를 모르니까 무척 어려웠던 거지요. 그래서 어떻게 했나. **다리에 따라** 장소를 설명하려고 한 겁니다."

"다리?"

"그래, 다리. 스미다가와 강에는 몇십 미터, 몇백 미터 간격으로 다리가 많이 있습니다. 자기들 집이 있는 간다가와 강은 소부 선 철교와 료고쿠바시 다리 사이에 있고, 소년을 넣은 상자는 고토토이바시 다리 옆에 놓고, 이런 식으로 다리의 위치로 설명했습니다. 그런데 다리 이름으로 설명해도 마이오스는 실제로 다리에 쓰인 글자를 못 읽으니 의미가 없어요. 그래서 다리를 '그림'으로 표현했습니다."

"**다리의 그림?**"

우리는 입을 모아 소리쳤다. 안타깝게도 거기까지 들어도 무슨 소리인지 알 수 없었다.

"그래, 우선 처음의 'X'는 사쿠라바시 다리. 사쿠라바시 다리는 위에서 보면 'X'자 모양을 하고 있습니다."

"아, 아, 그렇구나!"

나는 안타까운 소리를 질렀다. 그렇구나, 그랬다. 나는 제법 괜찮게 추리를 할 수 있었는데! 어쩌면 이렇게 멍청한 건지. 한 걸음만 더 가면 되었던 것이다.

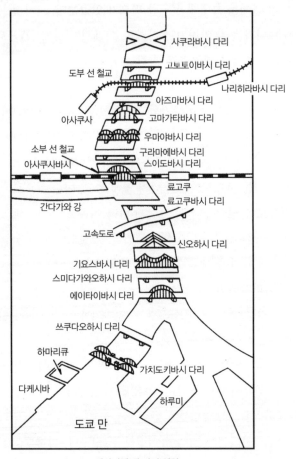

사쿠라바시 다리
고토토이바시 다리
도부 선 철교
나리히라바시 다리
아즈마바시 다리
아사쿠사
고마가타바시 다리
우마야바시 다리
소부 선 철교
구라마에바시 다리
아사쿠사바시
스이도바시 다리
료고쿠
간다가와 강
료고쿠바시 다리
고속도로
신오하시 다리
기요스바시 다리
스미다가와오하시 다리
에이타이바시 다리
쓰쿠다오하시 다리
하마리큐
가치도키바시 다리
다케시바
하루미
도쿄 만

**스미다가와 강 다리 일람**

"그래서, 그러면 다음의 'D'나 'I'는?"

나는 콜록거리며 물었다.

"이시오카, 어젯밤 배에서 다리를 많이 봤잖아. 어두워서 보이지 않았어? 도부 선 철교나 고마가타바시 다리는 옆에서 보면 양옆의 철골이 저런 모양을 하고 있어. 딱 'D'로 보이잖아?"

"앗? 그렇구나! 'D'가 가로로 누운 모양이군."

"맞아, 저 '그림'은 **가로**가 아니라 **세로**로 해서 보면 돼. 그렇게 하면 여러 가지 모양의 다리가 남북 방향으로 길게 늘어서 있는 **그림**이 되는 것을 바로 알 수 있지. 고마가타바시 다리의 경우 철골의 반원이 하나 있어. 그러나 다음 우마야바시 다리는 이 반원형의 철골 앵글이 **세 개**나 있거든. 그래서 이런 이상한 기호가 됐지. 'B'의 볼록한 부분이 하나 더 많은 것 같은 모양으로."

"아, 그렇구나."

"'I'는 이런 철골의 앵글이 양옆에 없는 다리야. 신오하시는 신형 현수교라서 다리 중앙에 높은 기둥이 서 있고 그 양옆에 와이어가 드리워져서 다리를 매단 모양으로 되어있어. 옆에서 보면 삼각형 산모양이 되거든. 다음 기요스바시 다리에서는 이 산 모양이 두 개 있는 거야."

"하하! ……가치도키바시 다리는 이 'D'모양의 앵글이 좌우로 약간 떨어진 위치에 있다는 건가."

"맞아. 우마야바시 다리와 소부 선 철교 사이의 구라마에바시 다리는 바로 옆에 스이도바시 다리가 늘어서 있어서 'Ⅱ'의 모양으로 보이지. 즉 이 암호 같은 기호들은 스미다가와 강의 사쿠라바시 다리부터 가치도키바시 다리까지를 나타내고 있는 거야. 여기에 지도가 있어. 'X'부터 순서대로 사쿠라바시, 고토토이바시, 도부선 철교, 아즈마바시, 고마가타바시, 우마야바시, 구라마에바시, 스이도바시, 소부선 철교, 료고쿠바시, 고속도로 다리, 신오하시, 기요스바시, 스미다가와오하시, 에이타이바시, 쓰쿠다오하시, 가치도키바시라는 거지. '다리 일람'이구만. 강 하나에 이렇게 여러 가지 모양의 다리가 걸쳐 있는 것도 도쿄 특유의 풍경이 아닐까."

"아하, 이렇게 요코제키는 마이오스에게 강의 각 지점을 설명했군요."

아오바가 감탄하면서 말했다.

"그런 겁니다. 소부선 철교와 료고쿠바시 다리 사이에 화살표가 나타내는 것은 간다가와 강입니다. 자기들의 아지트가 있는 강입니다. 요코제키는 여러분이 탄 배의 진로에 따라 육지를 이동하면서 무선으로 지시를 보낼 필요가 있었고, 마이오스를 혼자서 대기시켜 어떤 중요한 일을 시킬 필요가 있었습니다. 마이오스가 옆에 있으면 세세하게 지시를 보낼 수가 없으니까요."

"무슨 중요한 일입니까?"

"즉 현금을 안전하고 재빨리 받아들기 위한 작전입니다. 이 암호의 고토토이바시 다리 부분을 봐주십시오. 작은 '×'와 '○'가 있습니다. 이 '○'는 마리나와 그 앞의 뜬 플랫폼 위치, '×'는 돈을 받아들 장소를 나타내고 있다고 보입니다. 즉 아이가 있는 장소와 몸값을 받을 장소입니다."

"그렇군요, 양쪽 다 고토토이바시 다리죠?"

"그렇습니다. 이 다리도 사쿠라바시 다리와 마찬가지로 보행자 전용 다리였다면 좋았겠지만, 그렇지 않습니다. 그래서 외국인인 마이오스를 보는 눈이 적은 사쿠라바시 쪽에 배치한 겁니다."

"사쿠라바시 다리 쪽에……? 무슨 말입니까?"

"돈을 건네받는 방법 말인데, 요코제키는 육지에 있으면서 가능한 한 재빨리 받아들 필요가 있었던 겁니다. 그렇게 하지 않으면 무척 위험해요. 우물쭈물하다가는 육지 위로 경관이 밀어닥칠 테니까."

"그렇군요, 그건 그렇습니다."

"그런데 말입니다. 보통 방법으로는 어떻게 생각해도 그렇게 재빨리 돈을 빼앗을 방법은 없습니다. 돈은 배에 실려 있으니까. 이 배를 기슭에 대게 해서 돈을 건네받는다면 어떻게 해도 시간이 걸립니다. 배라는 녀석은 급정지가 잘 안됩니다. 천천히 속도를 줄여 정선하지요. 그렇게 되면 육지의 경찰에게 바로 연락이 되니까."

"그렇구나, 그렇구나."

"그래서 배에 있는 사람이 전혀 예기치 못한 곳에 급정지시켜, 여러분이 깜짝 놀라 허둥거리는 동안에 바로 돈을 가로챈다. 딱 몇 초 동안에. 이런 방법이 이상적입니다."

"그건 그렇네요."

"거기서 요코제키는 말도 안 되는 방법을 생각해냈습니다."

"그게 뭡니까?"

"마이오스를 사쿠라바시에 대기시켜서 돛대에 로프를 거는 방법입니다."

"아하……."

"그래서 로프는 딱 고토토이바시, 사쿠라바시 다리 사이의 거리밖에 안 되는 겁니다. 반대쪽은 사쿠라바시 다리에 꽉 묶여 있었죠. 그렇다는 것은……."

"배는 고토토이바시 다리 바로 밑에서 정지하는군. 맞아!"

"고토토이바시 다리에 요코제키가 대기하고, 정지한 배 위에 신속하게 로프를 늘어뜨린다. 거기에 가방을 걸게 한다. 끌어올린다. 그렇게 해두고 경계가 허술한 육지 위를 차로 도

주한다. 그리고 사쿠라바시 다리로 돌아가 마이오스를 태우
는 겁니다."

"하하, 그렇군요……."

"그러나 이 로프 걸기는 단번에 성공하지 않을 가능성도 있
었습니다. 물론 요코제키는 여러분의 배가 사쿠라바시 다리
밑을 통과하는 단계가 되자, 속도를 떨어뜨리라고 무선으로
끈질기게 지시할 작정이었지만 그래도 성공한다고 보장은 못
합니다. 마이오스가 실패했으면 여러분은 몇 번이나 사쿠라
바시 다리 밑을 왔다 갔다 해야 했을 겁니다."

"그렇구나, 우리도 야스오처럼 뱃멀미가 났을지도 모르겠
군요."

"로프에 잘 걸리면 마이오스는 손전등을 흔들어 고토토이
바시 다리를 향해 신호를 보내기로 돼 있는 것 같았습니다.
저도 고토토이바시 다리 밑 스미다 공원 수풀에 숨어서 이 빛
을 봤으니까요."

들고 보니, 나도 보았다.

"그렇군요. 그래서 미타라이 씨도 고토토이바시 다리에서
대기하셨던 거군요."

"그리스를 데리고 말이죠. 지금까지 이런 식으로 잠복을 무
척 많이 했지만 이번만큼 든든했던 적은 없습니다. 상대가 트
로이의 대군이었다고 해도 우리는 충분히 성공할 수 있었을

겁니다."

"아니, 지금까지 저도 수없이 많지는 아니지만, 몇 번쯤 활약하신 모험담을 읽었지만 이번만큼 훌륭한 것은 없어요, 정말 멋졌습니다. 이런 활약을 직접 볼 기회를 주시고, 신세를 지고, 게다가 감사도 표하지 못하는 것은 정말로 안타깝습니다. 뭔가 방법을 말해주실 수 없습니까?"

아오바가 억울하다는 듯이 말했다.

"그렇게까지 말씀하시면 방법은 없는 것도 아닙니다. 그리스를 이쪽에 계실 동안만이라도 제게 빌려주시면 안 되겠습니까. 사건이 싱겁게 끝나버려서 이렇게 개와 헤어져야 한다니 정말 유감입니다."

"오, 그야 문제없습니다. 데리고 가주십시오. 계속 데리고 계시라고 하고 싶지만, 그러면 저도 좀 외로워지니까."

"아니, 달라는 건 아닙니다. 오래 같이 살면 서로 결점도 보이고."

미타라이는 듣기에 따라서는 나에 대한 비아냥거림으로 들리는 말을 했다.

"미타라이, 그런데 너 뭐하고 있었어? 아오바 씨의 댁에서 나가서 고토토이바시 다리에 나타나기까지."

"뭐, 이것저것. 우선 그 암호로 보인 그림, 그게 내 생각대로인지 확인하려고 아즈마바시 다리 기슭에서 수상버스를 탔어. 수상버스는 아사쿠사에서 하마리큐까지 스미다가와 강을 남쪽으로 내려가거든. 나는 갑판 앞부분에 나가서 연달아 통과하는 다리의 모양을 바라보면서 내 생각이 맞는다고 확신했지. 이때 고토토이바시 다리 옆 마리나 그 앞에 뜬 플랫폼을 발견했어. 그 순간 범인인 요코제키가 생각하는 것을 전부 알았지. 그 플랫폼이 이번 유괴 드라마 속에서 커다란 역할을 하게 되리라는 것은 쉽게 상상이 갔거든. 야스오 군을 그 속에 넣을 생각이라고 짐작할 수 있었어. 그리고 하마리큐에 상륙하고 나서 바로 고토토시바시 다리까지 돌아가서 마리나의 플랫폼까지 내려가봤어. 그런데 이 플랫폼에는 아무런 이상도 발견할 수 없었어. 그래서 바꿔치기할 생각이라는 걸 눈치챘지. 그런데 그렇다면 야스오 군이 있는 가짜는 어디에 있나, 그게 아쉽게도 짐작이 가지 않더라고. 수상버스 위에서 봤을 때 이 플랫폼을 대체할 수 있을 만한 부유물은 스미다가와 강 위에는 전혀 보이지 않았거든. 사실을 말하면 아사쿠사바시의 배 대여점을 생각하지 않은 건 아니야. 그 주변은 잘 아는 곳이라서. 하지만 만약 틀렸을 경우에 시간이 모자랄 가능성이 있었어. 이미 시간이 다 돼갔거든. 경찰에게 아사쿠사바시의 배 대여점 조사를 의뢰해도, 쉽게 움직여줄 것 같지는 않았고. 그래서 이쪽 조사는 과감하게 끝내고, 돈을 건네받을 순간을 노리기로 했지. 하지만 마리나 위치를 알려주기 위해서, 또 한시라도 빨리 아이를 구해내기 위한 도구를 가져와달라고 호텔의 프런트에 그런 메시지를 남긴 거야."

"그렇구나, 왜 그런 찻집에 가서 일부러 차를 마셔야 하는지 모르겠다고 생각했어."

"그래도 좋은 가게였지?"

"그건 그래."

"그 가게를 미리 알고 있었기 때문에 후반이 쉽게 풀린 거야. 마리나로 급히 가달라고 말해도 그게 어디냐고 물으면 설명하는 데 시간이 걸리니까."

"뭐, 그건 맞아……."

"그리고 나는 그리스에 있는 아오바 씨 회사에 국제전화를 걸어봤어. 그러자 아오바 씨는 급히 돈을 마련해서 아테네를 출발한 후였어. 친구의 민간기로 갈아타고 밤 9시에서 10시에는 이미 하네다에 도착할 거라고 하더군. 게다가 든든하게도 그리스를 데리고 이쪽으로 오고 있다는 거야. 거기서 바로 하네다로 가서 아오바 씨가 도착하기를 기다렸어."

"그렇구나. ……그런데 미타라이, 그러면 범인은 마리나의 플랫폼과 똑같은 나무 상자를 일부러 망치로 뚝딱뚝딱 직접 만든 거겠지? 정말 힘들었겠네."

멍청하게도 내가 그렇게 말하자, 미타라이는 눈동자를 천장으로 향하더니 날 무시했다. 그리스와 비교하면 이 인간 친구는 어쩌면 이렇게 무능할까, 라는 표정을 지었다. 나는 불끈했다.

"이시오카, 아직 그런 소리를 하는 거야? 범인은 그런 부지런한 인물이 아니야. 아마 너처럼 휴일에 목공일을 하는 건 싫었겠지. **있는 것**으로 약삭빠르게 꾸민 거잖아."

"있는 것?"

"그래, 우연히 같은 크기의 상자를 찾아서 이용했지. 그 **다코야키 가게** 말이야."

"아하!"

감사하게도 그런 식으로 큰 소리를 지른 것은 나뿐이 아니었다. 아오바 도키코도, 다케고시도, 아오바 데루타카도 다같이 놀랐다는 목소리를 냈다. 여기에 미타라이가 오히려 깜짝 놀란 것 같았다. 그에게 이런 것은 당연히 너무 쉽기 때문이다.

"저, 저는 다코야키 가게 따위는 완전히 잊어버리고 있었어요."

아오바 도키코가 말했다.

"아니, 저도."

다케고시 형사가 그렇게 말해서 나도 안심하고 고개를 크게 끄덕였다.

미타라이라는 남자의 머리는 좋은 의미로도 나쁜 의미로도 컴퓨터 같아서 한 번 입력된 자료는 세상의 가치에 비추어 중요하든 그렇지 않든 규칙에 따라 분류되고 정리돼 들어 있다. 상식적인 우리들은 유괴라는 큰일에 정신이 팔려 다코야키 가게의 도난 같은 작은 일은 완전히 머리에서 흘려보냈던 것이다.

"아무리 별것 아닌 일로 보여도 뒤에는 중대사가 감춰져 있다. 그렇게 말씀하신 것은 부인입니다. 이 진리에 설득되어 그 별것 아닌 사건에 관계하게 되어 정말로 다행입니다. 사건은 어느새 중대사로 발전했고, 좋든 싫든 저는 세상 사람들이 보다 가치 있다고 말하는 일을 해결해버린 것 같습니다. 덕분에 저도 교훈을 얻었습니다. 그리고 유능한 친구도 생겼습니다."

모두가 천천히 미타라이 쪽을 보고 그게 누군지 말없이 눈으로 물었다.

"그리스!"

미타라이가 소리를 치자 세면장 뒤에서 등의 은발을 휘날리며 커다란 검은 셰퍼드가 천천히 뛰어나왔다. 개는 미타라이 곁으로 가더니 검은 코를 미타라이의 허리 근처에 찔렀다.

"어라, 상당히 사이가 좋아지셨네요. 그리스, 주인님의 얼굴은 잊지 말거라."

아오바 데루타카가 말했다.

"교훈이라는 것은 사소해 보이는 일도 결코 소홀히 해서는 안 된다는 거지?"

내가 그렇게 말참견을 하자, 미타라이는 그리스의 목덜미를 쓰다듬으면서 비아냥거리듯 히죽 웃었다.

"그렇게 들렸나? 그런데, 아니야. 내가 얻은 교훈은 말이지, 우수한 개 한 마리는 경찰관 백 명보다 낫다는 거야."

다케고시 후미히코가 떫은 표정을 지었다.

# 신(新) 미타라이 기요시의 의지

시마다 소지

소설을 드라마 원작으로 하고 싶다는 제안이 온다. 요시키 형사의 경우 잠시 생각한 다음 승낙하는 일도 많지만, 미타라이는 언제나 바로 거절해왔다. 이 이유에 관해 많은 오해가 있는 것 같아, 이쯤해서 확실히 조리 있게 설명을 해두고 싶다고 생각했다. 또 설명을 해두면 미타라이 기요시라는 인간이 일본에 있을 때 하려던 일의 일부도 설명할 수 있을 것이다.

요즘 드라마로 만드는 것은 방송국에서 직접 제작하는 사례가 별로 없는지, 대개 크고 작은 영상 프로덕션에서 의뢰가 들어온다. 그러나 그중에는 NHK 드라마국에서 연락이 온 적도 있는데《이방의 기사》를 드라마로 만들고 싶다고 했다. 덧붙여 본서에 수록된 〈그리스 개〉도 어느 민영 방송국의 '다리(橋) 시리즈' 중 하나로 제작하고 싶다면서 "미타라이가 일본

대중 앞에 출현할 좋은 기회라고 생각합니다, 미타라이 역에는 다무라 마사카즈(田村正和)가 어떨까요?"라고 말했다. 설마 다무라 마사카즈 씨의 의지는 아니었을 테니, 그것은 아닌 것 같다고 솔직히 의견을 말씀드렸다.

내가 거절하면 영상 관계자들은 대개 "아, 캐릭터를 소중하게 여기시는군요."라는 정도의 반응을 보인다. 이 말에는 거부당할 줄은 몰랐는데 의외라는 의미도 담겨 있다. 이 같은 통찰에 특별히 반박하고 싶지는 않다. 하지만 내가 거절하는 이유가 텔레비전용 두 시간 드라마이기 때문이고, 일본 최고의 각본가와 감독을 고용해 사상 최고의 제작비와 광고비를 들인 극장 영화라면 수락할 것이라고 생각하는 것 같기도 하다. 거기에는 약간 이의가 있다.

그런 세세한 조건을 팩스로 받은 다음 전화까지 받아도, 내 답변 내용은 전혀 변하지 않는다. 그런 문제는 아닌 것이다. 하지만 그렇게 솔직하게 쓰면 '미타라이라는 게 그렇게 대단한가, 극히 일부의 열광적인 팬들이 치켜세워서 거만해진 모양인데 주제를 알아라.' 같은 목소리가 끊이지 않는다.

약간 불평을 한다면 영상 관계자나 텔레비전의 시청자에게는 분명 그런 생각이 있는 것 같다. 나 정도의 작가가 만든 주인공이라면 두 시간짜리가 적당하다고 깔보는 게 눈에 선하고, 작가라는 인종은 다들 원작을 드라마로 만들어 돈을 벌고 싶어 한다는 근거 없는 단정을 하는 것도 같다. 내가 영상화를 승낙하면 "기획서를 반드시 보내드리겠습니다."라고 하지만 그걸 받은 적은 단 한 번도 없다. 방송국 편성 회의를 통과하지 못했다는 뜻이겠지만, 그 설명은 해주지 않는다. 그런 즐거운 체험을 책으로 옮기면 한 권은 나올 분량이지만, 이 원고는 그런 목적으로 쓰는 것은 아니다.

"불확실한 이야기에 소중한 주인공을 보낼 수 없다는 말입니까?"라고 묻는다면 사실 틀린 것도 아니다. 그런 이유도 있다. 미타라이? 요시키? 그런 건 빗자루로 쓸어버릴 정도로 많은 탐정 중에 하나니까, 작가 나부랭이가 건방진 소리를 나불거리게 하지 말고 척척 영상화해서 척척 쓰고 버리면 된다. 그것이 텔레비전 업계의 역량이다, 라는 영상업계 특유의 도제주의 감성이 어른거려서, 솔직히 불쾌한 것도 있다. 이런 일본식 교만함이 일본 영화를 정체시켰다고도 생각한다. 그러나 미타라이의 영상화를 거절하는 것은 그런 것 때문도 아니다. 앞에 쓴 것처럼 이런 일은 일본에 있으면 어디서나 볼 수 있는 흔한 감성이니까 하나하나 화를 내면 몸이 버티지 못한다.

다만 요시키 형사의 경우라면 그런 걱정이 있어도, 즉 거창한 기획이 아니더라도 승낙한다. 다무라 마사카즈 씨? 좋아하는 배우니까 기꺼이 승낙할 것이다. 이걸 보고 또 시마다는 요시키보다 미타라이를 아낀다고 해석한다면 그 역시 전혀 아니다.

덧붙이자면 미타라이를 영어권에서 드라마로 만든다면 승낙할 수 있다. 이걸 보고 시마다는 서구 콤플렉스가 강하기 때문이라고 이해하시면, 이것도 또한 틀렸다.

게다가 또 한 가지, 최근 미타라이의 패러디 만화가 나돌고 있다고 독자로부터 주의하라는 말을 들은 적이 있는데, 나는 신경 쓰지 않는다. 적어도 내가 이 캐릭터를 일본에서의 상식에 맞게 소중히 하는 것은 아니라는 증명은 될 수 있을 것이다. 그러나 또 이걸 보고 시마다는 여성 팬들에게 둘러싸여 있어 방자해져서 승낙했다고 생각한다면 이것 또한 완전히 틀렸다.

웬일인지 이 건에 관한 제삼자들의 통찰은 모조리 빗나갔다. 탄환이 완전히 엉뚱한 방향으로 날아간 것이다. 미타라이와 나를 둘러싼 에피소드는 데뷔 이래 오해, 곡해, 착각의 카탈로그라고 할 수 있다. 이것은 이 나라에 뭔가 이유가 있다고 할 수밖에 없는 것 같다. 현재 일본 사회 속에는 그런 착각을 연달아 일으키는 뭔가가 만연해 있다. 이것이야말로 우리 사회의 흥미로운 수수께끼라 해야 할 것이다.

어느 쪽이든 영상과 활자 세계의 등장인물은 별개이기 때문에, 완벽하게 일치하지 않는 한 영상화를 허락하지 않는 것은 소설가의 오만함일 것이다. 영상화 요청이 있다는 것은 그가 많든 적든 공적인 인물이 되었다는 의미이기 때문에, 언제까지나 사적인 범주에 묶어두려는 것은 옳지 않다. 나는 누구보다도 미타라이 기요시의 영상화를 바라고 있다.

이전부터 이런 주제로 짧게 글을 쓸 필요를 느꼈다. 일본 연예계에서의 미타라이 영상화를 거절하는 것은 그에 상응하는 구조적 이유가 있다. 이제껏 기회가 있을 때마다 말했던 '일본인론'에 유래한다. 현명한 독자라면 이제부터 내가 쓰려는 내용을 짐작하실 것이다.

미타라이라는 인물에 관해 세상 사람들은 압도적으로 오해를 하고 있다. 앞에서 말한 작품의 영상화를 거절한 까닭을 섣불리 짐작하는 것과도 똑같다. 한마디 덧붙이면 일본인 대부분이 나를 오해하고 있는 부분과도 꼭 닮았다. 미타라이라는 인물은 자신을 대단한 사람으로 생각하며 으스대는 언동을 되풀이하는 사람이 아니다. 주로 일본 남성이 그런 식으로 오해하는 까닭은, 일본에 그런 사람이 무척 많고 따라서 미타라이를 그런 주위 사람과 혼동하기 때문이다. 그렇기 때문에 미타라이는 데뷔 당시에 네가 뭐가 그렇게 대단한가, 아무도 네 이름 따위 모른다. 아직 그렇게 잘난 척할 자격 따위 없다, 라는 말을 계속 들어왔다.

아직도 여전하다. 서점에 책이 하나도 없다, 나도 몰랐지만 아무도 네 이름 따위 모른다, 무명인 주제에 잘난 척하지 마라 등. 하지만 이제는 앞으로 나아가고 싶기 때문이 아직도 전혀 변함이 없는 이런 불평은 매듭을 짓고 싶다.

이제부터 잠시 근대 일본인론을 농담조로 전개해보겠다. 미타라이라는 사람은 필자의 일본인론의 부산물이기 때문인데, 지면이 모자라기도 해서 체계적인 설명은 다른 곳에서 하게 될 것이다.


일본인은 사회적 지위가 상승함에 따라 말투가 점점 무례하게 변하는 사회적 관습을 가지고 있다. 평사원에서 계장, 계장에서 과장, 과장에서 부장으로 지위가 향상됨에 따라 그가 입에 올리는 말 속에서 경어, 겸양어의 빈도가 줄어든다. 동시에 다른 사람에게 무례한 말을 듣는 인내에서도 해방된다. 이것은 일본인에게는 호흡과도 같은 생존의 행위여서 아무도 이에 대해 점검의 시선을 보내는 일은 없다.

그러나 1억 명의 국민이 모두 동일한 회사에 속한 사원이라면 이런 습관도 문제없이 기능하겠지만, 봉건 시대를 겪었고 무조건적 평등을 확고하게 지향하는 우리나라에서는 이러한 과거의 유물은 둘 이상의 일본인이 있는 곳이라면 일 분 단위로 문제를 일으킨다.

회사 조직의 신분 제도가 퇴사 후에도 지속되는 것은 어쩔 수 없다 치더라도, A라는 회사의 과장과 B라는 회사의 평사원은 서로 어떤 말을 쓰는 게 맞는가?

회사가 달라도 상사는 상사이고, 상사는 무례한 말을 할 권리가 있다는 해답이 정답이다. 그러면 초면의 상대가 자신보다 직위가 위라는 정보를 어떤 기적적인 방법을 써서 얻을 수 있을까? 또 이 정보를 얻기 전까지는 어떻게 응대해야 할까?

큰 회사의 평사원과 중소기업의 중역 중에 어느 쪽이 대단한가? 외국인과 일본인은 어느 쪽이 대단한가? 또 그 외국인 중에서도 미국인과 아프리카인은 어느 쪽이 대단한가? 아프리카인과 필리핀인은? 학교 교사와 유명 기업 관리직은 어느 쪽이 위일까? 그러면 교수와 관리직은?

일본인은 술집에서 이런 종류의 퀴즈에 끊임없이 직면하고 있다. 이 까다로운 문제에 즉시 해답을 찾아 언동을 실수 없이 결정해야 하는 것이 일본인의 민족적 숙명인 것 같다. 이 퀴즈의 정답은 어느 나라에서든 딱 하나다. 그런 판정은 불가능하니까 전부 그만두고 대등한 대화를 해야 한다. 그런데 이곳 동아시아의 한 나라에서는 그래서는 안 되는 것으로 정해져 있다. 뭐가 어찌됐든 내가 위, 네가 아래, 혹은 그 반대. 작은 깃발을 재빨리 머리 위로 들지 않으면 안 된다.

애초에 불가능한 것을 하려다 보니, 기합이 승부처가 된다. 상대방을 위압해 불쾌한 기분을 주는 쪽이 이긴다. 불쾌하게 느낀 쪽은 전혀 내색하지 않고 그렇게 당하는 것이 얼마나 기쁜지 계속 표현한다. 이것이 우리의 규칙이다.

퀴즈 정답을 전부 맞히는 사람은 없다. 당연히 일본인은 정답을 맞히지 못했을 때의 대처법도 익히기에 이르렀다. 웃어서 넘기는 방법을 선택한 자는 전혀 웃을 이유가 없어도 장시간 계속 웃는 놀라운 기술을 획득했다. 그러나 너무 오래 지속하다 보면 자존심의 퓨즈가 끊어져 그 반동으로 때때로 불끈하거나 화를 낸다. 이런 정서 불안 환자는 일본 술집에서 비교적 자주 볼 수 있다.

그저 익살꾼을 자처하며 주위의 용서를 바라는 사람이 있는가 하면, 오히려 무척 까다로운 사람을 연기하면서 주위와 커뮤니케이션을 끊는 길을 택하는 사람도 있다. 그러나 제일 안전한 방법은 계속 사과하는 것이다. 오랜만에 만났을 때 일본인의 인사는 언제나 '전날 실례했습니다.'이고, 헤어지는 인사도 재회의 인사도, 일을 부탁할 때도 받아들일 때도 오로지 '정말 죄송합니다.' 혹은 '미안합니다.'로 통한다.

사정이 이러니 우리 국민은 신경을 소모하는 기합 승부에서 실패하지 않기 위해, 아까와 같은 측은한 상황에서 스스로를 멸시하지 않도록 각종 예방책과 여기에 대해 쐐기를 박는 공작을 생존 기술처럼 익혀왔다. 일본인에게 숨 쉬는 것 이상으로 지극히 당연한 행위도, 작은 깃발 들기 게임이 없는 외국 사람이 보면 기묘하기 짝이 없다. 일본인이 외국에서 기분 나쁘다는 취급을 당하는 이유의 태반은 실제로 여기에 있을 것이다. 즉, 신분을 확인할 수 없는 다른 회사 사람에게(확인할 수 있는 같은 회사 사람은 당연히 포함한다.) 자신을 높은 사람처럼 보이게 하는, 절실하면서도 다양한 궁리가 쇼와(昭和)(1926~1989년의 일본의 연호. 여기서는 고도 성장기와 버블 시기의 일본을 말한다.-옮긴이)의 일본인을 만들었다.

부지가 딸린 집에 살며 각이 지고 큼지막한 신형차를 첫 번째 혹은 기껏해야 두 번째 차량 검사 때마다 갈아치우고 비싼 명품을 몸에 두르고 상대방을 오로지 술집으로 끌고 가고 싶어 하며 술값을 내면서 결코 나이는 털어놓지 않고, 나이 이야기를 할 때는 항상 상대방보다 나이가 위라는 극비 정보를 얻었을 때뿐이다. 또 명품이란 까르띠에나 루이비통만을 의미하지 않는다. 도쿄대, 마루베니, 미쓰이나 벤츠, 고흐에 아사히신문 같은 것도 있다.

이것들은 죄다 상대방이 거만한 말투를 퍼부을 위험을 봉쇄하는 의미가 있다. 이 때문에 일본인은 절실하게 땅을 필요로 하고, 온갖 희생을 치를 각오를 쉽게 한다. 땅값으로는 몇 억을 지불해도 전혀 아까워하지 않는다. 수요의 법칙이 그러하므로 땅값은 한도 없이 올라가고, 해외에서 명품은 일본인에 의해 매점되고, 일본 전국에서 벤츠와 사장이 넘쳐흐르게 되었다.

　일본인은 상대방에게 무례한 말을 듣는 것을 뱀이나 전갈과 마주치기보다 싫어하는데, 한편으로 무례한 말을 하고 싶은 욕구에도 병적인 절실함이 있다. 그러나 이 문제에 관해 의견을 물어보면 다들 정말로 놀라며 그런 것은 생각도 하지 않았다, 단 한 번도 신경을 쓴 적이 없다, 경어, 겸양어는 세상에 자랑할 만한 일본어의 문화유산이며 긍지다, 라고 도장으로 찍은 듯이 똑같은 코멘트가 되돌아온다. 이것은 다들 마음속으로 그렇게 믿고 있는 동시에 확실히 의식하고 있는 새빨간 거짓말이다. 언젠가 자신도 그렇게 할 거라고 호시탐탐 노리는 탓도 있지만 간난신고를 견뎌내고 겨우 으스댈 만한 위치에 오른 사람이 재수 없는 변혁을 무서워하는 탓도 있다.

　상사가 위압적인 말을 하지 않으면 일할 의욕이 생기지 않는 버릇이 들면, 상사의 능력에 위압 능력이 들어가게 된다. 엄중한 점검을 게을리 하면 일본인은 금세 윗사람의 욕설이 날아다니는 집단을 만든다. 경찰은 '뭐야, 이 새끼가' 같은 태도를 갖게 되고 모든 기업은 결국 대학 응원단 동아리 방을 이상으로 삼고 나아간다. 사원은 굴욕을 피하기 위해 오로지 타인과 같은 행동만을 하게 된다.

　일본인 남성은 젊을 때는 오로지 나이 들어 보이려고 노력하고, 사회적 지위가 높은 사람으로 보여서 술을 사고, 명품을 스리슬쩍 드러내 보이면서 적을 현혹하고, 부지가 딸린 집에 사는 것을 말하지 않고도 상대방이 알아차리게 해서 가능한 한 무례한 말을 할 수 있는 일상에 당도한다.

그런데 이것이 종착역이 아니다. 이렇게 해서 주위에서 경어를 써주는 위치에 올랐을 때, 황송해하는 그들의 존경심 속에 그 멋없음에 대한 똑같은 양의 경멸도 숨어 있는 것을 깨닫게 된다.

밤낮으로 으스대는 일찍 늙어버린 아저씨가, 생각해보면 멋있을 리가 없는데, 그것을 깨닫는 것이 너무 늦었다. 누군가가 놓은 덫이었을까? 정말로 그렇다. 무시당하는 사람이 밤낮으로 부지런히 설치해놓은 덫이다. 그런데 참으로 멋지게 걸리고야만 지금은 발을 빼기는 어렵다. 인생이란 언제나 돌이킬 수 없는 일방통행이다.

그때 그는 절망에서 갑작스럽게 돌변해 의미도 없이 홍등가를 배회한다. 불쑥 들른 가게의 마담에게 촌스러운 수작을 걸다가 차이기도 한다. 만취하면 못하는 노래를 불러 젖히고, 이런 아버지가 집에서 딸에게 어떤 취급을 받는지도 개진해본다. 그렇게 하면 놀라지 마시라, 부하들의 존경심은 누워서 떡 먹듯 손에 들어온다. 정말로 생각한 그대로다.

이렇게 세계 제일의 제조업이라는 성과로 개국 이후 최고의 풍요로움을 누리게 된 일본 열도에는 병적으로 으스대는 사람이 설치고 희생자들의 구토가 길을 메우고, 해외에서의 일본인 이미지는 입에 올리기도 답답할 정도로 나락으로 떨어졌다. 이런 상황에서 긍지를 가진 일본 남자는 자학의 여세를 몰아 일탈해버렸다. 명품을 쇼핑한 후에는 샹젤리제 레스토랑에서 엔카를 고성방가. 이리하여 외국인이 바라보는 고명한 일본인이 완성되는 것이다.

국내에 돌아오면 이런 일상을 보내지 않는 미숙한 일본인은 없는지 주위를 배려해 찾아낸다. 그도 어떻게든 자신만큼 성장시키려고 열과 성을 기울이게 되고, 또다시 그날 밤의 만취가 기다린다.

이처럼 일본인은 초면에는 가능한 한 자기를 낮추고 친해짐에 따라 무례해져서, 윗사람에게는 겉으로만 굽히고 속으로는 멸시하고, 아랫사람에게는 지위의 차이에 따른 허세를 부리며 일상의 시름과 자신의 결핍감을 달래는 습성을 얻었다. 연일 계속되는 촌스러운 행동 때문에 여성과 불화를 일으켜, 여성에게는 일단 부하처럼 자신을 낮추지만 남존여비의 선입견 때문에 틈만 나면 무례한 생각도 한다. 또한 정부도 이러한 국민의 태도에 분수를 아는 사람이라는 인허가를 주어 동양 일등국의 화려한 실정(實情)은 완성된다. 힘껏 고도 경제 성장을 계속하던 일본인은 결국 이러한 정신 풍토에 도달하게 된 것이다.

이렇게 된 것은 솔직히 말하면 유교 정신 때문이다. 부모나 은혜를 입은 선조를 존경하는 이 종교의 근본정신에 따라 뒤에서만 비뚤어진 일본인으로 정착했고, 이 종교의 본고장인 중국과 가장 충실한 추종자였던 한반도에서는 이 규율이 엄격하게 종교상의 계율로 이해된 반면, 일본에서는 단지 처세술로 받아들여져 '실력주의' 및 '철저한 평등 희망'이라는 불문의 정의로 절충되었다. 냉정하게 말하면 슬쩍 훔치는 모양새로 짜 맞추어 오늘날의 격심한 경쟁 사회의 혼란을 초래했다 할 수 있다.

한반도와 일본, 특히 일본은 경어와 겸양어의 사용 빈도가 높아 사태를 더욱더 꼬이게 했다. 서구인에게 이 문제가 심각하지 않은 이유는 유교가 없고 그들의 언어에서 경어와 겸양어의 사용 빈도가 일본어와 한국어보다 적기 때문이다.

미타라이 기요시 이야기로 돌아가서, 앞에 썼듯이 가치관에 따라 으스대는 일본인과 미타라이의 차이는 매우 쉽게 지적할 수 있다. 《점성술 살인사건》 이후의 그의 언동을 모아서 읽어보면 아시겠지만, 그의 언동은 전부 겸양어로 이루어져 있다. 서구어에 의한 표준적인 커뮤니케이션의 모습을 일본어로 변환하면 이 정도가 적당하다는 판단하에서 그의 말을 골랐다.

일본인은 커뮤니케이션 방법 선택에 만성적인 결함이 있다. 그래서 오래도록 자폐증을 앓아온 환자들에게 미타라이는 의사로서 독자적인 방법론에 입각한 거친 치료를 하기로 결심했다. 즉 일본병 환자의 병적 발작 증상을 전부 거꾸로 시현해 보이기로 한 것이다.

첫 대면한 사람에게는 비상식적으로 무조건 무례하게, 친해짐에 따라 공손하게. 으스댈 수 있는 입장에 있다고 생각하는 높은 분에게는 오만하게, 신분이 낮은 사람, 사회적 지위가 밑에 있는 사람에게는 정중하게. 여성에게는 상당히 불손하게, 그러나 친해짐에 따라 경의를 표하며, 연상에게는 무람없이, 연하에게는 정중하게.

언제까지나 젊게 살며, 어젯밤 술을 산 사람에게는 유난히 공손하게, 결코 부지가 딸린 집에는 살지 않고 명품은 몸에 걸치지 않고 각이 진 대형차에는 타지 않고 돈이 드는 복장은 거부, 그러나 장래에 대한 두려움은 티끌만큼도 없고, 높으신 분의 요구는 무시하고 가난한 이의 부탁은 들어주고, 지위도 명예도 없는 동안은 광인으로 불릴 정도로 당당하게 행동하고, 만일 그것들이 따라와준다면 점점 온화해진다는 기나긴 반역의 항해로 출항한 것이다.

물론 이런 농담이 멋지다고 생각한다면, 아직 멀었다. 사회적 지위가 낮은 사람을 정중하게 대하면, 상대는 자기 앞에 있는 사람이 자신보다 지위가 낮은 사람이라 간주해 으스댄다. 약한 입장에 있는 사람에게 잘해주면, 감사하기는커녕 화를 낸다. 이런 방법이 만일 잘될 경우가 있다면 윗사람이 자기 체면이 손상돼 화를 낼 때다.

결과는 빤하지만 미타라이는 이 실험을 일부러 일본에서 하기로 결정했다. 이것은 전적으로 그의 유머에서 나온 것이며, 이 별난 농담의 실천을 지탱한 것은 이 남자의 어처구니없을 정도의 반골정신이다. 이런 자부심이 있는 한 금전도 보수도 명예도 이 세상에서는 쓸모없는 것임을 증명하고, 상식의 덫에 빠져버린 미래가 없는 일본의 실패를 그만의 방법으로 구하려고 한 것이다.

일본의 영화계와 방송계는 역학 관계가 모든 것을 결정하고, 일본형 자폐증과 으스대고 싶어 하는 사람들이 격전을 벌이는 전형적인 장인 세계이다. 좋은 점도 물론 놓치면 안 되지만, 이 가치관이 일본인을 고통스럽게 하는 것은 명백하다. 이런 사회에 머리까지 푹 잠긴 감독과 각본가들은 그들이 속한 회사를 아까 말한 것과 같이 해석하고 있는 것일까?

명감독, 인격자로 불리는 사람들은 그럴 것이다. 세상을 살아가는 재능이 상식의 덫과 벌이는 격투라고 한다면 '요시키형'을 선택할 수밖에 없다. '미타라이형'은 쇼와의 처세술로는 너무 위험한, 너무 비상식적인 방법이다. 잃을 것이 너무 많다.

영상 관계자들이 만일 미타라이의 실험을 영상화한다면 어떻게 될까. 미타라이의 불손한 모습은 자신들과 같은 절차를 밟은 정당한 으스댐으로 착각한 각본이 만들어질 것이다. 그리고 주위에 으스댈 수 있을 만한 지위를 얻은 보스 같은 스타의 연기로 회사 중역, 혹은 불량배 같은 미타라이가 경쾌한 엔카를 배경으로 야쿠자 말투를 멋지게 지껄이며 등장할 것이다. 일본인 남성은 어엿하게 성숙할수록 이런 형태로밖에 미타라이를 이해할 수 없다.

다소 보고 싶기도 하지만, 이런 내 친구에게 우레와 같은 갈채를 보내기에 아직 나는 일본인으로서 너무 미숙하다. 요시키 형사의 영상화는 승낙하고 미타라이의 영상화는 거절하는 까닭은 바로 여기에 있다.

# 미타라이 기요시의 인사

2013년 3월 14일 초판 1쇄 발행
2013년 9월 2일 초판 2쇄 발행

지은이 | 시마다 소지
옮긴이 | 한희선
발행인 | 전재국

발행처 | (주)시공사
출판등록 | 1989년 5월 10일(제3-248호)
브랜드 | 검은숲

주소 | 서울 서초구 사임당로 82(우편번호 137-879)
전화 | 편집(02)2046-2814 · 영업(02)2046-2800
팩스 | 편집(02)585-1755 · 영업(02)585-0835
홈페이지 | www.sigongsa.com

ISBN 978-89-527-6826-1 03830